KB131001

장미화의
유쾌한 인터뷰 +27

장미화 에세이

청어

장미화의 유쾌한 인터뷰+27

장미화 지음

발행처 · 도서출판 **청어**
발행인 · 이영철
영　업 · 이동호
홍　보 · 최윤영
기　획 · 천성래 ｜ 이용희
편　집 · 방세화 ｜ 이서윤
디자인 · 김바라 ｜ 서경아
제작부장 · 공병한
인　쇄 · 두리터

등　록 · 1999년 5월 3일
(제321-3210000251001999000063호)

1판 1쇄 발행 · 2014년 7월 10일
1판 5쇄 발행 · 2015년 9월 10일

주소 · 서울특별시 서초구 효령로55길 45-8
대표전화 · 586-0477
팩시밀리 · 586-0478

홈페이지 · www.chungeobook.com
E-mail · ppi20@hanmail.net
ISBN · 979-11-85482-20-0 (03810)

이 책의 저작권은 저자와 도서출판 청어에 있습니다.
무단 전재 및 복제를 금합니다.

이 도서의 국립중앙도서관 출판시도서목록(CIP)은 서지정보유통지원시스템 홈페이지
(http://seoji.nl.go.kr)와 국가자료공동목록시스템(http://www.nl.go.kr/kolisnet)에서 이용하실 수
있습니다. (CIP제어번호: CIP2014009574)

장미화의 유쾌한 인터뷰+27

장미화 에세이

내가 진행하던 라디오 방송국 앞에 조그만 슈퍼가 있었다. 말이 슈퍼지, 구멍가게라고 해야 맞을 아주 작은 가게였다. 나는 그 앞을 지나다니며 이 가게가 장사가 될까 하는 걱정 아닌 걱정을 했었다.

어느 날 주인이 바뀌었는지, 업종을 변경하려는지 그 조그마한 가게가 공사를 시작했다. 나는 저 조그만 곳에 무엇이 들어올까 궁금했다.

뚝딱뚝딱. 목공도 보이고, 자재를 나르는 인부들도 보이고 뭔가 틀을 잡는 것 같더니만 갑자기 공사가 멈춰졌다. 오늘은 뭔가 변해 있을까 날마다 살펴보고, 날마다 들여다봐도 그 조그만 가게는 속살을 드러낸 채 그렇게, 그렇게 서 있었다.

그렇게 오래도록 멈춰 있는 가게를 보며 '아! 내 책 같구나.' 하는 생각을 했다. 끝날 듯, 끝날 듯 끝나지 않는 책이 되기까지의 긴 시간.

언젠가 동양에서 가장 길다는 터널을 통과한 적이 있었는데, 자랑하며 안내하는 사람의 말을 뒤로 한 채 나는 제발 이 터널을 벗어나 빨리 밖으로 나가길 소망했었다. 나의 책이 끝이 보이지 않아 답답했던 그 터널에 계속 머물러 있는 듯했다. 작가의 말에 이런 글을 써야겠다고 생각했건만, 흘러버린 긴 시간에 묻혀 잊고 말았다.

아이도 어렵게 낳더니만 책도 어렵게 낳는다. 포기할까 하는 생각도 많았다. 이 책 한 권으로 내게 부귀영화가 오지도 않을진대. 그럼에도 불구하고 많은 분들과 책으로 이야기하고 싶었다.

서로에게 잊지 못할 이야기를 나누고, 그 이야기로 가난과 질병에 신음하는 아프리카의 아이들을 행복하게 해 주고 싶은 욕심이 지쳐있는 나를 일어나게 했다. 나의 이야기를 들어주고 끄덕여주는 아름다운 당신께 두 손 모아 감사의 인사를 드립니다. 고맙습니다. 감사합니다.

내 영혼의 스승인 사랑하는 정빈, 정준 그리고 많은 이야깃거리를 제공해준, 내 인생을 깊게 하는 사랑하는 남편 박성길 박사에게도 고마움을 전한다. 당신의 이야기를 책으로 들려 드리고 싶었으나 지금은 늦어버린 故류근철 박사님께 끝없는 존경과 감사를 드린다.

언제나 응원해주시는 많은 분들께 축복의 인사를 드리며, 감사하고 사랑합니다.

따스한 봄날에

장미화

comtents

제1부 **일상**을
아름답게
만드는 사람들

윤문식

탤런트, 연극배우

· · ·

늙는다는 것이, 나이 든다는 것이 그리 유쾌한 사람은 없을 거다. 그러나 누구나 늙는다. 그렇담 어떻게 늙을 것인가?

난 이분만 보면 '늙고 싶다.' 라는 생각이 든다. 저렇게 나이 든다면 무섭지 않을 거 같단 생각이 든 분이 윤문식 선생이다. 아침마당에 출연하는 모습을 보면 저렇게 엄청난 유머와 말이 나오려면 그 속엔 얼마나 많은 것들이 담겨있을까 하는 감탄과 부러움이 쓰나미처럼 밀려온다.

이날도 하여간 되게 웃겼다. 원래 서산 농림고 출신인데 연극을 하면 꼭 1등을 했단다. 본인이 직접 대본 쓰고 출연하고 연출까지 하면서. 재능 있는 윤군을 쭉 지켜보던 교장 선생님께서 서울에 가면 이런 걸 공부하는 과(科)가 있으니 가보라 해서 중앙대 연극영화과에 들어가게 된다.

그런데 고이고이 들어간 건 아니고 어머니께 본인의 뜻을 말씀드렸더니 "나야 너를 예쁘게 봐줄 수 있다만 네가 배우를 한다 하면 동네 개가 웃어서 안 된다."며 반대를 했단다.

그 당시만 해도 잘생기고 예뻐야만 배우 하는 줄 아는 시대였으니까. 그래도 그렇지 어머님 너무 객관적이시다!

그래서 과감히 가출을 시도, 동두천 미군 부대에서 하우스보이(houseboy)로 일 년 정도 돈을 모은 뒤 대학시험을 치게 된다. 명색이 가출이므로 1년 동안 어머니께 연락도 하지 않았단다.

"어떻게 그러실 수 있어요? 어머니가 혼자 키우셨다면서요?" 했더니,

"제가 원래 싸아~가지가 없어요." 한다.

참 이상하지? 남들이 쓰면 욕처럼 들리는 싸가지란 말이 윤문식 선생이 쓰면 푸근하게 들리니. 오죽하면 그의 트레이드마크가 '이런 싸가지 없는 놈!' 일까.

아무튼 연극영화과에 원서를 넣으러 갔는데 아주 예쁘고 잘생긴 친구들만 와 있더란다. 역시 내가 올 곳이 아니구나 하는 생각에 그냥 나가려는데, 구석에 자기처럼 생긴 두 명이 있는 거다. 그것이 오늘날 최주봉, 박인환 씨다. '저 애들도 있으니 시험이나 쳐보자.' 해서 응시했는데, 3명 다 합격을 한 거다. 세 사람은 친하단다. 3일 밤을 새워도 계속해서 할 얘기가 있단다. 그렇겠지. 몇 십 년 지기인데.

"못난 나무가 선산을 지킨다고, 지금 연극계에 남아 있는 건 우리 셋밖에 없어."

그래도 인물 이야기를 자꾸 하면 박인환 선생이 제일 기분이 나쁠 것 같

다. 내 생각엔······.

처음 주연을 맡은 얘기도 재미나다. 연극생활 16년 만에 처음으로 주연을 맡게 되었는데, '플란다스의 개'에서 개였단다.

"네? 개요?" 했더니 "그려, 개~" 한다.

때는 여름, 그것도 한여름. 의상 담당이 좀 융통성이 있었으면 좋았으련만, 밍크로 어찌나 정직하게 만들었는지, 남들은 극장에서 나가면 덥다 덥다 하는데 윤문식 선생은 밖에 나가면 그렇게 시원할 수가 없었단다. 눈만 빼고 온통 밍크 털을 뒤집어쓰고 있었으니. 샤워할 때 찬물을 30분을 맞아도 시원한 줄 몰랐단다.

"그럼 대사도 없잖아요?" 했더니,

"지금 말하는 눈빛 연기가 거기서 출발한 거여." 해서 웃었다.

우리야 웃으면 그만인데, 연극 보러 온 윤문식 선생 부인은 얼마나 속상했을까? 그만두면 안 되겠냐 소리는 못하고, 3년만 복덕방 하다가 다시 연극하면 안 되겠냐 하더란다. 그나저나 복덕방이란 소리 참 오랜만에 들어봤다. 참고로 젊은 세대들을 위하여 복덕방은 우리 주변에 너무나 많은 공인 중개사 사무실을 말합니다.

부인을 만난 얘기도 재미나다. 극단주 부인의 소개로 만났는데 북슬북슬하니 윤 선생님이 좋아하는 타입이었단다. 학교 선생님이었고, 33살이었다니 그 당시로선 정말 老, 老, 老 노처녀였을 거다.

처음 만난 날, 눈이 많이 내렸고 빨간 코트를 입고 나왔는데 단추 세 개 중에 가운데 단추가 풀려 있었단다. 왠지 그 단추를 채워주고 싶어서 그렇게 했는데, 그 순간 '아! 이 남자랑 결혼해야겠구나.' 하는 생각이 들더란다. 참 사람의 인연이란.

그러면서 "남들은 단추를 풀어서 결혼을 하는데, 난 단추를 채워주고 결혼을 했어." 해서 얼마나 웃었는지…….

마당놀이의 단짝 김성녀 선생을 총각 때 좋아했던 얘기를 알고 있던 터라 과감히 그러나 조심스럽게 물었다. 의외로 순순히 "내가 좋아했었지." 한다.

김성녀 선생 데뷔작을 보고 반해서 극단까지 옮겼단다. 잘 해보려고. 근데 김성녀 선생이 자긴 독신주의라고 하더란다. 당시 연출을 맡고 있던 손진책 선생도 독신주의라 하고. 그런가 보다 했는데 독신주의끼리 결혼을 하더라는 거지.

'세상에 믿을 놈 하나 없구나.' 했는데, 결혼하고 두 달 만에 애를 낳더란다. 그래서 '세상에 믿을 여자 하나 없구나.' 했단다.

김성녀 선생에게 지금도 "독신이라며?" 하면 "나 독신이야." 그런단다. 지금은 대학의 학장으로 있어 바쁘니까 혼자 있는 시간이 많다나, 어쨌다나?

김성녀 선생 딸이 영국에서 뮤지컬 '미스사이공' 공연을 할 때, 어버이날 인터넷 화면으로 꽃을 한 아름 보내왔단다. 이걸 막 자랑하는데 윤 선생님 아들은 전화 한 통 없더란다. 그래서 아들에게 전화를 했단다.

"웬일이세요?"

"응, 어버이날이라 전화 한번 해봤다."

하고는 그냥 끊었단다.

아침마당에서 이 얘길 했더니, 아들 상사가 보고는 윤 군, 그러면 안 된다고 야단을 치고, 아들은 방송에서 왜 그런 얘기를 했냐고 또 난리가 나고, "딸이 백번 나아요." 한다.

윤 선생님 딸을 만난 적이 있다. 한 17년 전쯤. 중학생이었는데 보는 순간 깜짝 놀랐다. 예뻤다. 너무 예뻐서 당황스럽기까지 했다.

'정말 윤 선생님 딸?' 했다.

그 아이가 결혼을 했단다. 놀랐다. 그새 시간이 그렇게 흘렀구나. 결혼식 날 참 예뻤겠단 생각도 들었다. 그런데 마음이 더 예뻤다.

난 윤 선생님을 1년에 몇 번씩은 만난다. 방송국에서 보면 반갑게 인사하고 늘 안부도 묻곤 하는데, 사모님께서 그렇게 오랜 기간 누워계신 줄은 꿈에도 몰랐다. 당뇨합병증으로 15년이나 병원에 있었다 하니……

그러니깐 내가 윤 선생님 딸을 만났을 때, 그때 이미 몸져누운 엄마 대신 응석 피울 새도 없이 스스로 챙기고 집안 살림도 살피고 하지 않았을까 싶다. 마음이 짠하다. 그때 더 잘해줄걸.

긴병에 효자 없다는 얘기가 있다. '그래, 그럴 것 같다.' 라는 생각만 하다가 내게도 이런 일이 생겼다. 멀쩡하시던 시어머니가 병이 나셨다. 첫아이를 낳고 시어머니와 같이 살게 됐다. 시어머니랑 같이 살 거라 했을 때 앞집, 옆집, 뒷집, 뒷집의 옆집까지 온 동네 여자들이 나를 말렸다.

미친 짓이라고. 같이 살면 불편하다고. 왜 사서 고생을 하려 하느냐고. 열이면 아홉 명의 여자들이 고개를 절레절레 흔들었다. 차라리 도우미 아줌마를 써라. 노인네 모셔와 병나면 어쩔 거냐는 앞서가는 의견도 있었다.

그때의 내 생각은 이랬다. 아줌마를 쓰나 시어머니랑 사나 약간의 불편함은 다 있을 거다. 내 돈 주고 쓰는 아줌마라고 눈치 안 보겠나. 그럴 바에는 시어머니께 잘하면 나중에 복이라도 받지 않겠나 했다.

드디어 고부간이 한집에 살게 되었다. 무엇이 상상 되시는지?

감사하게도 시어머니와 난 코드가 잘 맞았다. 불편한 점, 불만인 점은 있었으나 그다지 신경 쓸 차원의 것은 없었다. 난 굉장히 솔직한 편이다. 시어머니껜 더 솔직하게 굴었다. 왜? 오래도록 같이 살 거니까.

하루 이틀 정도야 가식으로 얼마든지 위장도 포장도 가능하다. 허나 같이 사는 건 다르다. 처음엔 섭섭하더라도 '아! 저게 저 사람의 본래 모습이지.' 하면 이해가 되고 용서가 되는데, 처음엔 입안의 혀처럼 굴다가 얼마 지나지 않아 본색을 드러내면 그 실망감과 배신감은 무어라 표현할 길이 없잖은가.

새댁이 이런 진리를 어떻게 알았냐구? 책에서 읽었다. 진짜다. 책에서 이런 글을 읽었을 때 아! 나도 나중에 결혼하면 그래야겠구나 생각했는데, 실전을 펼칠 기회가 온 거다. 그래서 그렇게 했다.

일 끝나고 돌아와 시어머니께 밥을 달라고 했다. 그것도 빨리. 부침개가 먹고 싶다며 부쳐 달라고 했다. 된장찌개가 먹고 싶다고 했고, 생선도 구워 달라 했다.

왜? 엄마니까. 그런데 조금 시간이 지나니 시어머니가 그러셨다. 황당했노라고. 그래도 며느리니까 밥도 지가 챙겨 먹고 어머님도 챙겨드리고 뭐 그런 걸 상상하셨었나 보다. 근데 며느리가 밥을 달라며 그것도 빨리 달라며 보채더란다. 감히 며느리가!

　그리곤 가만히 지켜보니 '아, 우리 며느리는 배고픈 걸 못 참는구나.' 하는 걸 알았고, 엉덩이만 컸지 체력이 무척 약하다는 걸 간파하시곤 쟤를 시키느니 내가 하는 게 낫겠다 하신 거다.

　역시 노인들의 지혜란…….

　나의 솔직함과 어머님의 지혜가 만나 우린 쿵짝이 잘 맞았다. 또 하나, 난 좀 꼼꼼한 편인데 시어머니는 한없는 덤벙 덤벙이다. 며느리가 잔소리 하고, 시어머니는 한 귀로 듣고 한 귀로 흘리니 이것도 편했다. 역할 분담이 확실해졌다. 어머니는 아이와 집안일을 맡으셨고, 난 일을 했다. 용돈을 드렸고 서로서로 조금의 부족함은 있었지만 만족했다.

　가끔 아이의 옷이 문제일 때가 있었다. 계절에 맞지 않게 옷을 입힐 때가 제일 속상했다. 더운데 두꺼운 옷, 추운데 얇은 옷은 이해가 되지 않았다. 차라리 촌스럽게 입히는 게 덜 속상하겠다 싶었는데, 고무줄 바지에 겉옷을 넣고 그 고무줄이 아이의 허리가 아닌 가슴에 와 있을 때도 조금 속상하긴 했다.

　한번은 2박 3일로 속초에 놀러 간 적이 있었다. 어머니는 놀러 가자고 말을 꺼낸 순간부터 짐을 싸셨다. 뭘 그렇게 싸는지 한없이 한없이 싸셨다. 그러면서 일찌감치 챙기지 않는 우리 부부를 천생연분이라며 칭찬(?)하셨다. 콘도에 도착. 필요한 물건을 말할 때마다 어머니는 같은 말을 반복하셨다.

"챙긴 거 같은데 없드나? 두고 왔는갑다."

"그것도 없드나? 두고 왔는갑다."

그 크고 많은 가방 속에 우리에게 꼭 필요한 물건은 몇 개 없었다. 짐을 일찍 챙기지 않는 우리나 일찍 챙겨도 마땅히 쓸 게 없게 챙긴 어머니나……. 그래서 우린 한가족인 걸까?

고부가 같이 사는 집 치고 편안한 집 얘길 못 들었는데, 집에 오면 편안하다며 남편이 고맙다 했다. 그렇게 1년 반을 함께 살았다.

좋았다. 훗날 난 이 시기를 '내 인생의 봄날'이라 했고, 어머니는 '천국'이라 했다.

어머니는 젊어 혼자 되셔서 고생을 많이 한 분이라 평소엔 활달하시지만 몸이 아픈 날은 진통제를 많이 드셨다. 하루는 자꾸 아프다 하셔서 대학병원엘 모시고 갔는데 걸어서 들어간 분이 입원한 지 이틀 만에 중환자실로 옮겨졌다.

그때 남편은 해외 출장 중이었고, 난 계속 울기만 했다. 그리고 계속 기도했다. 좋은 분이니까, 고생 많이 했으니까, 가엾게 생각하셔서 어여삐 봐주셔서 살려 달라고. 내가 더 잘하겠다고. 제발 살려달라고……. 잠을 얼마 못 잤는데도 자다가 깨면 기도를 했고 또 깨면 기도를 했다.

그게 시작이었다. 어머니가 중환자실에 들어간 날, 어머니 왼쪽 침대에 있던 할아버지가 돌아가셨다. 그 다음 날은 어머니 오른쪽 침대에 있던 할머니가 돌아가셨다. 말씀은 안 하셨지만 죽음을 접한 어머니는 상당히 두려워하는 것 같았다.

중환자실의 환자가 정신이 너무 또렷한 것도 그다지 큰 축복은 아닌 듯했다. 어머니는 죽어 나가는 사람들을 보며 두려워했고, 난 병원비 정산을 하며 두려워지기 시작했다. 중환자실에선 하루에 백만 원씩 병원비가 불어났다. 무서웠다. 어머니만을 걱정해야 하는데 그럴 수가 없었다. 돈이 무서웠다.

어머니는 그 후로 1년을 더 병원에 계셨다. 희귀병이자 난치병인 루프스라는 진단을 받았고, 뇌수술도 받았다. 걷지를 못하게 되어 간병인도 있어야 했다. 아픈 당신도, 모든 게 돈 아니고는 해결방법이 없는 자식들도 힘겨웠다. 아주버님 댁에 있다가 다시 우리 집으로 모셔왔다.

그때 내가 둘째를 가진 상황이었는데 쉽지만은 않은 결정이었다. 화장실 가다가 넘어지시면 어떡하나, 갑자기 증세가 악화되면 어떡하지? 고민이 많았다.

그런데 문제는 다른 데서 터졌다. 몇 년의 세월이 흐르는 동안 어머니는 변해 있었다. 옷을 자주 갈아입지 않으셨다. 운동을 해야 하는데 아프다며 하지 않으셨다. 음식을 꼭꼭 씹어야 하는데, 옛날 습관 그대로 씹지 않으셨다. 다리를 못 쓰니 음식량을 조절해야 하는데, 음식에 자꾸만 욕심을 내셨다. 용하다는 의사를 모셔 와도 당신이 듣고 싶은 소리만 듣고 나머지 의사 소견은 무시했다. 말씀을 거침없이 하셨다.

집에 들어오면 아줌마는 어머니 때문에 힘들다 했고, 어머니는 아줌마 흉을 봤다. 난 가운데 끼어서 이러지도 저러지도 못하는 고부 사이에 낀 남편들을 이해하게 됐다. 집에 들어오는 것이 괴로웠다. 그런데 나보다 더 괴로운 이가 있었나 보다. 아줌마가 어머니 때문에 힘들다 했다. 못 들은 척했다. 아줌마가 또 힘들다 했다. 들은 척만 했다. 아줌마가 못 있겠다 했다.

결단을 내릴 때가 되었다. 일을 하는 내가 아줌마 없이는 아무것도 할 수 없기에, 1년을 조금 넘기고 어머니는 다시 큰집으로 가셨다. 죄송함과 시원함이 동시상영을 했다.

우리는 지금도 주변에서 중풍이나 치매 걸린 어머니를 10년 모셨다 하는 얘기를 자주 듣는다. 예전에 들을 땐 '힘들었겠다. 그 사람 대단하네.' 생각했지만 지금 그런 얘길 들으면 소름이 돋는다. 그것이 어떤 것인지를 희미하게나마 알게 되었기에.

이 글을 쓰면서 어머니 생각이 나 전화를 드렸더니, 오은선 대장이 안나푸르나 봉 정상에 오르는 텔레비전 중계를 보고 계셨나 보다.

"저런 짓을 뭘할라고 하노, 저 안 간다고 죽는 것도 아닌데."

어머니다운 말씀에 깔깔 웃으며 내가 그랬다.

"그러게요."

죄송했다.

윤 선생님 딸은 15년간 아픈 엄마를 봐왔는데도 결혼하자 신혼집을 엄마 병원 근처로 잡았다. 엄마를 보살피겠다며. 기특했다. 예뻤다. 감사했다.

사위분과 아픈 장모님과의 만남도 짠했다. 병원에 오래 있으니 모습이 아름답지 않았겠지. 장모로서 또 여자로서 그런 모습을 보이고 싶지 않았을 거다. 한 사람은 병실에서, 한 사람은 병실 밖에서 얘기했으면 좋겠다고 했더니, 사위분이 그럴 수는 없다며 절충한 것이 병실 안에서 만나되 불을 끄고 만나는 것이었단다.

처음엔 어색했겠지. 허나 예비 사위의 마음 씀씀이가 아픈 장모님껜 큰 힘이 되었으리라. 내 딸을 잘 부탁한다며 우셨다지, 아마……

이제 마당놀이 30년에 3,000회를 바라보고 있다(2009년). 말이 30년이지 마당은 사람이 태어나 탯줄을 끊어 태우고, 뛰어놀고, 타작도 하고, 결혼도 하고, 죽어선 상여가 나가는 곳도 마당이란다. 그러고 보니 예전엔 집집마다 마당이 있었는데, 지금은 집집마다 베란다가 있다.

40%가 즉흥적인 애드리브로 꾸며진다 하니 역시 입담과 순발력의 명인이다. 배우로서 바람이 무엇이냐 물으니, 그런 건 없고 누군가 당신의 묘비에 '광대 윤문식 여기 자빠져 있다'라고 써주면 지나가던 사람들이 '윤문식, 참 유쾌한 친구였지'라고 생각해주면 좋겠단다. 모든 걸 내려놓은 듯한 이 말. 생을 마치고 난 다음 나는 어떤 말을 듣고 싶은가 생각해 보게 된다.

작년 마당놀이에 허리를 다쳐 이번 마당놀이까지 무사히 마칠 수 있을지 모르겠다며 걱정을 해서 마음이 슬펐다. 언제까지나 뵐 수 있을 거라 생각했는데. 힘들었던 시간이 깊었던 만큼 예쁜 딸, 아들, 사위분과 함께 오래오래 행복하셨으면 좋겠다.

김동완

전 기상캐스터

• • •

사랑방 손님 중에 가장 궁금했던 분이다. 어떻게 변했을까? 참말 궁금
했다. 그도 그럴 것이 텔레비전에서 매일 보았던 기억이 있는데 요사이
통 뵐 수 없으니 궁금할 수밖에. 항상 일기예보를 보며 "저분은 음성도 그
렇구 어쩜 저렇게 말씀이 구수하시다니." 하던 엄마의 말이 떠올랐다.

드디어 오셨다. 앗! 70대의 노인이었다. 내가 한참 텔레비전에서 김동
완 통보관님을 볼 때가 40~50대였으니 내 머릿속엔 그때의 모습만 남겨
져 있는데, 일흔이 넘은 모습을 보니 금방 적응이 안 되었다.

"텔레비전에 하루에 한 번씩은 꼭 출연하셨죠?" 했더니,

하루에 텔레비전은 4~5번, 라디오는 10번씩 출연을 했다 해서 깜짝 놀
랐다. 새벽 4시부터 자정이 넘도록 일을 했다니. 와! 20년 동안 공휴일도
없이 매일 일을 하다 20년 뒤에 일요일만 쉬었다니 정말이지 와! 와!

김동완

21

기상청에서 23년, 방송국에서 20년, 43년간 공직생활을 하면서 휴가를 딱 한 번, 7일간 떠났는데 3일 쉬니까 어디 갈 데도 없고 해서 다시 복귀했다 하니, 지금 같으면 상상도 하지 못할 일이요, 집에서 쫓겨나도 변호사를 선임할 일은 아니지 싶었다.

예전에 우린 이렇게 일을 많이 했었는데, 지금은 주 5일근무제에 너무나 빨리 익숙해졌다. 역시 편한 건 누가 가르쳐 주지 않아도 적응이 빠르다. 사람들이 유원지 얘기하고, 휴가지 얘기하면 생전 가보지도 못한 외국 얘기를 듣는 기분이었다는데, 지금은 사모님이 당뇨를 심하게 앓으셔서 또 꼼짝을 못한다니, 이래저래 붙박이형이신가 보다.

그 바쁜 와중에 오남매나 두었는데 집안일에 대해선 전혀 신경을 못 썼고, 일주일에 한 번도 애들 얼굴을 못 볼 때도 많았다 하니 그렇게까지 일을 했어야 했을까 하는 생각이 들었다.

"그거 노동법에 걸리는 거 아니에요?" 했더니 껄껄껄 웃는다.

지금도 길을 다니면 사람들은 날씨를 물어본단다.

사람들은 무심코 묻지만 선생님은 정답을 얘기해줘야 하기 때문에 머리를 식히러 나갔는데 오히려 머리가 더 복잡해져 돌아오니, 사람 많이 모인 곳엔 절대 가질 않는단다.

아! 이 기분 나도 안다. 어떤 모임에 가면 그 모임을 부담 없이 즐기고 남들 얘기도 듣고 편안하게 있다 오고 싶은데, 날 꼭 불러 세운다. 마이크 잡고 한마디 하란다. 그놈의 한마디 하기 싫을 때도 있고 무슨 말을 해야 할지 모를 때도 있는데 꼭 한마디 하란다. 내지는 재미난 얘기를 해달란다. 진땀 난다. 어떤 모임을 가건 꼭 나를 불러 세우기에 어떤 모임을 가건 나는 늘 부담스럽다. 지금 생각해 보면 언제 어디서나 어떤 말이건 할 수 있는 실력을 키우면 되는 것을.

고1 때였던가? 고전문학 시간. 사극에서 보던 마당쇠처럼 입술 위에 까만 점이 진하게 있던, 별명이 역시나 마당쇠였던 선생님은 수업 시간 우리 반에 들어와서는 한 번도 빼지 않고 "3분이 지났네. 그럼 23번 일어서." 하시곤 전 수업에서 배웠던 걸 복습한다며 23번에게 질문을 했다. 한 번도 빠짐 없이. 그 23번 학생은 얼마나 괴로웠을꼬.

그런데 문제는 그 23번 학생이 나였다는 게 문제라면 대단히 큰 문제였고. 그래서 난 그 선생님이 너무 싫었다. 수업 시작 2분 후에 들어올 수도 있고, 4분 후에 들어올 수도 있고 아님 수업 종이 땡 치면 들어올 수도 있는데 허구한 날 3분 후에 들어와 3번도 아니요, 23번만을 외쳤던 그 선생님을 사랑할 수가 없었다.

그런데 지금 생각해 보니, 복습을 완벽하게 해서 '그래 얼마든지 질문해라. 23번 여기 있다. 아흐.' 했더라면 내 인생이 조금 더 기름지지 않았을까 하는 아쉬움이 남는다. 물론 지금도 몸속은 충분히 기름지지만.

어디 이 일뿐이랴! 중2 때 영어 선생님. 내가 좋았던지, 아님 내 이름이 좋았던지 우리 반에만 들어오면 나를 보지 않고도 "장미화, 대답해봐. 장미화!" 어찌나 나를 찾는지 튀는 이름 지어준 아버지를 참 많이도 원망했었다. 심지어 다른 반에서도 나를 찾으셨다니, 원.

좀 더 준비했었더라면 하는 아쉬움이 남는 내 인생의 두 가지 사건이기도 하다.

성인 남녀를 대상으로 '내 인생의 후회'라는 주제로 설문조사 한 것을 봤다. 20대부터 50대까지의 남성들은 좀 더 공부할 걸이란 후회를 가장 많이 했다. 역시 학교 다닐 때, 공부는 열심히 또 잘하고 볼 일이다. 그러나 평생 해야 하는 것이 공부이기에 조금의 위안을 가져 본다.

60대는 돈 좀 모아 놓을 걸 하는 후회를. 이건 좀 슬펐고, 70대는? 아내 눈에 눈물 나게 한 것이 가장 후회된다 해서 웃었다. 잘해야 한다. 곁에 있을 때, 즐길 체력과 여유가 될 때. 힘 달리면 좋은 곳에 가고 싶어도, 함께 하고 싶어도 한계가 있다는 걸 어렴풋이 느끼지 않는가?

여성들 역시 20대에서 40대까진 좀 더 공부할 걸 하는 후회가 가장 많았고. 50대, 60대 여성들은 애들에게 좀 더 잘해 줄 걸 하는 후회를 가장 많이 했다. 어미의 애잔한 마음이 느껴져 이 또한 짠했고. 70대 여성들은 좀 더 배울 걸 하는 역시 배움에 대한 아쉬움을 얘기했다.

그런데 내 눈에 띄는 결과가 있었으니 30대부터 50대까지의 여성들이 두 번째로 많이 한 대답이 "아, 이 남자랑 결혼하지 말걸!"이었다.

아! 어찌 하오리까?

김 통보관님은 5년 전만 해도 일어나면 날씨 체크부터 해야 하루일과가 시작이 됐는데 요즘은 하질 않는단다. 그러니까 너무 편하단다.

요즘엔 산을 타는데 약수터에서 사람들을 만나면 "아! 김 통보관님. 우산 가지고 오셨네요? 다행이네요. 저도 가져왔는데." 하면 그 옆에선 "난 안 가져왔는데 큰일 났네. 어떡하지?" 하며 엄청 고민들을 한단다. 이래저래 참 불편하실 것 같단 생각이 들었다.

예전에는 사무실에 우산이 5~6개씩 있었단다. 아침에 비가 오면 우산을 쓰고 나와 퇴근길에 우산을 가져가면 그냥 우산을 가져가는 것뿐인데, '아, 오늘밤에도 비가 오나 보다.' 사람들이 생각을 하기 때문에 우산을 모아 놨다가 사람들이 없는 시간에 한꺼번에 가져가곤 했다니 정말 스트레스가 이만저만이 아니었을 것 같다.

그 당시엔 날씨를 알 수 있는 방법이 텔레비전과 라디오 외에는 없었기 때문이었으리라. 생각해 보면 언제 그런 시절이 있었나 싶다. 지금은 클릭만 하면 한 달 치 날씨는 너끈히 알 수 있잖어.

일기예보가 틀리면 남들은 다 비를 피할 때 같이 피할 수가 없으니 본인은 비를 맞고 다녔단다. 그러면서 '아! 한때 지나가는 소나기도 피할 수 없는 직업을 가졌구나.' 생각했다지.

말을 조리 있게 참 잘했는데 어릴 적 별명이 '변사'였단다. 요즘 애들은 '판사', '검사'는 알아도 '변사'는 모를 거야.

이날 문자가 상당히 많이 왔는데 강하면서도 구수한 음성이 참 좋았노라는 문자도 있었고, 늘 일기도를 그리며 일기예보를 했는데 친구들끼리 내기를 했단다. 그 일기도는 1번 대충 그리는 거다, 2번 느낌으로 그리는 거다. 3번 정확하게 그리는 거다. 정답은? 아시죠?

2년간 매일 수십 차례 연습을 했단다. 그러다 보니 어느 순간 오차 없이 정확하게 표현이 되더란다. 이렇게 일기도를 정확하게 그리는 사람은 유일하게 본인밖에 없을 거라 해서 그의 노력이 어떠했을까 잠시 좁은 눈으로 헤아려 보았다.

친구들에게 우스갯소리도 잘 하는데, 날씨는 잔잔하게 좋지만 사람은 스케일이 커야지 잔잔하면 못 쓴다 얘기하면, 친구들이 "넌 얼마나 스케일이 크길래?" 한단다.

그러면, "눈 깜빡할 사이에 시베리아부터 출발해서 캄차카 반도를 지나 우리나라 남단까지 지나가는 사람이 나 밖에 더 있느냐?" 하며 웃는단다.

평생을 일기예보 하신 분인데 어떤 날씨를 가장 좋아하실까? 궁금했다. 가랑비가 소리 없이 내리는 날을 좋아하는데, 이런 날은 잡념이 없어지고 머리회전이 잘된단다.

이젠 가랑비만 내리면 김 통보관님이 생각난다. 그러니 사람이 사람을 안다는 것이, 사람을 만난다는 것이 얼마나 큰일인가 싶다.

김 통보관님을 우리가 사랑하고 더욱 기억하는 건 그의 말 한마디 한마디가 구수하고 가슴에 와 닿아서 그럴 거라 생각했는데, 그 당시엔 기상 전문서적이 전혀 없어 무(無)에서 유(有)를 창조하는 기분으로 하나하나 만들어 가느라 얼굴에 등압선이 몇 개 더 늘었다 해서 웃었다.

처음 기상청에 근무할 땐 하루 일하고 하루 쉬고 하는 시스템이었는데, 겸직도 할 수 없으면서 월급은 생활이 안 되는 수준이라 1년간 몰래 영업용 택시를 몰았단다. 택시를 몰면 손님이 타고, 내리며 남녀노소 누구나 자연스럽게 하는 얘기가 날씨 얘기란다. 그리곤 집에 와서 날짜별로 날씨와 날씨에 얽힌 손님들의 이야기를 공책에 정리했는데 이것이 캐비닛에 하나 가득이었단다.

그리고 틈만 나면 어르신들이 모여 있는 복덕방에 가 커피대접 하면서 얘기를 나누다 보면 불쑥불쑥 튀어나오는 말들을 받아 메모를 꾸준히 해 놓았단다. 역시 뭐든 그냥 얻어지는 것은 없는 법.

방송국에 마침 예전 일기예보에 깔렸던 배경 음악이 있어 일기예보를 부탁드렸다. 물론 배경음악이 없었어도 부탁드렸겠지만. 오랜만이라 잘 될지 모르겠다며 시작을 했는데,

"날씨를 전해드리겠습니다. 우리나라 부근에는 약한 고기압 세력이 들어오고 있습니다. (중간 생략) 날씨가 짧은 주기로 빈번하게 변하는 주기에 들어와 있습니다. 날씨가 자꾸 변하면 사람의 생각도 자꾸 변합니다. 쉽게 말해 날씨가 변덕스러우면 사람의 생각도 변덕스러워집니다. 사람이 변덕스러우면 안 되겠죠? 여러분 감정 관리에도 각별히 유념하시기 바랍니다. 지금까지 날씨를 알려드렸습니다."

감탄하며 박수를 쳤다. 아, 이런 거였구나.

날씨만 전해도 되는데 이런 멘트는 왜 하게 되었을까 궁금했는데 텔레비전이 없고 라디오만 있었던 시절 뉴스 끝 무렵에 "관상대(지금의 기상청)를 연결하겠습니다." 하면 전부 채널이 돌아가더란다.

재미가 없다는 얘기. 그래서 우리 일상생활과 날씨가 밀접한 관계가 있다는 걸 알려줘야겠다고 생각을 해서 생활기상이란 걸 국내 최초로 개발하게 된 거다. 나중엔 사람들이 날씨보다는 저 사람이 무슨 이야기를 하나에 관심을 뒀고, 방송국에 전화를 걸어 다른 사람 말고 김 통보관님만 나오게 해달라고 요구해서 그 기나긴 세월을 우리와 함께 했다.

그는 많은 노력 끝에 대중의 사랑도, 믿음도, 명예도 얻었다. 그런데 우린 그를 믿고 사랑하지만, 그에 대한 배려는 너무 없지 않았나 하는 생각이 들었다. 예전에 코미디를 한참 할 때, 처음 보는 사람인데 대뜸 '웃겨봐요, 웃겨 봐.' 하는 사람들을 본 적이 있다. '어떻게 저렇게 무례할 수 있을까?' 하는 생각을 한 적이 있다.

개그맨 김진수는 학생들이 따라오며 "아저씨! 아저씨, 개그맨이죠? 한번 웃겨 봐요, 웃겨 봐요" 해서, "야, 너희들 학생이지? 공부해봐, 공부해봐!" 했단다. 배우도, 코미디언도 혹 길에서 만나면 그냥 평범한 친구처럼 대해주는 것도 그 사람을 사랑하는 방법인 것 같다.

이젠 김 통보관님을 만나면 날씨 묻지 않기! 반갑게 인사만 하기! 약속!

서승만

개그맨, 뮤지컬기획자

• • •

나에겐 코미디언 선배가 된다. 그런데 난 그를 잘 몰랐다. 방송사가 달
랐고, 활동하는 시기가 달라 부딪혀 본 적이 없기 때문이다. 그에 관한 얘
기는 엄청 많이 들었다. 그런데 문제는 그게 좋은 소문이었는지 나쁜 소
문이었는지가 전혀 기억이 안 난다는 거다. 정말 왜 이러는지. 그래서 조
심히 시작했다. 어느 쪽인지를 알 수 없어서.

그의 별명 중 하나가 '개그계의 마당발'이란다. 여기 끼고, 저기 끼고,
얘기 하는 거 좋아하고, 사람 좋아하고, 그런데 남는 건 없고 그렇단다.
맨 처음 놀란 것이 그가 고등학교 때부터 지금까지 30년 넘게 유도를 하
고 있다는 거다. 와우! 만만히 봤는데 그러면 안 될 듯. 그런데 지금은 체
육관에서뿐만 아니라 술자리에서도 모든 걸 유도한다나 어쨌다나. 원래
운동을 상당히 좋아한단다. 권투도 하고, 보드도 타고, 모든 운동을 조금

씩, 조금씩 다 한단다. 잘하는 게 없어 그게 문제지.

두 번째 놀란 건, 그가 대학에서 무용을 전공했다는 거다. 그것도 고전 무용을…….

"제 몸 보면 믿기지 않죠?" 하는데, 정말 몸을 보니 더욱 믿기지가 않았다. 아직도 상체가 뒤로 완전 넘어 간다 하니 정말 유연하긴 한가 보다. 허준호 씨랑 대학동기인데 허준호 씨는 몸이 되니까 현대무용을, 그는 가려야 하니까 한국무용을 했다 해서 웃었다. 이 외에도 탭댄스, 재즈 등 웬만한 건 소화가 다 된단다. 어려서 AFKN을 보며 춤을 따라하고 익혔단다. 영어를 그리 따라할 일이지…….

그는 1989년 MBC 개그맨 콘테스트에서 대상 탔단 얘기는 하고 싶지 않단다.

"왜요?"

"자만해 보일까 봐."

그래서 내가 그랬다. 나 또한 KBS 대학 개그제 '대상' 출신이란 얘기는 굳이 하고 싶지 않다고. 기분 좋게 비겼다.

화려하게 데뷔했으나 처음엔 막간 진행만 했다. 공개 방송할 때 콩트를 하나 찍고, 다음 콩트 세트를 짓는 동안 방청객들이 지루해 하니까 세트 지어지는 20~30분간 방청객들을 웃겨주는 거다. 그 당시 한 프로그램에 콩트가 7~8편정도 있었으니까 약 3시간 정도를 바람을 잡은 건데, 그가 어지간히 웃겼나보다. 소문이 나서 MBC 직원들이 시간을 내서 막간 진행을 보러 오고, 그 막간 진행으로 출연료를 받았다 하니 어떤 수준이었을까 상상해본다. 출연료는 반드시 출연을 해야만 준다. 바람 잡는다고 주진 않는다.

내가 데뷔했던 방송국에서도 바람 잡는 걸 시켰었다. 이제 데뷔한 신인들을 무조건 관객 앞에 세운다. 다행히 남자들만 시키고 여자들은 제외였다. 그래도 어설픈 동기들을 보며, 보는 내가 식은땀이 났다. 맨땅에 헤딩이 이럴 때 쓰는 표현이지 싶었다.

처음 보는 사람들에게 쉬지 않고 몇 십 분을 웃긴다는 건 지금 생각해도 대단한 재주다. 갓 들어온 신인이 해내기에 보통일은 아닌 듯하다. 근데 그걸 못해내면 선배들에게 깨졌다. 아이디어 회의도 자주 하는데 지금 생각하니 신인들이 뭘 안다고 그리 아이디어를 내라고 했을까 싶다.

성장하는 것도 시간이 필요한데 그 시간은 생략된 채, 콩을 심자마자 볶아먹겠다고 불 지피는 꼴이 아니었나 하는 생각이 요즘 들어 부쩍 든다. 성숙해져 가는 건지, 숙성되어 가는 건지. 발효가 되어 가는 건지.

이게 사람 얘긴지, 김치 얘긴지, 유산균 얘긴지.

출연료 하니 생각나는 얘기 하나. 한 드라마에서 사람이 죽어 귀신이 되어 나오는 장면을 보고 엄마가 물었다.

"저렇게 죽어도 출연료 나오니?"

순간 나도 '저렇게 죽어도 출연료가 나오나?' 헷갈렸다.

얼굴이 나가면 출연료가 나온다. 영정사진만 나가도 출연료의 몇 퍼센트가 나오는 걸로 알고 있다. 그런데 본인의 영정사진을 보는 본인과 가족은 기분이 너무 묘하지 않을까?

아무튼 이때 애드리브가 많이 쌓인 것 같단다.

그 후 Mr.객관식으로 서세원 씨가 진행을 했었는데, 끝에 나가서 서세원 씨가 "수고 많았어요." 하면 "수고랄 게 있겠습니까? 허엉." 이 한마디로 90년 신인상을 탔는데, 가장 짧은 대사로 신인상을 탄 역사를 낳았단다.

그래도 그는 한마디라도 했지, 최양락 선배가 나오던 코미디 '네로 25시'에 '침묵리우스' 손경수 선배는 대사가 한 마디도 없었다. 오죽하면 극중 이름이 '침묵리우스'였겠는가. 당시 엄용수 선배는 대사가 꽤나 많았는데, 대사가 그렇게 많아도 말 한마디 하지 않는 손경수 선배랑 출연료는 같다고 해서 웃었던 기억이 난다.

그는 상복이 많은가 보다. 이 외에도 우수상, 공로상, 나중엔 뮤지컬 연출로 행정안전부 장관상까지 받았으니 상에 대한 한은 없을 듯하다.

상(賞). 이 상이란 것이 연예인들에겐 참 의미가 크다. 1년에 딱 한 번 있는 것이 연예계의 상이므로. 1년에 딱 한 번 보상 받는 느낌이므로. 특히나 신인상은 그때가 아니면 받지 못함으로.

그런데 요즘 방송국 시상식을 볼 때면, 정말 공정한가, 누굴 위한, 무엇을 위한 시상식인가 하는 생각이 들 때가 많아 안타깝단 생각이 든다.

어디 시상식만 그러하랴. 언론이 바로 서야 한다. 언론인들이 반듯해야 한다. 언론이란 막강한 힘을 지독한 사명감을 가지고 바른 곳에 써야한다. 지금의 언론들은 어떠한가? 지금의 언론인들은 어떠한가? 그래서 일찍이 마이클 잭슨은 이런 노래를 불렀나 보다. 'you are not alone(유아 낫

언론)'

"사업하다 말아먹은 얘기 좀 해주세요." 라는 문자가 왔다. 나만 빼고 그가 사업하다 집 몇 채 날렸다는 것을 아는 사람은 다 아는 모양이다. 카페를 할 때, 주변에 사람은 많으니까 손님은 많았는데, 아는 사람이 오면 돈을 못 받겠더란다. 그러니 망할 수밖에. 인간성 나온다.

코미디 쪽은 선후배 관계가 굉장히 엄격하다. 그의 밑으로 후배가 200명 정도 되는데 그럼에도 불구하고 아무도 그를 무서워하지 않는단다. 한번은 후배들을 집합시켰는데 아무도 안 나왔더란다. 박명수에게 "너 왜 안 나왔어?" 물으니, "으씨~ 장난인 줄 알았지." 하더란다.

후배들에게 장난도 잘 치는데, 어느 날 서경석에게 전화를 걸었단다.

"경석아, 외국 가는 일인데 토, 일, 월 3일만 뺄 수 있니? 출연료가 3천만 원이래."

"네, 형. 갈 수 있어요. 가야죠."

"그래, 그럼 여권번호 불러봐."

"지금은 알 수 없구요. 1시간 내로 전화 드릴게요."

그리고 1시간 후에 서경석이 전화를 한다. 여권번호 불러주고 물었겠지.

"근데 형, 무슨 행사예요?"

"응. 상하이가서 장기 팔고 오는 거야. 괜찮지?"

"……."

홍기훈에게 전화해서는,

"기훈아, 강원도 대학 행사인데 출연료 한 5백준데, 다음 주 화요일 시간 돼?"

"네. 시간 돼요. 근데 대학 행사면 축제 MC예요?"

"아니, 네가 무슨 MC를 봐. 수영장 파는 건데 한두 시간 인부들하고 같이 파면 돼. 어때?"

"……."

방송국 희극인실에 전화해서는,

"희극인실에 누구누구 있니?"

"예, 학도랑 윤석이랑 해서 8명 정도 있어요."

"어, 그래. 그럼 식당으로 와. 밥 먹자."

"예."

그리고 잠시 후, 후배가 전화를 한다.

"선배님, 여기 식당 앞인데 어디 계세요?"

"여기 식당 앞인데 나 안보여?"

"네, 안 보이는데…… 방송국 식당 앞 맞으세요?"

"그래, 지금 식당 앞인데…… 아, 내가 그 얘길 안했구나. 나 여기 울산 일미식당 앞이야."

"……."

한마디로 신용을 잃었단다. 그러니 어느 후배가 그를 무서워하겠나.

지금은 덜하지만 내가 데뷔했을 때만 해도 군기가 엄청 쎴다. 말도 안되게. 방송국은 달랐지만 그가 데뷔했을 땐 더하면 더했지 덜하지 않았을 터. 한번은 이런 일도 있었다는데, 신인시절 한 선배가 물었다.

"너 방송 끝나고 어디 가나?"

"예, 인천 가는데요."

"어, 그래. 잘됐다. 그럼 가다가 나 동두천에 내려줘."

"……."

선배라는 이유 하나만으로 많은 것을 뜻대로 하던 것이 싫어, 그런 딱딱한 분위기가 싫어 그는 후배에게 다르게 대했다는 거지. 남을 웃기려면 내가 즐거워야 하는데 부당하게 기합주고 때리고 욕하고 하는 게 너무 싫었단다. 그러다 보니 후배들이 그를 만만히 보고 어려워 않고 어려운 일 있으면 털어놓고 한단다.

"군기반장인줄 알았어요." 했더니, "제가 군기반장이 돼서 군대가 해산해 버렸어요." 한다. 갑자기 그가 커보였다. 그리고 좋아졌다.

몇 해 전, 잘나가던 개그맨 후배가 자기보다 나이 많은 후배를 때려 고소당한 일이 있었다. 그 후배는 말했다. 관행대로 했을 뿐이라고. 너무 안타까웠다. 관행이라면 다 따라야 한단 말인가? 본인도 싫었을 터. 본인이 싫었으면 옳지 않다 생각했으면 안했어야지. 정말 그 후배가 바보 같단 생각을 했다.

나도 신인시절 많은 일들이 있었지만, 그 중에 심부름을 너무 많이 시키는 선배들이 있었다. 스타킹 사와라, 스타킹 사오면 빵 사와라, 빵 사오면 우유 사와라, 의상 챙겨와라, 의상 반납해라 등등. 녹화 준비할 틈을 주지 않았다.

적어도 본인의 의상은 직접 챙기고 잘 개서 반납 하는 게 당연하다 생각하는 나로선 황당하기 이를 데 없었다. 그래서 내가 선배가 되었을 때는 후배들에게 절대 심부름을 시키지 않았다. 그리고 사소한 것이라도 후배가 챙겨주면 고맙다는 인사를 잊지 않았다. 그래야 한다고 생각했다. 마땅히 그래야 하는 거다.

생각의 수준이 낮으니 옳은지 그른지 생각지도 않고 나쁜 것만 애를 써 따라한다. 욕부터 배우는 아이들처럼. 그도 나와 같은 생각으로 이어져 있구나 생각하니 반가웠다.

참 그렇게 심부름 시켰던 선배들 지금 방송국에서 보기 힘들다. 그렇다고 인간성 좋은 사람들만 방송에 나온다고 생각하면 그건 또 큰 오산이고.

그는 요즘 연출가이면서 영화감독으로 잘나가고 있다. 교통안전 뮤지컬 '노노 이야기' 의 연출이 그다. 이미 100만 명이 넘는 어린이가 공연을 봤다고 하니 대단하다. 아이와 노노 이야기를 재미있게 봤다는 문자가 와서 인기와 재미를 실감나게 해주었다. 2005년 OECD국가 중 어린이 교통사고 1위가 우리나라였단다. 2008년엔 노노 이야기 덕분인지 6위로 밀렸다 해서 좋았다. 월급만 밀리지 말고, 나쁜 건 죄다 밀렸으면 좋겠다.

뮤지컬 '터널' 도 그의 작품이다. 이 작품은 제작, 극본, 연출을 모두 그가 했다. 와!

뮤지컬계의 큰배우 남경읍 씨를 캐스팅하기 위해 만났더니 시큰둥하더란다. 남경읍 씨는 1년에 딱 한 편만 공연을 한다 하니 얼마나 작품을 고르고 고르겠는가. 극본을 읽어보고 결정하겠다 하더란다. 그가 개그맨이라는 선입견이 컸을 터. 극본을 읽고는 극본을 정말 서승만 씨가 썼느냐 묻더니 당장 출연 하겠다 해서 작품이 무대에 올려 진 거란다.

이 작품은 사춘기 소년들이 방황을 하다 결국 어머님께 감사한 마음을 갖게 되는 효에 관한 내용인데, 민구라는 소년이 엄마 머리맡에서 엄마에게 혼자 얘기하며 "엄마, 사랑해요." 하는 장면이 있는데, 남경읍 씨가 공연 때마다 그렇게 울더란다. MB도 와서 보고는 눈물을 많이 흘리고.

참, 그는 '우유 모으는 아이' 라는 동화도 썼다. 아버지가 읽어주는 동화인데 아주 슬픈 내용이란다.

"평소에 그렇게 글을 쓰시는 거예요?" 했더니 거침없이 "예." 한다.

말은 즉흥적일 수 있는데, 글은 생각해서 나오는 말. 말로는 다 표현할 수 없는 걸 담아낼 수 있어 좋아한단다. 이래서 사람이 겉만 봐선 모른다.

은근히 문학적이다. 그래서 그런가? 그의 아내는 국문학 박사다. 결혼하고 그가 아내의 뒷바라지를 했다. 이 또한 훌륭하다. 두 사람의 만남도 재미있는데, 두 사람은 도서관에서 만났다. 와, 도서관에서! 누군 나이트 클럽에서 만나는데……. 일단 도서관에 점수.

그가 잘 나가던 시절 대본을 쓰러 도서관에 갔는데, 그의 아내도 공부를 하러 도서관에 왔다. 휴게실에서 커피를 마시다 눈이 마주쳤는데, 그녀가 자기가 누군지 전혀 모르더란다. 자존심이 상해서 "너 내가 누군지 모르냐?" 했더니 "누구신데요?" 되묻더란다.

순간, 내가 연예인인 걸 정말 모르는구나 생각이 들었고 "난 이 도서관 총무야." 그랬더니 "네." 하더라는 거지.

어이없었지만 "넌 뭐 공부 하냐?" 물으니 그녀가 "네, 고시공부하고 있어요." 하기에, "그래 나도 고시 출신이니까 모르는 거 있으면 물어봐." 했단다.

아내가 너무 어려 보여 검정고시 공부하는 줄 알았는데, 알고 보니 이화여대 행정학과 재학 중인 학생으로 행정고시를 준비하고 있었던 거다.

검정고시와 행정고시. 그리고 몇 개월 후, 아는 후배 따라간 교회에서 도서관 총무와 검정고시생은 재회를 하게 되고, 그것이 인연이 되어 결혼까지 하게 되었단다. 아들만 두 명인데, 검도장 빼고는 아무것도 과외를 시키는 게 없다고 해서 놀랐다. 그래도 공부를 잘 한단다. 당연하지. 엄마 아빠가 도서관에서 만났는데……

아이가 공부할 때 고민을 하면 "너, 그렇게 공부하면 머리 터져. 아빤 학교 다닐 때 20점 맞았어. 그것도 제일 잘한 게 20점이야." 하면 아이가 힘을 낸단다.

진짜 20점을 맞았어도 애들 앞에서 100점을 얘기하는 아빠 엄마들이 많은데. 참 재미나고 솔직한(?) 아빠다.

좋아하는 공연하느라 집 두 채 날렸다지만 앞으로 좋은 공연을 많이 하고 싶단다. 특히 사단법인 어린이 안전학교 기획이사로 있는데, 스쿨존에서 사고가 많아 '어떻게 안전교육 공연을 만들어 사고 없는 우리나라를 만들까'가 큰 숙제란다.

뮤지컬 '노노 이야기' 홈페이지에는 사비를 털어 플래시 만화까지 넣었다 하니 그 열정이 대단하다. 방송이 끝나고 사진을 찍는데 소파에 앉아 있기에 "오빠, 사진 앉아서 찍을까요?" 했더니 "왜? 누워서 찍을래?" 해서 한참을 웃었다. 그러면서 영화제목이 떠오른단다.

"오빠, 너무 무거워요."

정말 영화감독이 맞긴 맞나보다.

전영호

개그 작가, 방송연예인

• • •

예전에 텔레비전에 출연한 그의 모습을 많이 봤다. 그리고 스포츠신문엔 항상 그의 글이 실려 있었다. 그런가 보다 했지 읽어본 적은 없었다.

방송국에서 한두 번 인사를 나눴던 것으로 기억한다. 그러고는 잊고 있었는데 『물 위를 걸으려면 배를 버려라』란 책을 내서 우리 방송에 모시게 됐다. 항상 그의 이름 앞엔 '개그 작가'라는 타이틀이 붙어 다니는데, 난 솔직히 그가 뭘 썼는지 몰랐다.

출발은 그랬다. 그의 어린 시절엔 좀 웃긴다 싶은 애들은 별명이 다 서영춘이었단다. 그의 별명도 서영춘. 애들 모아놓고 재미없는 얘기도 재미나게 들려주는 아이였단다.

그 당시 배삼룡, 이기동, 서영춘 이런 분들의 전성기였는데 그 인기는 상상도 할 수 없을 정도였다. 예전에 배삼룡 선생 인터뷰를 한 적이 있었는데, 지방공연 갈 때 헬기를 이용했었단 얘기를 듣고 깜짝 놀랐었다. 지금 잘 나간다는 연예인들도 나 몰래 타는지는 모르겠지만, 헬기 탄다는 얘기는 별로 들어 본적 없는데 70년 초에 헬기를 타다니 그 인기가 실감 났다.

지금 아무리 잘 나가도 다음 세대를 준비하자 해서 재간둥이 5명을 뽑았는데, 그 중 한 명이 전영호 작가였던 거다. 그러니까 처음엔 작가가 아닌 코미디언으로 뽑힌 건데, 동기가 누구누구냐 물었더니 전부 돌아가셨단다.

故노한욱(MBC 코미디언), 故손창호(배우) 씨도 동기라 해서 살짝 놀랐다. 아! 그랬구나. 뽑힌 5명은 최선을 다해 연습했고 녹화도 했는데, 이 재미난 원고를 누가 썼냐는 질문에 모두 '전영호'라고 했더니, 당시 최고의 인기프로그램이던 '유쾌한 청백전'의 작가 자리가 갑자기 비게 되었으니 '일할려? 말려?' 해서 작가가 되었단다.

그 이후 웃으면 복이 와요, 유머1번지, 고전해학극장, 밤으로 가는 쇼, 가족오락관, 깊은 밤 전영호 쇼, 쟈니윤 쇼 등 잘나가는 프로그램을 쓰고 직접 출연도 하고 했던 거다.

여기서 퀴즈 하나. 작가 중에 이렇게 방송 출연 많이 한 사람이 또 있을까? 없을까? 정답은 없을까다. 원래 말을 잘 표현하는 사람으로 뽑혔으니 가능한 일이었을 거다.

일 얘기가 나와서 말인데, 그는 내가 아는 한 최고의 일 중독자다. 20년간 스포츠신문에 하루도 빠지지 않고 연재를 했단다. 20년간……. 여기서 입이 떡 벌어졌다.

팩스가 없던 시절에는 해외에 나갈 때도 그 분량만큼은 미리 써서 신문사에 갖다 주고 갔단다. 일주일에 텔레비전 원고 6개, 라디오 원고 4개를 썼다니 상상도 할 수 없는 일이다.

명절이 가장 싫었단다. 일이 있든 없든 아침 일찍 방송국 로비에 앉아 커피 마시며 이야기를 나누어야 사는 것 같은데 명절엔 방송국도 조용했으니까. 참을 수 없는 적막함에 방문에 담요를 치고 글을 쓰기 시작하는데, 정신 차리고 보니 3일 동안 200자 원고지 900매를 썼더란다.

잠시라도 손에 펜이 있지 않으면 불안했던 그. 오죽하면 펜을 쥐면 닿는, 가운데 손가락에 굳은살 제거 수술을 받았단다. 오! 그 후 몇 차례 수술이 이어지는데 또 하나의 수술은 코 옆에 점을 뺀 거다. 청취자 문자가왔는데 "예전에 코 옆에 점 있으셨죠?" 해서, 보니 점이 없는 거다. 뺐단다. 점이 있을 땐 전영호가 아니라 점영호였단다. 이제 점을 빼고 나니 온전히 전영호가 됐다고 해서 한참을 웃었다.

우리나라에 유명한 사람 중에 전 씨가 많다고 자랑도 한다. 전도연, 전지현, 전진 등. 내가 '전두환' 했더니 웃는다. 외국사람 중에도 자기 성을 가져다 쓰는 사람도 많단다.

"누구요?" 했더니 "전 댐버, 전 트라볼타, 전 레논."

아, 그랬구나!(믿는 분 계실라)

내가 진행했던 CBS 라디오와의 재미난 인연도 있다. 그 당시 CBS 사장이었던 이재은 박사와 영화배우 고은아 권사 등과 함께 선교 차 라스베

이거스에 간 적이 있다.

여름이었는데 식사 초대한 댁을 가니 냉면을 주더란다. 미국에서 만나는 냉면은 참으로 반가웠으리라. 이재은 사장이 대표로 "주님, 이 먼 곳에서 이리 뜨거운 대접을 받게 하시니 고맙습니다."라고 간절히 기도했는데, 기도가 끝나고 전영호 작가가 그랬단다.

"사장님, 기도가 엉터린데요?"

순간 사장님이 놀라고, 사장님 보다 더 놀라는 이들이 있었으니 사장님을 보필하는 전무, 상무의 얼굴이 흙빛이 되어 '쟤 뭐야?' 하는 눈빛들로 순간 분위기가 싸 했단다.

"내 기도가 뭐가 엉터리요?" 당연 물었겠지, "뜨거운 대접이라뇨? 냉면이 이렇게 차가운데요?" 빵 하고 터졌단다. 아까 째려보던 전무, 상무도 엄청나게 웃고.

"당연하죠. 웃긴데." 했더니 "아니죠, 사장님이 웃으니까 따라 웃은 거죠." 해서 한참을 웃었다.

그러고는 한국으로 돌아왔는데 CBS에서 전화가 왔더란다. 프로그램을 하자고. 못한다고 했더니 '꼭 하셔야 합니다. 사장님 특별 지시에요.' 하더란다.

그래서 CBS라디오 진행을 하게 됐다는 얘기. 말 한마디로 사람의 마음을 움직인 거다. 그러니 말 한마디 한마디가 얼마나 중요한가!

여러 번의 수술 중 하이라이트는 심장판막증 수술이다. 직업이 직업인지라 매번 원고 마감시간에 쫓기다 보니 심장이 오죽 피곤했을까. 그날도 신문사에 원고를 주고 방송국에 들어서려는데 방송국 건물이 전영호 작가를 덮치더란다.

눈 뜨니 병원, 그러고는 곧바로 수술. 그러나 그 수술로 그는 지금 시한부 인생을 살고 있단다. 말을 듣는 순간, 긴장이 돼서 어떡하지? 걱정을 하고 있는데 "앞으로 80년 밖에 더 못 산데요." 한다. 헉! 속았다.

북창동 계란집 아들. 아버지가 계란장수인 게 너무 싫었고, 밥상에 계란 반찬 올라오는 게 너무 싫었고, "공부 대충해라, 계란집 물려줄게." 하는 아버지의 말은 그를 진저리치게 만들었단다.

어려서부터 교회를 다녔는데 유일하게 하루 안가는 날이 있었으니. 그건 부활절. 왜? 계란주니까.

지금은 교회 장로니까 부활절에도 교회에 갈 거다. 계란만 안 먹겠지.

길고도 어려운 성경구절을 정말 많이 외우고 있어 신비롭기까지 했다. 어떻게 외웠냐는 질문에 "가장 감명 깊게 본 영화의 한 장면을 떠올려보세요. 그게 외우려고 해서 외워진 게 아니죠? 그냥 너무나 인상적이어서 기억에 남잖아요. 저도 그래요." 한다.

아무리 그래도 그 어려운 구절들을 줄줄줄 암송하니 '사람이 아니무니다!' 처럼 느껴졌다. 역시 보통 사람은 아닌 듯했다.

지금은 크리스천 유머연구소 소장으로 유머 설교에 대해서 목사님들 대상으로 강의를 한다. 그로인해 대한민국의 많은 교회가 즐거워졌으면 좋겠다. 사실 설교를 재미나게 잘 하는 목사님들도 많지만, 설교의 내용은 좋으나 성도들의 부족한 수면을 채워주는 목사님들도 있다.

농담 중에 이런 게 있다. 주일날 교회에서 목사 설교시간에 한 남자가 졸다 못해 자고 있었다. 하다하다 안되겠다 싶어 목사는 졸고 있는 남자 옆 사람에게 졸고 있는 남자를 깨우라고 했다. 그러자 그 남자 하는 말,

"재우긴 지가 재워놓고 왜 나보고 깨우래?"

기독교에 눈곱만큼이라도 관심 있는 분이라면 아니 힌두교를 믿는 분이라도 꼭 한번 그의 책을 읽어보시라. 작가의 저력이 느껴지는 책이다.

이석

황손, 교수

. . .

어릴 때 '비둘기 집'이란 노래를 참 많이 들었다. 지금도 그 가사를 기억한다.

'비둘기처럼 다정한 사람들이라면 장미꽃 넝쿨 우거진 그런 집을 지어요.'

들으면서 어린 마음에 이런 생각을 했다.

'비둘기들이 서로 다정한가 보지?'

부드러운 목소리가 좋았고, 정말 장미꽃이 우거진 집에 살면 참 좋겠단 생각도 했었다.

요즘에야 워낙 아파트가 대세지만 나 어릴 때만 해도 근사한 단독주택이 최고였다. 어린 마음에도 학교를 오가며 집들을 보노라면 어떤 집이 좋은 집이고, 어떤 집이 별로인지 가르쳐 주지 않아도 알게 되었고, 주로 좋아 보이는 집 초인종을 누르고 많이 도망쳤던 기억이 난다.

왜냐면 어린 마음에 '얘넨 왜 이렇게 잘사는 거야?' 하는 시샘도 있었고, 무엇보다 주인이 나오는데 시간이 한참 걸리니까 붙잡힐 위험이 적었다.

그리고 그 당시에 일반 집엔 잘 없었던 인터폰을 통해 들려오는 "누구세요?" 소리가 정말이지 신기했다.

고급 단독주택과 그렇지 않은 단독주택은 여러 가지로 차이가 나지만 가장 결정적인 게 담장이 아닐까 생각해 본다. 고급주택은 아치문에서 담장까지 장미가 수북이 피어 있어서 지나가는 사람조차 행복하게 만든다. 그 안에 사는 사람을 상상하게 만든다. 그리고 부러워진다.

고급과 거리가 있는 집은 일단 담장에 산산조각이 난 맥주병이 어지럽게 꽂혀있었다. 이게 아님 38선을 연상시키는 철사가 가시를 품고 똬리를 틀고 있다. 이런 집은 별로 그 안이 궁금하지 않다. 다만 도둑도 조심스럽겠단 생각은 든다.

나도 두 번 단독주택에 산 적이 있는데, 장마 때 집 앞 골목으로 물이 쫙쫙 빠지는걸 보며, '약간 높은 곳에 있는 우리 집은 물난리가 나도 끄떡없겠구나. 이건 좋은 점이구나.' 하는 생각을 했었다. 주택들이 줄서듯이 붙어 있었는데 아랫집이 송아지만한 개를 두 마리나 키웠는데, 그 개들이 너무 짖어 짜증이 한없이 났던 기억도 난다.

'개 도둑도 많다는데 저건 누가 훔쳐가지도 않나?' 하는 생각과 '저건 누가 잡아먹지도 않나?' 하는 생각을 거의 매일 했었다. 내가 공부를 더 잘하지 못했던 건 내 머리 탓도 조상 탓도 아닌 그 집 개 때문이었다. 확실한건 아니지만……

"엄마, 가서 뭐라고 말 좀 해." 하면 "이웃 간에 말하기도 그렇고 알아서 조심해 주면 좋으련만 참 그렇다." 했던 엄마가 답답하게 느껴졌었다. 생각해보니 난 지금 아파트에 살면서 우리 집 위층이 개를 두 마리나 키우는데, 겨울은 그런대로 괜찮지만 여름엔 창문을 열어 놓으니 개들이 교대로 울다가 합창도 자주 하고 해서 정말 짜증 제대로 인데도 몇 년간 말을 못하고 살고 있다.

그 엄마에 그 딸이다. 내 딸은 나와 다르길, 싫은 소리도 좀 잘하길 바래본다. 근데 쟤도 영 아닌 것 같다. 쩝.

마당엔 대추나무도 있었는데, 저게 대추가 열릴까 싶을 정도로 비쩍 말랐는데도 대추가 열리고 빨갛게 익어 대추를 따먹을 때 마다 무척 신기했다. 고추도 심고 김장독도 묻었었다. 추운 겨울에 김치를 내오라는 엄마의 심부름이 너무 싫었는데, 지금 생각하니 엄마도 추웠겠단 생각이 든다. 이런 걸 이제야 깨달은 난 참 많이 모자란 사람이다.

집 얘기 하다 보니 마당엔 수도가 있고, 고추랑 토마토랑 상추가 심어져 있는 집에 살고 싶단 생각이 간절하다. 아이들이랑 나무를 가꾸며 따먹는 재미와 일궈야만 얻을 수 있는 자연의 섭리와 흙을 만지며 흙내음도 아는 아이들로 자라게 해주고 싶다.

여름엔 빨간 고무 통에 물을 가득 받아 입술이 파래 질 때까지 물놀이를 하면 좋겠다. 개미집도 있고 제비집도 있는 그런 집에 살고 싶은데 요즘 서울에서 마당 있는 집에 살기란 빌딩을 사는 것만큼 이나 어려운 일이 됐다. 그러고 보니 다락방의 그 느낌도 잊을 수가 없는데 우리 딸은 다락 방을 모를 거야. 가까운 사람끼리 공유하는 게 줄어든다는 건 슬픈 일이 지 싶다.

이분을 이렇게 만난 것도 슬픈 일이었다. 이렇게 만나서는 안 되는 건데. 아침마당이란 프로그램에서 고정 출연자와 초대 손님의 자격으로 만나게 되었다. 황손이고 '비둘기 집'이란 노래를 부른 가수라는 정도만 알고 있었다.

솔직히 '황손'이라는 것도 별 큰 의미 없이 받아 들였다. '조용필'이란 이름을 들었을 때 그냥 조용필인가 보다 하다가 '용필'이란 이름이 촌스 럽다는 생각을 아주 뒤늦게야 하게 됐듯이.

귀티가 흘렀다. 황금색 두루마기를 입고 왔는데 왕족은 뭐가 달라도 다르다고 우리끼리 수군거렸다. 왕실 이야기가 궁금했고 재미나게 들었고 개인적으로 힘든 삶을 보낸 이야기도 들었다.

그래서 내가 진행하는 프로그램에 모셔야겠다고 생각했다. 많은 이들에게 들려줘야 할 것 같아서. 댁이 전주인데 라디오 출연료가 얼마 되지 않아 죄송한 마음에 섭외 전화를 드렸는데 흔쾌히 허락해 주셔서 감사했다. 황손께서도 많은 이들이 이야기를 들어 주었으면 했던 것 같다.

태어나 자란 곳이 서울시 종로구 와룡동 1번지 창덕궁이라는데 왜 전주에 살게 되었을까 궁금했다. 2003년 전주에서 역사 강의를 1시간 한 적이 있는데 그때 이 강의를 들은 젊은 시의원이 전통 역사의 시작이 전주이고, 태조 이성계의 사당이 있는 곳이 이곳인데, 그 후대를 우리가 모시자는 5분 스피치를 해서 그곳에 살게 되었단다. 누군지 몰라도 훌륭한 젊은이다. 다음에 또 뽑아주시길.

전주가 역사의 도시고 멋진 분들이 많은 곳이지만 서울서 나고 자란 분이 처음에 얼마나 낯설었을까 하는 생각이 들었다. 그나마 이런 예우가 다행이지만 그 안에 깔려있는 서러움은 어찌 할꼬 하는 생각도. 서울시가 그런 생각을 먼저 했어야 하지 않을까 하는 원망 아닌 원망도 들었다.

이석 황손은 고종황제의 둘째 아드님인 의친왕의 아드님이다. 그러니까 고종황제가 할아버지이고, 흥선대원군은 증조할아버지가 되는 거다. 말할 때마다 고종 할아버지, 명성황후 할머니 이렇게 말해서 다 맞는 말인데도 처음엔 굉장히 어색했다. 아니 내내 어색했다.

의친왕이 62세에 얻은 아들인데, 당시 만여 평 되는 사동궁에 상궁이 50여명 있었단다. 어머님은 남양 홍씨로 광나루 뚝섬 출신인데 궁의 전화 교환수로 근무하다 19살에 성은을 입었단다. 이 얘길 들으니 진짜 궁 얘기 같았다.

40살 차이의 부모님 사이에 태어나 할아버지 같은 아버님이셨는데, 아침 문안 인사를 드리면 "굿모닝?" 하고 뺨을 만지며 "네가 몇 째 아들이야?" 하고 물었단다. 너무 나이 차이가 나 그렇지 않아도 어려운 아버님인데 더 어려웠을 것 같단 생각이 들었다. 여기에 더 외롭게 만드는 것이 있었으니, 학교에 갈 때도 늘 상궁들이 따라다녀 "따라오지 말아요." 하면 "아니 되옵니다."가 늘 반복이었단다.

그나마 둘이던 상궁이 점심시간엔 넷이 되어 교자상을 들고 출연을 했다하니 참 밥맛 안 났겠단 생각도 든다. 초등학생이 먹으면 얼마나 먹었겠나 하는 생각도 들고 상황에 맞춰 주었으면 학교생활이 훨씬 편했을 텐데 하는 안타까운 마음이 들었다. 솔직히 3단 찬합 도시락도 반 아이들이 보기에 벅찼을 터인데, 교자상이라니. 시대가 그랬던 것을 어찌 하겠는가.

음식은 정말 맛있었노라 회상한다. 계란찜과 궁중보쌈, 장조림 등이 있었는데, 장조림은 고기를 찢어서 만든 것이 아니라 고기를 다져서 만들어 입에 넣으면 살살 녹는다하니 지극히 평범한 평민인 나로선 감히 상상이 되지 않는다. 밥을 먹고 상을 교장실에 내놓으면 선생님들의 파티였다고 하니, 선생님들은 왕자 학생이 부담스럽기도 했겠지만 그래도 상당히 괜찮은 시간이었으리란 생각이 들었다.

가을 운동회 때도 반바지 입고 뛰려고 하면, 옆에서 상궁들이 "아니 되옵니다."를 연발하니 교장선생님이 대신 뛰었다 해서 "교장선생님은 웬 날벼락 인가요?" 하며 웃었다.

그러니 같은 반 아이들 사이에선 얼마나 외로웠을지 보지 않았건만 훤히 보인다. 이건 친구도 아니고, 친구가 아닌 것도 아니고. 웬 아줌마들이 교자상을 들고 쫓아다니며 밥을 먹이지 뛰지도 못하게 하지, 얼굴은 하얗지 옷도 달랐을 것이고, 참 피차가 피곤했겠단 생각이 든다.

궁에서 혼자 거닐며 소리를 지르는 것이 유일무이한 스트레스 해소법이었다 하니 '왕자는 외로워' 쯤 될까?

그런데 왕자의 신분으로 어떻게 가수가 되었을까가 무척 궁금했다.

5·16군사정권으로 바뀌면서 하루아침에 생활비 지원이 끊겼다. 그러던 중에 음악 감상실 주최 노래대회에서 '베사메무쵸'로 1등을 하면서 인기 DJ가 되고, 미8군부대에서 글래머 여가수를 모집한다는 광고를 보고 밑져야 본전이라는 주변의 권유로 지원했다. 마침 '우리 애인은 올드미스'라는 노래로 인기를 모은 가수 최희준 씨가 출연료를 올려달라고 했다가 잘렸는데, 그 자리에 취직이 되서 데뷔를 하게 되었단다.

역시 한사람이 울면 한사람은 좋을 수도 있는 법. 전쟁은 누구나에게 끔찍할 것 같지만 어떤 나라나 어떤 이들에겐 꽤나 괜찮은 기회를 주는 것처럼. 그래서 전쟁을 쉼 없이 일으키는지 모르겠지만.

1961년 흑백텔레비전에 나가서 노래를 했는데, 이걸 본 순종황제의 왕비 그러니까 큰어머니가 되시는 윤대비 마마가 "나라가 망하더니 황손이 광대가 되었구나." 땅을 치고 통곡을 해서 창덕궁 낙선재에 가 석고대죄를 했단다. 당장 생계가 막막한데 황손이 무슨 의미가 있겠는가? 윤대비 마마도 답답했겠지만 듣는 나도 답답했다.

그 이후 월남전 때 '비둘기 부대'로 참전해 어깨부상을 입고 상해군인이 되어 돌아왔고, 그래서 '비둘기 집'이라는 노래를 부르게 되었다. 잊을 수 없는 일로는 64년 윤대비 마마가 돌아가셔서 사회를 보던 워커힐 호텔쇼를 한 달만 쉬겠다고 했더니 매니저란 사람이 장례도 나가지 말라 해서 그 자리에서 당장 그만 두었단다. 예전 같으면 국장(國葬)으로 치렀으련만 장례조차 나가지 말라 했다니, 그 매니저란 사람도 꽤나 무식한 사람이었나 보다.

지금도 그 매니저란 사람의 이름을 기억 하고 있었는데, 그 사람이 살아있다면 황손이 매스컴을 탈 때마다 미안한 마음이 들지 않을까 하는 생각을 실없이 혼자 해봤다.

41살까지 칠궁에 살았는데, 전두환 정부가 들어서며 모두 트럭으로 짐을 실어 쫓아내 다섯 번째 형님이 피를 토하고 죽었단다. 그때 황손은 '이 나라에 다시는 돌아오지 않겠다.' 다짐을 하고 미국으로 떠나게 되었단다.

그렇게 떠난 미국생활이 오죽했으랴. 불법체류가 되어 아침 6시부터 새벽 2시까지 하루에 16시간씩 노동을 하며 생활을 했는데, 밤에는 보초 서고, 수영장 청소하고……. 정말이지 안 해본 일이 없다 해서 많이 시큰했다. 생활이란 표현은 너무 고상한 표현일지 모른다. 연명의 수준이 아니었을까?

왕족으로 태어나 궁에서 나고 자라 생활했던 분들이 타국의 최고 빈민층 생활을 하며 살았을 그 하루하루의 서러움은 그 무엇으로도 표현하기 어려우리라. 지금도 대부분의 왕족들은 미국에서 생활을 하고 있단다. 막노동이나 세탁소, 구멍가게 등을 하고 있다 해서 "많이들 어려우실 것 같은데요?" 하니 "어렵죠. 어려워요." 황손의 목소리가 떨린다.

황손도 열심히 일한 덕에 작은 구멍가게를 냈는데, 흑인 강도가 13번이나 들어왔단다. 불난 집에 유조차 집어넣는 격이다. 그 흑인들도 일을 해서 먹고 살지 어쩌자고 남의 것을 그리 쉽게 먹으려 들까 싶어 미워도 너무 미웠다.

무려 자살 시도를 9번이나 했다 해서 많이 놀라고 많이 아팠다. 나도 왕년의 잘 나가던 사람이 삶의 추락으로 노숙자가 되었단 얘기를 여러 번 들었다. 하물며 황손인데……. 어찌 상상이 가능 하겠는가.

그럼 왜 원망이 많은 고국으로 다시 돌아 왔을까도 궁금했다. 1989년 5월 영친왕의 왕비인 이방자 여사의 장례식에 참석하러 왔다가 미국 영주권을 취소했단다. 왕실을 복원하고 싶어서.

그렇겠지. 궁에 대해 알고 있는 사람이 있을 때 복원도 가능하리라. 이제 왕이라 함은 통치자가 아닌 상징적인 인물이지만 왕실의 문화를 잊게 한다 해서 우리가 얻는 혜택은 또 무엇이랴. 현재 사단법인 황실문화 재단을 만들어 지금 8개의 재단이 있단다.

숭례문이 불탔을 때, 5시간을 우셨단다. 나도 울고, 너도 울고 많은 사람이 울긴 했지만 5시간을 운 사람은 황손만이 아닐까 생각해 봤다. 그래서 '아! 숭례문' 이란 곡을 냈다. 42년만의 녹음이라 많이 떨렸다는데 너무 쉽게 잊는 우리 국민들의 모습이 애처로워 고민 끝에 내게 되었단다.

이제 왕권이 다시 생긴다면 영친왕의 아들 이구 전하도 왕세자도 돌아가셔서 황손께서 1순위가 된다. 마지막 인사도 "국민 여러분, 건강하십시오."라고 해서 역시 인사의 폭이 다르구나 하는 생각을 하게 됐다.

이석 황손과의 짧은 만남에서 너무나 잊고 있었던 우리의 역사와 너무나 많은 것을 묻어두고 지낸 나와 우리가 조금은 변할 필요가 있지 않을까 생각하게 됐다. 마치 플라스틱이 나오자 집에 있던 스테인리스 그릇, 사기 그릇, 놋그릇을 전부 갖다 버리고는 세월이 흘러 환경호르몬이 나오네, 어쩌네 하며 다시 이것들을 사들이는 지금의 우리의 모습처럼.

어느 왕조나 어느 나라나 영원하진 않다. 그들의 대한 원망도 있었지만 어찌 그들의 잘못이기만 하겠는가. 세월이 흘러 우리도 후대에게 원망들을 일이 있을 터. 어느 것이 우리에게 또 후손들에게 득이 될지 다시금 생각해 볼 필요가 있을 것 같다.

가시는 뒷모습에 인사를 했다.

"부디 옥체를 보존하시옵소서!"

황안나

도보여행가

• • •

큰아이와 남편은 연극을 보러 극장에 들어가고, 돌 지난 아들과 나만 남았는데, 아기는 보채지 갈 곳은 없지, 유모차를 끌고 대학로를 막 돌아다녔다. 날은 덥고 이 녀석도 지루했는지 내리겠다고 칭얼대기에 임시방편으로 들어간 곳이 교회였다. 예전에 앞마당이 작게 있었던 교회였는데 어느 새 리모델링을 해서 높은 건물과 더불어 1층에 큰 커피숍도 들어와 있었다.

일단 시원하고 아이가 소란스러워 좀 미안하긴 했지만 안전하고 물도 마실 수 있어 좋았다. 근처의 놀이터를 물어보고 금방 나오려 했는데 아들 녀석이 잠이 든 거다. 야호! 만세! 그때의 기분이란……. 애기 엄마들은 알고도 남으리라.

어린이 연극을 보러 갔을 때, 무대에 나온 배우가 그런다.

"어린이 여러분!"

아이들이 큰 소리로 "네에." 대답한다.

"반가워요."

다시 배우가,

"엄마들!"

엄마들도 아이들만큼은 아니지만 큰 소리로 "네에." 대답한다.

"반가워요."

이번에 또 배우가,

"아빠들!"

몇몇의 아빠들만 "네에." 하고 겨우 대답했더니 배우가 그런다.

"졸지 마세요!"

양심들은 있는지 큭큭큭 웃는다.

아무튼 그래서 갑자기 내가 너무나 여유로워진 거다. 이럴 때 책 생각
이 간절해지는데, 커피숍 안에 책들이 있는 거다. 할렐루야! 뭘 읽을까 하
다가 황안나 선생님의 책 『내 나이가 어때서?』가 눈에 띄어 읽게 됐다. 그
런데 책이 너무 너무 재미있는 거다. 애도 깨어나고 공연 마칠 시간도 돼
서 가야 하는데 책을 못 놓겠는 거다. 순간 책 들고 가는 사람들 마음을 살
짝 이해도 했지만, 경건한 마음으로 책을 내려놓고 아쉬움을 뒤로 한 채
집으로 왔다. 마침 다음날이 우리 방송 여름특집이었는데, 황 선생님이
나온 거다. 세상에 이런 일이!

더군다나 책을 선물로 들고 와서 어찌나 감사했는지 새벽 1시까지 꺼이

꺼이 울며 다 읽고 잤다. 솔직히 몇 년 된 책이라 절판 됐으리라 생각했는데 지금도 잘만 팔린단다. 책이 참 쉬우면서도 재미있다. 그리고 마음이 너무 아팠다.

남편의 사업 실패로 인해 빚을 오랜 세월 갚았는데 특히 어렵사리 사 준 아이들 자전거를 빚쟁이가 들고 간 얘기는 슬프다 못해 화가 났다. 물론 이유야 어쨌든 돈 꾸고 안 갚은 사람이 나쁘다 하나 아이들 자전거까지 가져가야 했을까? 그거 몇 푼이나 한다고. 요즘 사채업자들은 신체포기각서까지 쓰게끔 한다지만 어린 영혼에 상처 주는 건 신체포기각서 만큼이나 나쁘다. 나쁜 쉐이들.

나이를 따지지 않고 뭔가 배워나가는 얘기는 참 멋졌다. '배우는 자는 늙지 않는다.' 는 말이 있는데, 내가 참 좋아하는 말이다. 황 선생님은 나이 50살이 넘어 컴퓨터를 배웠다. 우린 나이50살을 젊은 나이라 하진 않지만 100세 인생, 겸손하게 80만 잡는다 해도 30년이나 살 날이 남았는데, 필요하다 느끼면 배우는 게 맞다.

지금도 블로그 운영도 하고 게임도 하고 글도 쓴단다. 그것도 아주 잘. '얘네들이 언제쯤 놀러오려나.' 기다리는 게 아니라 오히려 시어머니 스케줄 맞춰서 놀러 와야 한다니 나도 이렇게 살아야지 하는 생각이 든다.

부부사이도 그렇다. 하루 종일 남편만 기다리는 사람은 남편이 늦게 들어오면 잠 안자고 기다리다 들어오면 잡아먹을 듯이 난리다. 하지만 일이 있어 오늘 하루 피곤했고, 내일을 위해 자야하는 사람은 남편을 기다릴 새 없이 잠든다. 우리 남편은 이거 하난 편할 것이다. 365일 중에 360일을 늦게 들어오는 사람. 내가 매일 새벽까지 기다리고 있다고 생각하면 살은 빠질 거다. 매일 밤이 공포일 테니까.

한번은 이런 일도 있었다. 잠결에 남편 들어오는 소리를 들었다.

"몇 시야?"

"음, 1시."

"그래."

그리고 머리맡 시계를 보니 새벽 3시였다. 그 다음부턴 "1시야." 그러면 "또 3시지?" 한다. 그러게 평소에 잘해야 한다.

황 선생님은 운전면허도 50살 넘어 땄다는데, 90살 된 친정어머니 모시고 병원 갈 때 '내가 운전면허 따길 잘했지.' 매번 생각한단다.

나도 그렇다. 내 나이에 운전면허 있는 건 당연하지만 거기에 차까지 있으니 정말 감사할 때가 많다. 우리 집은 늦도록 차가 없었다. 아버지는 초등학교 선생님이었고, 평범한 주부인 엄마에 4남매가 있었으니 할아버지가 부터 빵빵한 분이 아니고서는 우리에게 차는 먼 나라 얘기였다. 그러니까 내가 방송국 데뷔하고 산 차가 우리 집 첫 차다. 이 차는 폐차되었고, 지금은 17년째 두 번째 애마를 끄는 중이다. 나, 애마부인!

중학교 시절 경주로 수학여행을 갔을 때 현대 자동차 견학을 갔었다. 학교 운동장 100배쯤 되어 보이는 땅에 거짓말 안 보태고 자동차가 한 가득 있었다. 그때의 놀라움이란. 이 세상에 이렇게 많은 자동차가 있다니! 세상 모든 차가 다 모여 있는 듯한 착각을 했다. 그 기억이 오래 간다. '세상엔 이렇게 차가 많은데 우리 집엔 없구나.' 했던 기억.

데뷔하고 인천에서 여의도로 출퇴근을 하는데 너무 힘이 들어 차를 가지고 다니고 싶은데 운전 면허증 딸 시간이 없는 거다. 접수해놓으면 방송이 있고 또 접수해 놓으면 방송이 생기고, 짬밥이 안 되는지라 면허증 따야 된다는 소리도 못하고……. 그땐 인기 있는 애보다 차 가지고 다니는 동기가 더 부러웠던 기억이 난다. 하기야 그땐 동기 중에 내가 제일 잘 나갔다.

얼마 전 전화기 너머로 들리는 엄마 목소리가 좋지 않아 일요일 오후 혼자서 인천으로 내려갔다. 전날 생선 집을 다 털다시피 해서 사놓은 생선이랑 미리 해놓은 반찬들과 참외, 수박, 사탕, 팥죽, 해물탕 등. 보따리가 꽤 여러 개가 됐다.

온가족 다 움직여봐야 노인네 아프신데 도움도 안 될 것 같아 나 혼자 차를 끌고 가는데, 어찌나 감사한 마음이 드는지. 내가 운전을 못했거나 내 차가 없었으면 부부지간인데도 남편에게 아쉬운 소리를 해야 한다. 이런 능력이 있는 내가 좋다. 나 자신이 당당해서 좋다. 기분 좋게 갔다 왔는데 장모님 어떠시냐 묻지도 않는다. 나쁜…….

황 선생님 남편의 사업은 7전 8기보다 한수 위인 10전 11기다. 안 해본 사업이 없어 나열 할 때 마다 순서가 바뀐단다. 남편이 쓴 가계수표 때문에 교사 신분으로 경찰서 끌려간 얘기, 빚쟁이가 학교까지 찾아온 얘기는 같은 사회 생활하는 여성으로서 얼마나 아팠을지 마음에 와 닿았다.

이혼을 안 한 것이 대단하다 생각했는데, 한 번 이혼도장을 찍은 적이 있었단다. 남편의 연이은 사업실패로 너무 힘도 들고, 여자가 돈을 버니 그걸 믿고 저러나 싶어 이혼을 결심했단다. 다방에 앉아 남편도 떨고 그녀도 떨고. 남편이 서류를 쓰다 "글씨가 틀렸는데……." 했더니 그녀가 얼른 여분의 서류를 내밀었다. "증인도장이 있어야 하는데……." 해서 얼른 동생의 도장을 내밀었다. 결국 접수는 시키지 않았고, 3년 만에 다시 재결합했단다.

그러고 보니 혼인 신고하러 갔을 때가 생각이 난다. '1년쯤 살다 혼인 신고 해야지. 사람 일 어떻게 될지 모르니.' 하는 발칙한 생각을 했었다. 그런데 신혼여행을 다녀오니 부지런한 우리 아버지, 서류를 이미 다 준비해 놓고 얼른 가서 접수하라 한다. 아빠도 참…….

구청으로 갔다. 혼인신고 서류를 집어 드는데 너무 아이러니 하게도 이혼서류가 바로 옆에 있다. 그때의 기분이란……. '뭐야? 너무 배려 없는 거 아냐?' 했다. 혼인신고서 집어 드는 사람이야 괜찮지만 이혼서류 집어 드는 사람은 아무래도 무안할 것 아냐. 편의상 그랬겠지만 아무리 생각해도 이혼신고서와 혼인신고서가 딱 붙어 있는 건 좀 그렇다.

어두운 표정을 하고 온 사람이 있어 이혼신고서 집어 들겠구나 했더니 역시나 맞다. 즐거운 표정을 하고 온 사람이 있어 혼인신고서 집어 들겠구나 했더니 이혼신고서를 집는다. 그래, 때로는 헤어지는 게 즐거운 사람도 있겠단 생각이 들었다. 그 과정까지는 힘이 들었겠지만.

노래가 하나 떠오른다. '님' 이라는 글자에 점 하나만 찍으면 '남' 이 된다고 했던가? '남' 이라는 글자에 점하나를 방향만 살짝 바꾸면 욕도 된다. 결혼을 했으면 특히 아이가 있다면 더 잘살아야 하는데, 살면 살수록 늦도록 부부가 다정히 함께 한다는 것은 한 악기를 능숙하게 다루는 것만큼이나 어려운 일이라는 생각이 든다.

아름다운 풍경에 노부부가 손을 잡고 산책하는 모습을 많은 사람들이 꼽는걸 보면 비단 나만의 느낌만은 아닌듯 하다.

아흔 되신 황 선생님 어머니 얘기 또한 나를 시큰하게 한다. 경기도 포천에서 혼자 농사를 짓는다는데 하루 일을 마치고는 "해님, 고맙습니다. 오늘도 햇볕을 쬐어 주셔서 농사를 잘 지었습니다. 내일 또 뵙겠습니다." 인사를 한단다. 삶의 겸허함이 느껴진다. 요즘 물질은 풍부한데 사람들에게 감사함도 풍부해 졌을까 묻고 싶다.

나는 비가 억수로 쏟아지는 날, 이 비를 피할 수 있는 집이 있어 얼마나 감사한가 생각한다. 비록 전세지만 감사하다 했더니 다들 나를 이상하게 쳐다본다. 정말 내가 이상해요? 지금은 전세 아니고 내 집인데, 이젠 2년마다 집세 올려 달라 소리 안 들어서 그게 감사하다.

신혼 초에 남편이 화장실을 잘 가기에 그것도 감사하다 했더니 아는 동생이 "언니, 누가 들으면 대장암 환자랑 사는 줄 알겠수." 해서 웃었다. 요즘은 동네 뒷산 등산하고 내려오며 산을 향해 두 손 모으고 고개 숙여 인사 한다. 좋은 운동, 맑은 공기, 푸른 나무, 새소리, 바람소리 듣게 해 주심에 감사하며. 때론 근심, 걱정만 놓고, 좋은 것만 받아 오는 것 같아 미안해하며.

황 선생님의 어머니는 칠순 넘어 글을 배웠다는데 일기를 쓰고 있더란다. 일기 중에 서툰 글씨로 쓴 '어디든 덧나고(떠나고)싶다.' 라는 구절을 보는 순간 내 가슴이 무너졌다. 그래, 엄마들도 떠나고 싶을 때가 있다. 난 그걸 이제야 안다. 그렇다면 우리 엄마도 떠나고 싶을 때가 있었겠구나. 가엾은 우리 엄마. 엄마들은 가엾다. '엄마'라서 행복하지만 '엄마'여서 힘이 든다는 거대한 모순이 함께한다.

첫아이 낳고 혼자서 베트남 여행을 갔다 온 적이 있다. 아이가 밟혔지만 내 머리가 너무 복잡해 그냥 떠나버렸다. 물론 시어머니가 아이를 봐주어 좀 더 편안한 마음으로 떠나기도 했지만. 한 일주일간 떠났다 오니 아이가 날 보며 "엄마?" 한다. 이제 돌 지난 것이 오랜만에 보니 엄만지 아닌지 긴가민가한 거다.

우리 엄만 4남매 키우며 없는 살림에 떠나고 싶어도 떠날 수가 없었겠지? 나이 들수록 같은 여자로서 연민이 생긴다.

아는 분 중에 몸이 아파 자식들의 병수발을 받은 분이 있다. 며느님들의 밥도 따님들의 밥도 다 받아 보았다.

"며느리랑 딸이랑 차이가 나요?"

"잉~ 나요. 밥은 며느리가 더 잘 챙겨줘. 시간 맞춰 딱딱. 근디 밥 차려 놓고는 딴디로 가. 근데 딸은 반찬은 별로 안 챙겨도 나 밥 다 먹을 때 까지 앉아서 엄마 그거 생각나? 하면서 옛날 얘기도 하고 동호 아줌마는 요즘 뭐하는데? 하면서 계속 말을 해. 긍께 딸이랑 밥 먹는 것이 더 재밌고 맛나요."

그래, 그 차이구나. 며느리와 딸의 차이. 딸이 있다는 건 큰 축복이다. 이건 내가 딸이어서 안다.

황 선생님의 책을 읽다 보니 문득 나도 걸으며, 그 느낌을 책으로 쓰고 싶다는 생각이 든다. 그러려면 일을 잠시 놓아야 한다. 아무 벌이 없이 한두 달을 살아야 한다. 긴 인생 한두 달은 결코 길지 않은 시간이건만 나에겐 그럴 마음의 여유가 없다.

"미화야, 힘내자. 너만 그렇게 사는 거 아니다." 다독여 본다.

세상에 거저 얻어지는 건 없다 했다. 상상도 할 수 없는 25년이란 긴 세월을 빚과 생활고에 시달렸지만, 그로 인해 걷고 싶었고 그래서 걸었고 책도 냈고 유명해졌다. 전국에 걷기 대회에선 초대 순위 0순위란다.

황 선생님은 일흔이라는데 젊어 보인다. 그리고 작년에 만났을 때 보다 눈빛이 편안해져서 보는 나도 마음이 편안했다.

걷고 싶은 분이라면, 어딘가 떠나고 싶다면, 무언가 너무 늦었다고 한탄하는 분이라면, 내가 가장 불행하게 느껴지는 분이라면, 그냥 울고 싶은 분이라면 『내 나이가 어때서?』와 함께 해보시라. 이미 개봉박두!

허정도

전 경남도민일보 대표이사

. . .

예전에 '책 읽어주는 여자' 라는 영화가 있었던가? 이분의 책은 『책 읽
어주는 남편』이다. 제목만 그런가 했는데 정말 책 읽어주는 남편, 본인의
얘기다.

시작인 즉은 그랬다. 허정도 선생의 아내 되는 분이 안구 대상포진에
걸린 거다. 대상포진은 많은 분들이 아는 것처럼 물집이 잡혀 아픈 병인
데, 이게 눈 주위에 생겨 아프기도 많이 아프고 보기도 흉해 밖에 나갈 수
도 없고, 무엇보다 눈을 뜨지 못해 텔레비전조차도 볼 수 없으니 얼마나
괴로웠을까?

그래서 허정도 선생이 읽으려 사놓은 책 『연암에게 글쓰기를 배우다』를
아내에게 읽어주기 시작한 거다. 관심이 다른 곳에 쏠리면 통증도 줄어들
고 시간도 잘 가지 않을까 해서. 평소에도 책을 읽는 분이니까 책 읽어줄

생각을 했겠지?

역시나 마산 YMCA 독서모임을 하고 있는데, 마침 이달의 선정도서가 『연암에게 글쓰기를 배우다』였고, 평소엔 한 달에 두 권 정도 읽던 책을 아내와는 "일주일에 한 권씩 읽어 줄게요." 약속을 했단다.

허 선생은 부인에게 꼭 말을 높인단다. 이유인즉 결혼 전날 아버지께서 허 선생을 불러서 "아내에게 말을 높여라. 말을 낮추면 욕하기 쉽고, 욕하면 손이 올라가니 꼭 아내에게 말을 높여라." 하더란다. 결혼 생활을 해 본 분들이라면 자연스레 고개를 끄덕이지 않을까? 허정도 선생의 부모님은 다툼이 많으셨던 분들인데, 본인들은 이제 어쩔 수 없어도 아들만은 화목한 가정을 꾸리길 바라는 마음에서 하신 말이었겠지. 이 말을 들으니 나 또한 남편에게 말을 높여야겠단 생각이 들었다.

그런데 내가 남편에게 "저 좀 보세요." 하고 말을 높이면 무척 긴장한다. 이 말이 제일 무섭다나 뭐라나~

허 선생님은 결혼한 지 30년이 넘도록 부인께 꼬박꼬박 말을 높이는데, 지금은 간혹 아내가 말을 낮춰서 "이것 좀 해, 저것 좀 해." 하면 자신도 모르게 "예, 예." 하고 있단다. 생각만 해도 웃긴다. 사정을 모르는 사람들은 '저 남자가 젊은 시절 뭘 그리 잘못했기에 저렇게까지 쩔쩔맬까?' 오만가지를 상상할지도 모를 일이다.

소리 내어 책을 읽으면 무엇이 좋으냐는 질문에 낭독의 맛이란 게 있단다. 거기에 부부가 함께 읽으면 같은 시간에 같은 공간에서 같은 책을 읽으며 같은 느낌을 갖는다는 것이 더할 수 없이 좋은 점이란다.

아내에게 책을 읽어주면 곤란한 때가 있는데 슬픈 내용일 때가 그렇단다. 특히 고혜정 작가의 『친정엄마』를 읽을 때, 내용이 슬픈 것도 슬프지만 책 내용을 들으며 우는 아내의 모습에 어찌해야 할지를 모르겠더란다. 허 선생님 부인은 난지 2년이 안되어 아버지를 여의고 엄마가 혼자 키우셨단다. 그러니 엄마에 대한 감정이 더욱 남다를 터.

이 책은 나도 참 많이 울며, 웃으며 읽었던 책이다. 너무 울어 머리가 띵했던 기억이 난다. 또 너무 웃으니까 옆에 있던 시어머님이 '쟤가 왜 저러나?' 하셔서 책 내용을 말씀드리곤 같이 웃었던 기억도 난다. 하지만 슬픈 내용의 책을 읽고 눈물을 흘린 후의 느낌은 꽤나 정갈하단다. 신경숙의 『리진』을 읽고는 이 세상이 사람들의 도움 없이는 살 수 없고, 그 사람들의 고마움을 잊지 말자 서로 약속하게 만든 책이란다.

그러면서 아내의 인생에 결정적인 영향을 끼친 초등학교 선생님의 이야기가 나왔다. 허 선생 아내 되는 분은 경남 거제 출신인데, 거제에서도 가난한 지역에 살아서 중학교에 진학하는 사람이 거의 없었단다. 그런데 당시 담임을 맡으셨던 조용옥 선생님이 본인도 잘 못하시면서 주산을 가르쳐 주어서, 아내가 주산 특기생으로 중학교에 진학할 수 있게 도와주었다.

후에 선생님을 찾으니 이미 돌아가시고 난 뒤였단다. 얼마나 죄송했을까. 얼마나 안타까운 마음 이었을까. 참 훌륭하고 고마운 선생님이다.

30년 넘게 부부로 살다보니 아내의 모든 것을 다 알고 있다고 생각했는데, 어렸을 적 얘기며, 주변 사람들 얘기를 책을 통해 나누다 보면 '이 사람에 이런 점은 내가 모르고 있었구나.' 하는 걸 많이 느꼈단다.

나 또한 남편과 10년 넘게 살았지만 많은 것을 알고 있는 듯해도 남편에 대해 모르는 게 참 많구나 하는 생각을 할 때가 있다. 아이들 장이 튼튼하라고 먹이는 정장제 비오비타를 보면 어렸을 적 먹었던 영양제 원기소도 떠오른다. 정해진 양이 있건 없건 더 먹고 싶었던 나. 아직까지도 영양제 통 모양이 떠올라 남편에게 얘기하니, 자긴 비오비타고 원기소고 그런 거 못 먹어봤단다. 나랑 두 살 차이지만 워낙 시골에서 자라다 보니 차이가 크다.

오죽하면 공책 겉장에 0학년 0반 이라고 쓰여 있는데 '몇 학년은 알겠는데 몇 반은 뭐지?' 했단다. 한 학년에 한 반씩 밖에 없었으니 1학년 2학년 이렇게 학년만 구분했지 몇 반은 있어 본적이 없어서 그게 무슨 의미인지를 몰랐던 거다. 나중에 도시로 전학 와서 보니, 한 학년에 10반까지 있는걸 보고 '아! 반이란 게 이런 거구나.' 했다 해서 거의 기절할 뻔 했다. 그런 사람이 공학박사도 되고 장미화랑도 살고 있으니 정말이지 출세했다.

아내와 아내 친구들에게 책을 읽어준 적도 있었는데, 처음엔 읽는 사람이나 듣는 사람 모두 어색하더니, 한 10분이 지나자 모두들 몰입해서 듣는데 너무 좋았다며 다음에 또 읽어 달라고 하더란다. 아니 집에 가 자기 남편에게 읽어 달라 할 것이지. 아무튼 이렇게 많은 여성을 앞에 두고 책 읽기는 처음이었는데 야시시한 내용이 계속 나와서 힘들게 읽은 기억이 난단다.

생각해보니 아내가 친구들에게 자랑을 해서 이런 시간이 마련된 게 아

제1부 일상을 아름답게 만드는 사람들

니었을까?

"우리 그이가 잘해주는 게 뭐있니? 그냥 책이나 읽어주고 그런 거지. 이 건 니들도 집에서 다 하는 거잖아. 끊자. 나 책 들을 시간이야. 여보, 나 책 읽어줘요."

뭐 이렇게. 이건 어디까지나 전혀 근거 없는 내 생각이라는 거.

"아내 분은 안 읽어주세요?"

소리 내어 책을 읽으면 치매예방에도 좋다고 해서 아내도 몇 번 시도를 했는데, 허 선생님이 10분을 못 넘기고 잠이 드는 바람에 이제 읽는 것은 허 선생님의 몫이 되었단다.

"이러다 문학계의 최수종 되는 거 아니에요?" 했더니 그렇잖아도 남자 들 모임에 가면 한 소리씩 한단다.

한 번은 이런 일도 있었단다. 허 선생 후배 부부가 있는데, 남편이 퇴근 하고 돌아오니 아내가 설거지를 부탁하더란다. 피곤해서 싫다하니 "야, 내가 책을 읽어 달라니? 설거지도 못해줘?"해서 얼른 모드 변경하고 허겁 지겁 설거지했다는 얘기를 하더란다. 그러면서 "당신 때문에 내가 피곤 해." 하더란다.

우리 청취자들도 "입덧할 때 남편이 책 읽어줬었는데 다시금 읽어 달래 야겠어요." 하는 문자부터 "우리 집사람이 저녁에 책 읽어 달래요. 교수님 오늘 왜 나오셨어요?" 하는 문자까지 다양하게 왔는데 한번 해보겠다는 문자가 제법 있었다.

그의 책을 읽다보면 그의 집이 그려진다. 거실과 침실에서 눈을 들면 산이 보인단다. 와! 무학산 자락 끝에 그의 집이 있는데, 책 읽다 눈이 피로해지면 산 한번 쳐다보고 맑은 공기 마시며 책을 읽다보면 목도 덜 피곤할 것 같다. 땅값이 싸서 산다 해서 웃었는데 책 읽기엔 더없이 좋은 환경이리라.

당신의 책을 직접 읽어 달라 부탁했다. 어려서 아버지를 창피해 했던 지금은 몹시 후회되나 아버지가 계시지 않는다는 대목을 읽어주었는데 참 좋았다. 목소리도 좋고 무엇보다 편안했다. 우리 남편이 저렇게 읽어주면 어떨까? 하는 상상도 해보면서. 책의 주인공들이 전부 경상도 출신으로 변해 버릴 거다. 심지어 햄릿마저도.

대학시절 아가사 크리스티의 '쥐덫'이라는 연극을 올린 적이 있었는데, 별장 주인을 맡은 남자 배우가 계속 강릉 사투리를 쓰는 거다.

"아니 여기에도 사람이 없단 말이나?"

(아니 여기에도 사람이 없단 말이야?)

"아니 이게 어태 된 거나?"

(아니 이게 어떻게 된 일이야?)

중간 중간 출신지역을 숨기지 못하고 사투리를 쓰니, 연출을 맡았던 선배가 그랬다.

"야, 원섭아. 영국엔 강릉이 없어."

책을 사러가는 날은 이 부부의 데이트 날이란다. 마산의 백화점에 있는 대형서점에서 계획했던 책과 계획되지 않은 책을 몇 권 고른 뒤, 바닷가 가서 회도 한 접시 먹고 산책 삼아 걸어 집까지 온단다. 아! 이럴 때 드는 생각. '인생 뭐있어? 이렇게 살아야 하는데.' 얘길 들으면서 마산에 살고 싶다는 생각이 간절히 들었다. 싱싱한 회에, 바다구경에, 맑은 공기에 하여간 부러웠다.

그런데 부부가 함께 무엇을 하느냐는 엄청 중요하다. 별것 아닌 것 같은데 동네 앞산이라도 함께 타니, 손도 잡아주고 이런 얘기 저런 얘기 나누다보니 굉장히 친해진 듯한 느낌이 든다.

절친 같은 느낌이랄까? 산을 타다 보면 부부가 함께 온 분들도 있고, 혼자 온 분들도 많은데, 저 분은 왜 혼잘까? 괜히 그런 게 궁금해지는 거다.

그러면서 나이 들어 이 사람이 곁에 없어 나 혼자 산에 오면 부부가 함께 온 사람들이 얼마나 부러울까? 지금 어떤 사람 눈에는 우리가 그렇게 비쳐지지 않을까? 그렇담 엄청 구슬플 것 같단 생각까지 드는 거다. 다른 쪽으로 상상력이 풍부하면 발명품이라도 만들어내련만 난 꼭 이런 감성 쪽으로 상상이 발달돼 날마다 혼자 웃었다 울었다 한다.

남편에게 이 얘기를 하니 "그러게" 한다. 본인도 슬프겠단 생각이 드나 보다. 이런 마음으로만 살면 부부지간에 문제라곤 없을 텐데. 산만 내려오면 바로 잊으니 이건 무슨 조화인지 원.

부부가 함께 읽기에는 소설이 좋단다. 아무래도 이야기가 있으니까 자연스러워 좋단다. 근데 이 얘길 듣자니 궁금한 게 생겼다. 한참 재미난 대목을 읽는데 시간이 돼서 남편이 일을 가야 하면 부인이 몰래 혼자 읽지 않았을까 하는 궁금증. 어떻게 알았냐며 놀란다. 책 읽다보면 나가야 하는데 다음 내용이 궁금해서 미치고 팔짝뛸 때 있잖아.

부인도 몇 번 혼자 몰래 읽은 전과(?)가 있단다. 부부가 함께 읽으면 너무 좋은데 유일한 단점이 이럴 때란다. 재미있게 읽다가 둘 중 하나가 나가야 할 때.

허 선생님의 책 중에 가장 기억에 남는 부분은 존 우드의 『히말라야 도서관』이란 책 이야기다. 존 우드는 세계적인 기업 마이크로소프트 사의 중국지사 서열 2위까지 오른 사람이다. 그것도 30대의 나이에. 엄청난 사람이지. 돈도 많이 받고 직장에서 많은 비전을 꿈꿨겠지?

그런데 휴가차 히말라야에 트래킹을 갔다가 네팔 아이들이 책도 없고 교실도 없이 땅바닥에 앉아 공부하는 모습을 보고 직장을 그만두고 이 아이들을 위해 학교를 짓고 책을 주고 장학금을 주어 공부를 할 수 있게 돕는 일을 하기 시작한다.

이 일을 결심할 때, 그의 아버지와의 대화가 너무 인상적인데 "1만 달러의 윈도우즈 특허권을 따내는 일보다 아이들을 위해 책을 구입하는 일에 더 흥미가 있어요."라고 하자, 존 우드의 아버지는 "지금은 누군가를 위해 일하기보다는 너 자신을 위해 일할 때가 된 거야."라고 아들의 결심에 용기를 불어 넣어 준다. 우리의 정서라면 많은 부모들이 뭐라고 했을까.

"얘가, 얘가 얼마나 들어가기 힘든 직장인데 그런 소릴해? 네가 지금 제정신이야? 다시는 그런 얘기 꺼내지도 말아." 하지 않았을까?

또 어려서 남들의 시선 때문에 갈등하는 아들에게 "얘야, 네 인생을 만족시킬 사람은 너 자신 뿐이란다. 엄마나 나를 기쁘게 만들려 애쓰지 마라. 오직 너 자신에게만 질문하고 대답하도록 해라."라고 이야기 해준다.

서양인들의 얘기를 듣다보면 부러울 때가 있는데, 그 중 하나가 자식과 부모 간에 분리가 잘 되어있다는 거다. 그들은 자식이 성인이 되었다고 생각하면 과감하게 세상으로 내놓는다. 그리곤 필요할 때에 조언을 한다. 냉정하게.

　그런데 우리는 자식이 평생 A·S다. 부모도 자식도, 떠나보내지도 떠나 가지도 않는다. 냉정한 조언도 쉬워 보이지 않고, 자식의 자식까지 책임 져야 하는 버거운 구조가 계속 진행된다. 존 우드 아버지의 충고를 듣고 있노라니 나 또한 아이의 만족 보다는 나의 만족을 더 중요시 여기고 있 지 않나 하는 생각이 든다. 내 아이의 삶은 내 아이 것이라는 진리를 다시 한 번 마음속에 꼭꼭 다져 본다.

　더욱이 남자 아이를 교육시키면 교육이 당대에 끝나지만, 여자 아이를 교육시키면 다음 세대까지 이어진다는 그의 지혜는 나를 소름끼치게 했 다. 그렇다. 자식에게 책을 읽어주는 건 대부분 엄마들이다. 또 아이와 많 은 시간을 보내는 것도 대부분 엄마들이다. 그 시간에 엄마의 지식여부에 따라 아이들은 달라지게 되어있다.

　지식이냐 지혜냐를 따지면 당연 지혜가 우선이다. 하지만 지식의 깊이 에 따라 지혜의 깊이도 달라질 수 있음을 느낀다. 정말이지 왜 이리 지혜 로운 사람들이 많은지 모르겠다. 조용히 따르는 수밖에.

　"혹시 자녀들에게 책을 읽어 준 적이 있으세요?"

　물으니 딱 한 번 딸과 부인을 앉혀놓고 책을 읽어 준 적이 있는데 처음 엔 딸도 이상하다 생각하는 눈치더니 시간이 지나니 너무 좋다며 자기도 나중에 결혼하면 꼭 그렇게 하겠다고 하더란다.

허 선생은 2년 전 부터 읽은 책을 모두 가지고 있는데, 처음에 바닥에서 천장까지 책이 쌓일 만큼 읽어보자 했던 목표가 달성되어, 지금 천장에서 바닥까지 모두 책이란다. 근사할 듯하다.

인테리어가 전부 책인 집. 내가 꿈꾸는 집이다. 서점 같은 집. 뒹굴뒹굴 하다가 손만 더듬으면 책이 잡히는 집. 그래야 책 읽기가 좋다. 예전엔 휴가하면 어디 가고 싶었는데, 지금은 집에 좋은 책 가득 쌓아놓고 책만 읽으면 제일 좋겠단 생각이 든다. 단, 밥은 누가 해줘야 한다. 그것도 맛있게.

책 뒤에는 읽은 날짜와 날씨 그리고 간단한 주변상황과 책 읽은 후의 느낌을 적어 놓았단다. 이날도 당신의 책을 들고 와서 소장용이라며 나에게 사인을 부탁했다. 이 책들을 모두 두 자녀에게 반반씩 나눠 줄 거란다.

30년쯤 뒤에는 부모는 없어지지만 책은 남을 테니, 두 자녀가 엄마 아빠가 남겨주신 책을 읽으며 '아! 우리 엄마 아빠는 이런 생각을 하셨구나.', '나에게 이런 메시지를 남기고 싶으셨구나.', '그립다.' 이런 생각들을 하게 되지 않을까?

나도 책을 읽으며, 이 책은 우리 아이가 읽었으면 좋겠는데, 이 책을 그때까지 둬야 하나 하고 생각해 본 적이 있다. 그런데 너무 오래 쌓아둘 것 같아 반은 포기하고 있었는데, 허 선생님 말을 듣고 나니 나도 남겨줘야겠단 생각이 들었다. 책을 읽다보니 이걸 녹음해서 시각장애인들에게 보내야겠단 생각도 한다. 당신의 자녀들에게도 남겨주고. 아! 위대한 유산.

책 읽어주기는 부부 사이에도 좋지만, 사춘기 자녀를 둔 부모님이 시도

해 보면 참 좋단다. 아이가 어릴 때 엄마나 아빠가 책을 읽어주지만 초등학교 고학년이 되면 혼자 읽는 것이 대부분이다.

마음이 살짝 멀어지는 사춘기인 때에 방학을 이용해 책을 읽어주면 부모 자식 간이 너무나 끈끈해진다는 거지. 좀 멀어졌다 싶은 분들 꼭 도전해 보시길. 그런데 '엄마가 안하던 짓을 하고 왜 이러지? 수상해.' 하려나?

허 선생님 책을 읽으면서 읽은 것은 다시 한 번 생각해 보고, 읽지 않은 것은 꼭 읽어보리라 목록을 작성해 놨다고 하니, 기뻐하며 책을 읽으니 너무 좋아 다른 사람들이 내 책을 보고 또 다른 책을 읽는다면 얼마나 좋을까 생각하며 책을 냈단다.

나 또한 내 책을 읽는 분들이 기분 좋은 긍정의 변화를 가질 수 있다면 함께 행복할 것 같아 이 책을 내게 됐다. 책엔 엄청난 힘이 있다.

지금 이 순간에도 텔레비전화면에 눈을 고정 시키고 있는 내 딸이 이 사실을 빨리 깨달았으면 좋겠다.

딸아! 이제 제발 텔레비전을 끄렴.

제2부 { 삶을
풍족하게
만드는 사람들 }

故 황수관

전 교수, 정당인

• • •

기억에 많이 남는 출연자 중에 한 분이다. 황수관 박사의 얘기도 그랬
지만 그의 눈물이 잊히질 않는다.

"요즘엔 텔레비전에서 자주 못 봬요?"

무심히 건넨 인사에 그는 "인기가 떨어져서 그래요." 한다. 무슨 말을
해도 웃기다.

요즘은 대학에서 또 요청이 있는 곳에서 강의를 하는데, 하루 강연 요
청이 평균 180건, 강의 요청 가장 많았던 날이 283건이라 해서 놀랐다.
솔직히 놀라도 너무 놀랐다. 283건이라니.

1997년 2월 24, 25일 이틀에 걸쳐 SBS에서 신바람 강의를 한 게 출발
인데, 이때 그야말로 전국을 강타했던 게 기억난다. 이름하여 신바람이었
는데, 신나게 살라는 뜻도 있었지만 '신(神, 하나님)'의 바람이 일었으면 하

제2부 삶을 풍족하게 만드는 사람들

는 뜻도 있었다 한다. 이렇게 독실한 크리스천이신 줄 몰랐네.

황 박사님 강의의 특징은 '쉽자', 그리고 '재미있자' 란다. 전문 의학용어 써봤자 일반 사람들은 알아듣지도 못하고 어렵게 느껴지니 쉽게 하자, 이왕이면 재미나게 하자 생각했는데, 학생들 대상의 강의도 이렇게 한단다. 재미있을 거야, 아마!

참 죄송한 얘기지만 강의를 어렵게, 재미없게 하는 교수님들을 보면 예전엔 '아휴, 교수법 좀 연구하시지. 무슨 말인지 하나도 모르겠네.' 했는데 요즘은 그런 생각이 든다. '혹시 저분도 잘 모르는 게 아닐까?' 안다는 사람이 저렇게 설명을 알아들을 수 없게 할 수 있나 싶어서. 그러니까 본인이 잘 안다는 걸 저희에게도 좀 보여 주세요.

그 당시는 IMF로 사회 분위기도 가라앉고 사람들 마음도 처져있을 시기에 국민들에게 사기도 불어넣어줘서 기뻤다 한다.

늘 그렇듯 어린 시절이 궁금해서 질문 했는데 갑자기 눈이 벌게지면서 눈물이 하나 가득 고인다. 가뜩이나 떨리는 음성은 더 떨리고. 나? 너무 당황했다. 처음엔 분위기 파악을 못해서 '이게 뭐지? 장난하는 건가?' 이런 생각을 했는데, 몇 분 지나자 상황 파악이 됐다. 해방둥이로 일본에서 태어나 그의 부모가 모든 것을 정리하고 한국으로 왔는데, 꽤나 가난했던 모양이다. 중학교에 갈 돈이 없어 학교를 못 가서 지게를 지고 뒷산에 올라 울며불며 기도했단다.

"하나님 아버지, 공부하고 싶어요. 중학교 가게 해주세요. 제발 중학교 가게 해주세요."

요즘 애들한테 이런 얘기 하면 믿을까? 대학교도 아니고 중학교를 목표로 기도했다면?

그러고는 집에 내려와 보니 생전 집에 오지 않던 외 5촌 아저씨가 와 있었는데, "수관아. 공부를 해야지. 지게만 지고 다니면 되겠니? 가난하고 돈 없는 사람들이 갈 수 있는 중학교가 있다더라." 하면서 포항영일 중학교를 알려 주었단다. 당시 황 박사님은 경주 안강에 살고 있었는데, 포항 영일 중학교까지는 직선거리만으로도 18km나 되는데, 이 길을 물어물어 갔으니 얼마나 오래 걸렸겠냐며 눈물이 고인 가운데 또 웃겨준다. 학교에 도착하니 선생님께서 "어린 것이 경주 안강서 50리를 걸어왔니?" 하더란다.

그래서 "아뇨. 뛰어왔어요." 했다 해서 울다가 또 웃었다.

"학생! 여기는 오는데 5시간, 가는데 5시간. 어린 네가 도저히 다닐 수 없는 길이야."

"아니에요, 선생님. 저는 공부가 너무 하고 싶어요."

"어린 것이 기특하구나. 그러면 내일부터 나오너라." 해서 입학이 되었는데 정말이지 너무 좋아 집에 오는 내내 울었단다.

그 다음날부터는 새벽 4시에 출발해 학교에 도착하면 8시 30분. 먹는 것도 없이 내복도 없이 어린 아들을 보내는 어머니는 아침마다 울며 "아가! 오늘은 추우니 가지마라." 하셨고, 어린 아들은 "아니에요. 어머니 저는 공부하고 싶어요." 하며 학교로 향했단다.

이른 새벽길 숭늉 한 그릇 먹고 떠나는 아들의 뒷모습이 애처로워 어머니는 울며 새벽기도를 가고, 아들은 어머니의 기도를 받으며 학교로 향했다 하니 왜 그렇게 갑자기 눈물이 고이는지 이해가 됐다.

황 박사님을 우리 프로에 두 번 모셨는데, 두 번째 모셨을 때도 어린 시절 얘기가 나오니까 갑자기 또 눈물이 와락 고여서 '아! 이분은 어린 시절 얘기만 나오면 자동이구나!' 하는 생각이 들었다.

중학교를 졸업하고, 경주시 안강중학교 병설 농고가 생겨서 장학생으로 농고에 들어갔는데, 들어갈 땐 학생 수가 50명이었는데 학교가 삐리리하다며 얘 빠지고 쟤 빠지고 하다 보니 졸업 할 땐 13명만 졸업을 했단다. 더욱이 재미난 건 입학 할 때 학교가 처음 생겨서 졸업할 때 학교가 폐교가 됐다니 너무 슬픈 얘긴데 많이 웃었다.

대학을 가야 하는데 역시 형편이 좋지 않으니 누군가 사범대학에 가면 돈 없이도 대학에 갈 수 있다고 해서 그때부터 혼자 공부하기 시작하는데, 시조를 많이 외우면 좋다고 해서 30~40개를 외웠는데 시조는 한 문제도 안 나왔다 해서 또 웃었다. 예나 지금이나 유언비어는 왜 그리 떠도는지.

시조 문제는 하나도 안 나왔어도 열심히 공부를 한 덕에 합격했다. 그런데 여전히 돈이 없으니 부잣집 가정교사로 들어가 그 집 아들 셋을 밤 12시까지 가르치면 사모님이 간식을 들고 오는데 그게 그렇게 좋을 수가 없었단다. 사모님, 일찍 좀 내다 주시지. 한창 먹을 나이가 아닌가.

내가 대학교를 다닐 때, 정말 힘이 좋던 남자 친구가 있었다. 이 친구 점심때가 되어 식당에 가서 밥을 시켰다.

"비빔밥 하나만 주세요."

그런데 비빔밥 한 그릇을 먹고 나오려니 헛헛하더란다.

"여기 육개장 하나만 더 주세요."

육개장을 다 먹고도 헛헛해서 "백반 하나만 더 주세요." 백반을 다 먹고는 그것도 좀 모자라 "김치찌개 하나 더 주세요."

그러고는 마무리로 떡국을 한 그릇 시켜먹고 나온 친구였다. 밥 가져다주는 아주머니가 엄청 놀라더란다. 왜 안 놀랐겠는가? 이게 사람이야? 음식물 처리기야? 했겠지.

이 친구가 고등학교 때 하숙을 했는데, 딸 하나만 둔 세 가족이 사는 단란한 집이었다. 첫날 밥을 수북이 퍼 주기에 그걸 다 먹었더니 아저씨가 깜짝 놀라며 "학생, 이것도 먹어봐." 하며 당신의 밥을 덜어주더란다. 이것도 가뿐히 다 먹자 이번엔 아주머니가 "학생, 이것도 먹어봐." 하며 또 당신의 밥을 덜어주더라는 거지. 그 밥도 가볍게 다 먹자 이번엔 그 집 딸이 "오빠, 내 밥도 먹어봐." 하며 자기 밥을 덜어주더란다. 역시 가볍게 먹고는 학교에 갔는데, 다음날 주인아저씨가 딱 한마디 하더란다.

"학생, 방 빼!"

그런데 내 생각에 황 박사님은 남김없이 드시긴 했겠지만 더 달라 소리는 못했을 것 같단 생각이 든다. 품위가 있으셔서. 그래서 주는 사람이 알아서 잘 챙겨주는 것도 두고두고 복 받을 일이지 싶다.

불현 듯 떠오르는 선배네 집. 이 집은 부인이 좀 유별난데 그릇을 세 개나 겹쳐서 내놓는다. 멋져 보이라고. 그런데 그릇 세 개 위에 장정들이 먹음에도 불구하고 밤톨만한 만두를 다섯 개 주더란다. 단숨에 다 비웠더니 "더 드릴까요?" 하기에 모두다 "네." 했더니 이번엔 밤톨만한 만두를 세 개씩 더 주더란다. 세 번은 더 달라 하기가 뭣해 그 집에서 내려오는 길에 설렁탕집에서 배를 채우고 나왔다 해서 사람을 그렇게 대접하는 게 아니구나 하고 생각한 적이 있다.

맛난 간식을 먹고 세수하고 나면 12시 40분, 그때부터 본인의 공부를 시작. 그래도 졸업할 땐 학교 우수상을 탔다하니 밥도 잠도 모자랐을 그러나 눈빛만은 한없이 초롱초롱 했을 그가 떠오른다.

졸업식 날에 황 박사님 어머님이 오셨는데, 남들은 꽃다발 속에 파묻혀 있을 때 황 박사님의 어머님은 찰떡을 해가지고 오셔서 "어머니, 꽃이 아니고 웬 떡이에요?" 하니까 "아들아, 꽃은 금방 시들지만 찰떡은 먹으면 든든허다." 하더란다. 꽃 대신 떡 들고 사진 찍었으려나?

핑클 멤버였던 성유리 씨 어머니도 졸업식 날 꽃 대신 화분을 사왔다 해서 상당히 실용파시구나 했는데……. 그 시절 가난했던 어머니에게 꽃은 얼마나 사치로 느껴졌을까.

그 후로도 야간 대학, 야간 대학, 야간 대학, 야간 대학원, 야간 대학원, 야간, 야간, 야간 대학원을 다녔단다. 의지가 대단한 분이란 생각이 들었는데 이렇게 야간 학교를 많이 다닌 덕에 밤길은 누구보다 잘 찾는다 해서 또 얼마나 웃었는지.

체육교육학 석사를 마치니 우리 몸을 알아야 되겠단 생각에 의과대학을 진학하려니 나이가 많다고 받아주질 않더란다. 그래서 청강생으로 수업을 듣다가 연세대 교수로 발탁이 되었다니 불가능을 가능케 만든 그의 노력을 감히 상상도 할 수 없음에, 지금에 나와 다름에 내 자신이 부끄러워진다.

"어떤 사람은 연세대 들어갔다니까 서무과에 들어갈 줄 알아." 해서 또 웃었다. 웃음이 참 시원한 분이다. 그리고 신(神)이 사랑하는 분이구나 하는 생각이 들었다.

가난하고 어려웠던 시절은 죽을 만큼 힘이 들지만 성공 후엔 그를 더 커 보이게 한다. 할 말도 많고 듣고 싶은 말도 많아진다. 옛날 고생담을 재미나게 쏟아내는 연예인들을 보면 부럽다. 이제 와 들으면 재미나니까, 할 말이 많으니까, 감동이 있으니까.

왕년에 좀 놀았다는 연예인들도 방송꺼리가 많다는 면에선 부러울 때가 있다. 너무나 평이해서 놀아본 얘기도, 굶어본 얘기도 없기에 방송할 때 이야기의 빈곤과 허탈함마저 느낀다.

그러나 방송에서 할 말 많으라고 이제와 가난하고 싶지도, 아프고 싶지도, 이별을 하고 싶지도 않다. 조금 살아보니 살아가는 하루하루가 고이고 고이면 그것이 이야깃거리가 된다. 너무 조급해 할 필요도 보챌 필요도 없다는 생각이 든다. 웃으며 기다릴 수 있으면 좋으련만…….

웃는 자는, 웃을 줄 아는 자는 다르다. 나도 요즘 '웃음'에 관한 강의를 하고 있지만 '웃음'엔 정말 무언가가 있구나 하는 생각을 자꾸만 하게 된다. 우울할 때 입꼬리라도 살짝 올리면, 내 안으로 들어가려는 우울을 살짝 밀어낼 수 있다.

예전이나 지금이나 나에게 회비 내지 말고, 그냥 모임에 오라는 친구들 마음을 이제야 안다. 자기를 웃게 만드는 친구는 어떻게든 가까이 하고 싶은 거다. 알게 모르게 우린 많이 웃고 싶어 한다. 그것이 대단한 힘이 있음을 무의식중에 알고 있기에.

황 박사님 또한 웃으라고 말한다. 그러면서 "저 보세요. 국회의원 떨어져도 웃잖아요."

국회의원 떨어지고, 다음날 막 웃고 다니니까 사람들이 '저 사람이 붙었나?' 했다 해서 그날 우린 완전 뒤집어졌다.

박동규

교수, 문학평론가

• • •

　친근하다. 텔레비전에서 제법 본 기억과 인상 자체가 워낙 푸근하고 귀여우시면서 소처럼 크고 맑은 눈을 가지고 계셔서 그런 것 같다. 흰머리가 참 잘 어울린다는 생각만 했지 이분이 연세가 제법 있으시구나 하는 생각은 하질 못했다. 이것 또한 그분의 매력일 터. 아니 나의 매력인가?

　더군다나 이렇게 유명한 분의 아드님일 줄이야. 이분의 아버님의 이름을 듣는 순간 그 무게가 내 어깨에 내려 앉아 어찌나 피곤하고 무겁던지. 그를 향한 나의 첫 이야기도 "한평생 너무 큰 아버지를 두셔서 피곤하셨겠어요." 였다.

　했더니 "일평생 단 한 번도 박동규의 아버지 누구 소리는 못 듣고, 박목월 시인의 아들 박동규 소리만 들어왔어요." 한다.

　왜 아니겠는가? 그 아무리 학업에 자포자기한 아이일지라도 박목월 시인의 이름은 알 터인데. 그러나 박목월 시인의 아들인 것이 부담인 동시에 자랑이라 말하며, 오히려 자랑스러움이 더 많았고, 나도 아버지처럼 큰 아버지가 되어야겠다 생각하며 자랐다 해서, 죄송하지만 이건 그냥 방송용 멘트가 아닐까 살짝 의심의 마음을 가졌었다.

어머니의 가르침이 그러했다 하는데, 방송 중에 들려준 어머님 얘기를 듣고 있으니, 충분히 그런 가르침을 주실 분이었겠구나 하는 생각이 들었다. 누군가의 말을 그냥 그대로 받아들이면 되는데 그걸 어쩌자고 무언가를 첨가, 첨가하느냐 말이지. 죄송합니다~

"박목월 선생님은 박 교수님이 몇 살 때부터 유명하셨어요?" 했더니, "날 때부터요." 라는 허무한 답이 돌아온다. 그렇다면 정말 일생을 아버님 이름을 어깨에 얹고 다니셨구나 하는 생각이 들었다. 무척이나 무거웠겠단 생각도.

"저도 늘 국어 교과서와 시험문제에서 박목월 선생님을 뵈었어요." 하니, 껄껄껄 웃으며 사진에서 보는 것과는 많이 달랐다 한다.

박 교수님 보다 키가 10cm는 크고 눈도 두 배나 더 크고 귀골이 장대한 분이라 해서 오래전에 참고서에서 봤던 그분의 증명사진을 애써 떠올려 봤다.

그 크신 분이 아버지로선 어떤 분이었을까 참 궁금했다. 내가 너무 좋아했던 여배우가 지금은 헤어진 전 남편의 속옷을 한 번도 사다준 적이 없다 해서 굉장히 실망했던 기억을 떠올리며. 갈수록 가정에 충실한 사람, 가정에 따뜻한 사람에게 끌린다. 그가 무엇을 하는 사람이건 간에.

박목월 선생은 감수성이 예민한, 삶에 대한 환상을 가지고 있던 인간적이며 따뜻한, 천상 시인이었단다. 엄격하지도, 권위적이지도 않은 아버지였다 해서 내 마음이 나도 모르게 흡족했다. 어디서나 권위적인 사람은 참 별로라는 생각을 하고 있던 터라.

그런데 너무 권위적이지 않아 생기는 문제도 있었단다. 야단을 칠 때 "이리와 봐라. 나하고 얘기 좀 해보자." 이렇게 말로 시작을 하는데, 이게 1시간도 좋고, 3시간도 좋은데 고등학생일 땐 '이러고 있느니 차라리 한 대 맞고 자는 게 낫겠다.' 생각을 했다 해서 크게 공감하며 웃었다.

생각해 보라. 그 지루하고 힘들었을 시간을. 얘기가 통할 때 까지 계속되는 아버님의 대화의 시도. 그러다보니 피곤하긴 해도 맺힌 건 없었다고 해서 '정말 그럴까?' 하는 또 한 번의 의심과 (앗! 죄송) 아이를 윽박지르는 내 모습이 오버랩 되면서 '그래, 부모님이 무어라 야단칠 때 억울했던 적이 얼마나 많았누. 억울해서 한마디 하면 말대답 한다고 혼나지, 쳐다보면 어딜 눈 똑바로 뜨고 쳐다보냐며 눈 내리 깔라고 하지. 울면 뭘 잘했다고 우냐고 하지……. 그게 참 싫었는데, 지금은 나도 똑같이 하고 있구나.' 하는 생각이 든 거다.

조금이라도 달라지고 싶어 책도 보고 강의도 많이 듣건만 그때만 잠깐 반짝했다가 이내 다시 나로 돌아온다. 내 딸은 나와는 조금 다르길 소망해 보지만 내가 계속 이런다면 내 아이도 달라지지 않을 터. 다시금 잘해야겠단 생각이 든다. 미안하다. 아가야!

식구(食口)라는 말이 있듯이, 밥을 같이 먹어야 한 가족이라는 얘기를 지금도 많이 하고 나도 그렇게 생각한다. 밥은 너무 중요하다.

이걸 너무 중요시 여겨 이 살들을 끼고 살지만, 같이 밥을 먹는다는 건 배를 채운다는 그 이상의 것을 안고 있다. 한 영화감독은 배우가 캐스팅이 되면 몇 날 며칠을 만나 계속 밥을 먹는단다. 물론 영화에 관한 얘기를 나누겠지만 친해지고자 그를 알고자 하는 의미이리라. 밥을 같이 먹으면 친해진다. 수북이 쌓인 밥만큼이나 돈독해진다. 그것을 우리 모두는 알기에 "밥이나 한 끼 먹자." 라는 말을 입버릇처럼 달고 산다. 밥을 같이 먹기에 가족은 남과 다를지도 모른다.

박목월 선생의 생각도 그러 했나 보다. 가족의 스케줄들이 전부 다르니 점심과 저녁은 안 되지만, 아침식사만은 꼭 같이 하자는 것을 원칙으로 삼았단다.

아! 나는 왠지 이 얘기를 듣는 순간, 굉장히 피곤했을 것 같단 생각이 엄습했지만 현실은 나의 생각을 뛰어 넘었다. 오남매였는데, 맏이인 박 교수님이 자는 동생들을 모두 깨워 앉혀 놓으면 그제야 박목월 선생이 나타나서 아침식사가 시작이 됐단다. 박 교수님이 고3일 땐 전부 5시 30분에 일어나 밥상에 앉았다 하니, 듣는 내가 더 입이 껄끄러웠다.

본인은 밥을 먹고 나가니 몰랐는데 대학 강사 시절 밤늦게 술 마시고 들어와 잘만하면 깨우니 곤욕도 그런 곤욕이 없더란다. 당시 여동생이 고3이었단다. 에휴. 여기에 하나를 더 보태 밥 먹기 전에 박목월 선생이 꼭 오남매 모두 머리를 쓰다듬어야만 밥을 먹을 수 있었다는데, 큰아들부터 시작해 둘째, 셋째, 넷째, 다섯째 차례로 오남매의 머리를 쓰다듬고는 "아이고, 됐다. 이제 먹자." 해야 아침식사가 시작이 되는 거다.

이게 얼마나 불편한 삶의 습관이고 구속인지 모른다며, 한번은 어머니에게 항의를 한 적이 있었단다.

"아침을 왜 꼭 같이 먹어야 해요? 각자 따로 먹어도 되고, 하는 일 이라곤 머리 주무르는 것 밖에 없잖아요?" 했더니 어머니가 한참을 웃더니 그러더란다.

"이놈아, 이게 제일 즐거운 시간이다."

이게 우리 가족이고, 내가 먹여 살려야 할, 책임져야 할 가족이구나 하는 표시였다는 것을, 이것이 참다운 즐거움이구나 하는 걸 이제야 느낀다며 요즘은 '누가 내 머리 만져줄 사람 없나?' 하는 생각이 든다고 해서 울어버렸다. 교수님도 울먹이신다.

"돈은 별로 없으셨죠?" 했더니 0.1초도 안 쉬고, "없었어요. 없었어요." 해서 울다가 완전 뒤집어졌다.

"어렸을 땐 어려운 시간이 많았어요." 한다.

누구나 어렵던 시절, 시인이 가난했던 건 당연했을 것이고, 돈 얘기하면 흉이었을 시절, 그 맑은 영혼은 차마 그 어디에서고 돈 얘기는 꺼내지도 못하였으리라.

서커스단 개구멍 이야기도 울컥했다. 대구 수성구로 피난 갔을 때, 서커스단이 공연을 온 적이 있었단다. 트럼펫도 불고 동물도 보이고 알록달록한 옷을 입은 사람들이 북을 치며 요란하게 광고를 하니 어린 마음에 얼마나 가고 싶었을까?

동네 약장사만 와도 흥분됐던 나의 어린 시절도 생각이 난다. 온 동네 사람이 다 모이고 차력 같은 걸 했었다. 입으로 불도 껐다가, 붙였다가, 쇠사슬로 밀고 당기고. 차력에, 마술에 온갖 것을 다 보여주다가 꼭 끝에 가선 남자아이 한 명을 불러다가 선물을 주곤 약을 먹이고, 잠시 후 바지를 벗겨 회충이 한 아름 떨어지는 걸 보여준 뒤 약을 팔고 끝났던 게 생각이 난다. 더럽든 말든 약장사는 우리에게 기쁨이었다. 하물며 서커스야 오죽 했을라고.

어머니께 마구 졸라도 안 된다 했단다. 서운했겠지? 말하면 숨 가쁘다. 학교에 갔다 오니 아버지 박목월 선생이 쪽마루에 앉아 글을 쓰고 계시더란다. 아버지를 보고 또 졸랐겠지? 그리곤 자식의 부탁을 거절 못하는 아버지인걸 알기에 무작정 기다렸단다.

1시간 반쯤 지나 원고를 다 마친 아버지는 마루 끝에서 애타게 기다리는 아들을 와락 끌어안으며 "이놈아, 나 돈 없다." 하며 울더란다. 나도 같이 울었다. 많이 아프고 힘들었을 아비의 마음이 와 닿았기에.

"돈이 없어 구경은 못 시켜 주지만 자전거 타고 둑에 가서 나팔 부는 놈이라도 구경할래?"

미안한 마음을 애써 달래려는 아버지의 제안에 부자는 둑으로 갔는데, 둑에서 보니 자갈밭에 세워둔 서커스단 천막에 누군가가 자갈을 치우고 개구멍을 만들어 놨더란다. 오! 이 놀라운 순발력과 삶의 지혜. 자세히 보니 같은 동네 녀석도 개구멍으로 들어가고 있더라는 거지.

"아버지, 쟤도 들어가는데 나도 한 번 들어가 볼래요."

차마 이것까진 말릴 수 없어 아버지가 지켜보는 가운데 성공리에 개구멍으로 살포시 입장했단다. 5시 반쯤 몰래 들어가 담력에 가속이 붙어 두 번을 더 보고 나오니 어느새 5시간이 훌쩍 지났더란다. 어둑어둑해진 밤, 뿌듯한 마음으로 집으로 가려는데 아까 그 자리에 무언가가 있어 가서 보니 아버지 박목월 선생이 서 있더란다.

"아버지, 왜 아직 여기 있으세요?"

"개구멍으로 들어갔다가 너 걸려서 얻어맞으면 어떡하나 싶어서 그냥 갈 수가 있어야지."

성격 나온다. 부드러움이 밀려온다.

생각해보니 박 교수님의 어머니도 서커스가 많이 보고 싶었을 것 같다. 나도 가끔 아이들 데리고 놀러 가면 내가 더 좋을 때가 있다. 그리고 아이보다 해맑은 표정의 부모들을 많이 본다. 그럼 나 혼자 생각한다. '저이도 지금 애들 덕 보고 있구나.' 하고. 그런데 아들도 보여줄 수 없는 상황에 본인이 본다는 건 상상을 못했을 거고. 아들에게 보여줄 수 없다 말할 땐 참 많이 아팠으리라.

살면서 물질이 없으면 아이에게 미안한 순간이 많을 것 같아 웬만하면 들어오는 일을 하게 된다. 자존심이냐 현실이냐를 놓고 갈등할 때가 많았는데, 요즘은 현실의 우승 확률이 높아 삶이 서글플 때가 많다. 그래도 자식이 있으니 자꾸만 자꾸만 자존심을 내려놓게 된다. 서글플 새도 없이.

박목월 선생은 시를 쓸 때 꼭 연필로 쓰셨다는데, 심을 깎으면서 생각을 다듬고 집중해서 글을 쓰기 시작 했단다. 마치 붓글씨 쓰기 전에 먹을 가는 것처럼. 누군가 말했지. 먹을 가는 것이 아니라 마음을 가는 것이라고.

책상도 없이 밥상에 앉아 글을 썼다는데, 밥 먹을 땐 밥상, 공부하면 책상, 술 마시면 술상, 행주로 쓱쓱 닦기만 하면 용도변경이 확실했던 게 바로 상이었다. 상만 그런가? 방도 그랬지. 잠자면 침실, 일하면 작업실, 손님 오면 응접실, 요강이 있으면 화장실까지.

아무튼 박목월 선생이 연필심을 갈기 시작하면 쥐 죽은 듯이 조용했어야 하는데, 동생 태어 난지 얼마 안 돼 눈이 소복이 내린 날이었다. 옆집으로 마실 간다던 어머니가 밤 12시가 되어가도록 돌아오지 않자 어머니를 찾아 나섰는데, 골목길을 빠져나가니 전봇대 밑에 눈을 소복이 덮어쓴 것이 있어 보니, 갓난쟁이를 업은 어머니가 서 있더란다.

"어머니, 왜 이러고 서 계세요?"

"이눔아, 니 아버지 시 쓰시잖냐."

많이 추웠을 터인데, 다리도 허리도 많이 아팠을 터인데, 한 풍운아 뒤엔 비련의 여 주인공이 있다는 엄앵란 선생의 말처럼 크나큰 인물 뒤엔 이런 엄청난 내조의 힘이 있었겠구나 하는 생각을 다시금 하게 된다. 박목월 선생보다 더 교과서에 실려야 하는 분이 아닐까 하는 생각도 들었다.

시인의 수입이 시원치 않으니 어머니가 고생이 많았다는데, 삯바느질부터 장사에 이르기까지 오남매 학비 만드느라 정말 고생이 이만저만이 아니었단다. 그런데도 남편을 자랑스러워하고 공경했으니 부럽기도 하고 대단한 분이라는 생각이 든다.

살다보니 남편을 존경하며 살았으면 하는 생각이 든다. 남편에게 이 얘기를 하니 개가 풀 뜯어 먹는 소리를 한다는 표정으로 쳐다본다. 속으로야 무슨 생각을 하는지 알 수 없고. 사랑도 중요하지만 부부관계가 좋게 유지되려면 존경이란 부분이 참 큰 몫을 차지하지 않나 싶다.

잘못된 사랑은 자칫 무례할 수 있으나, 존경은 예(禮)가 있기 때문이다. 그래서 같이 사는 사람에게 서로의 멋진 모습, 닮아가고 싶은 모습을 보여주며 사는 것이 필요하단 생각이 든다. 그러고 보니 세상엔 공짜가 없다. 내꺼한테도 이렇게 정성을 쏟아야 하는걸 보니 말이다.

생각해보니 박 교수의 어머님은 서커스를 보고 싶지 않았을 수도 있겠단 생각이 든다. 그 시간에 잠 한번 실컷 자봤으면 하는 소박한 소망이 있었을지도 모르겠단 생각이 들었다. 아! 고된 삶이여.

당시 대구 칠성시장엔 사과를 산처럼 쌓아놓고 파는 곳이 있었단다. 100개씩 담아 가는데 박동규 어린이가 쓱 보니 사과 파는 아저씨가 다른 곳을 보고 있더란다. 그래서 사과 3알을 자루에 쓰윽 더 넣었다. 완전범죄를 흐뭇해하며 집에 왔는데, 어머니가 큰 소리로 기도를 하더란다.

"하나님, 이놈이 오늘 나가서 사과 3개를 훔쳤습니다. 용서해 주세요."

야단을 치지 않고 기도를 대신해 아들을 회개 시키려는 어머니의 지혜. 강한 바람을 부드러운 해가 이겼다고 했던가?

"어머니는 꾀쟁이에요."

역시 문학가는 표현도 다르다는 생각과 부모의 이런 부드러운 가르침이 박 교수님의 편안한 얼굴을 만들고 지켜 주었구나 하는 생각이 들었다.

어머니 또한 절대 꾸짖질 않았단다. 박 교수님 집 앞에 라일락 3그루가 있었는데 키가 감나무 보다 더 커 그 일대가 봄이면 라일락 향으로 지천이었단다.

박 교수님이 대학 다닐 때, 문학하는 친구들과 어울려 술 마시고 늦게 들어 올 때 정신이 어질어질해서 집을 못 찾으면 코로 킁킁 라일락 향을 찾아 '아, 여기가 우리 집이구나!' 하고 집을 찾았다 하니 라일락 향이 어느 정도였을까 상상해 본다. 갑자기 라일락 향이 맡고 싶다. 겨울철 입덧 때문에 구하지도 못할 복숭아를 찾는 임산부처럼.

어느 봄날, 역시 술기운에 코를 킁킁 거리며 집을 찾아 왔는데, 대문 앞에서 기다리고 있던 어머님이 그러더란다.

"라일락 향기 좀 맡아 봐라. 이 봄날에 라일락은 가난한 사람, 부자인 사람, 가슴 아픈 사람, 마음이 기쁜 사람, 늙은이, 젊은이 할 것 없이 온 동네 사람을 돈 안 받고 향긋한 이불로 덮어 주는데, 넌 서울대나 다닌다는 놈이 술 냄새로 온 동네를 덮고 다니냐? 라일락만 봐도 어떻게 살아야 하는지를 안다. 라일락한테 배워라."

놀랐다. 어머님의 지혜와 표현력에. '어머님이 시인이구나.' 하는 생각을 하며. 라일락 향을 맡으며 그리 깊은 생각을 하셨구나 생각하니 존경스러웠다. 그리 많이 배운 분이 아닐 터인데 역시 지혜와 학력이 반드시 비례하지 않구나 하는 생각과 그럼에도 불구하고 이걸 착각하는 나와 이 시대의 젊은이들이 함께 반성해야겠다는 생각도 들었다.

이런 생각을 정신없이 해대는데 박 교수님이 그 순간 톱으로 라일락 나무를 다 베고 싶었다 해서 한참을 웃었다. 그 외모에 연장은 정말이지 어울리지 않는다.

연장하니 떠오르는 조크 하나. 건달들이 단체로 골프채를 사러 갔다. 제일 큰 형님이 이 채 저 채를 번갈아 들어 폼을 잡으며 후배들에게 계속 묻더란다.

"아야, 이 채는 어떠냐? 또 이것은 어떻고?"

그러자 계속 지켜보고 있던 후배 왈,

"아따, 형님은 뭘 들어도 다 연장 같습니다요." 하더란다.

아버님과 같은 국문을 공부하면 많이 어려우셨을 것 같은데, 어떻게 선택을 하게 되었을까 생각하다 '피가 어딜 가겠어? 아버님을 닮아서겠지?' 하고 나 혼자 결론을 내렸다. 그런데 어머니는 의대를 원했고, 박 교수님은 영문과를 생각했는데, 아버지 박목월 선생이 "네가 국문을 공부하면 나랑 같이 책도 보고 장래에 대한 얘기도 같이 나누고 좋지 않겠나?" 하는 바람에 국문을 하게 됐단다.

박목월 선생이 국문을 참 사랑하셨구나 하는 생각이 들었다. 보통의 사람들은 자기와 같은 직업을 자식에게 시키려 하지 않는다. 왜? 내 일이 가장 힘든 것 같고, 내 일의 단점을 너무나 잘 알고 있기에. 그런데 다른 공부를 하고 싶다는 아들에게 같이 책보고 얘기하자 하니 국문에 대한 사랑과 시인다운 환상이 함께 하지 않았나 싶다.

국문에서도 비평을 전공하려하니 아버님 친구 분들과 선배, 후배들의 작품을 비평해야 하니 입장이 난처할 것 같아 그만두고, 소설도 역시 많은 분들이 걸리고 해서 원리만 매달려 공부를 했다 해서 '그냥 영문학이

나 의대 가게 두시지, 아버님도 참…….' 하는 원망이 살짝 들었다.

대를 이어 문학 하는 분이 없을까 궁금했는데 박 교수님의 아들이 문학을 전공했는데, 문학은 너무 고난의 길이다 합의를 봐서, 지금은 예술행정학을 다시 공부하고 있다 해서 마음이 아팠다. 글이 있어야 세상이 더 부드러워질 텐데, 메마른 영혼들이 조금이라도 촉촉해 질 수 있을 텐데. 글은 칼보다 강하다 했거늘 현실이 글보다 강한 걸까?

'심상' 이라는 시 전문지를 박목월 선생이 5년간 운영하던 걸 이어 받아 31년째 운영한다 해서 놀랐고, 매월 적자라는 말에 놀랐고, 영업사원이 없어 직접 광고주를 만나 서러운 일도 많았다 해서 또 놀랐다.

11시에 약속해 놓고 1시에 나타나 광고 못준다 해서 울면서 돌아선 적이 한두 번이 아니라 해서 마음이 아프다 못해 쓰렸다. 책의 반품비가 팔린 금액보다 많아 환장하는 줄 알았다 해서, 오죽하면 이분 입에서 '환장' 이란 단어까지 나왔을까 싶어 나도 환장할 뻔 했다.

'그럼 그냥 하지 마시지.' 라는 생각이 가득 들었는데 "우리 아버지가 나를, 글을 써서 가르쳤기 때문에, 글이 나를 이 세상에 살게 해줬기 때문에, 글 쓰는 자리를 없앨 수가 없어서 계속 합니다." 하는데 연민이 느껴졌다.

슬펐다. 그리곤 한편으론 기뻤다. '그래, 때론 이렇게 부질없어 보이는 책임감과 사명감 때문에 우리 사회가 굴러가고 내가 살아가는지도 모르겠어.' 라는 생각에.

지금은 따님이 대표가 되었고, 아직까지는 박 교수님이 운영을 하고 있

단다. 100년 된 시 잡지로 탄생하길 소망 한다는데, 그 소망이 꼭 이루어
지길 나도 함께 소망해 본다.

더불어 역사만큼이나 구독자도 함께 늘어나길 소망해 본다.

"가문의 영광이 그렇게 쉽게 오겠습니까?" 하자 "맞아, 맞아." 하며 호
탕하게 웃는다. 엄연히 따지면 가문의 부활일 터.

불현 듯 내가 하고 있는 일들을 내 자식들이 잇지는 않더라도 소중히 여
기고 끔찍이 아껴 주었으면 하는 전혀 해보지 않던 생각이 든다. 이래서
사람은 많이 만나고 많이 들어야 생각도 새로워지나 보다. 또 하나의 교
훈과 느낌이 감사했다.

"교수님, 〈심상〉 탄생 100주년 미리 축하드려요."

민용태

전 교수, 시인

. . . .

외모자체가 서구적이다. 부리부리한 눈에 큰 코, 곱슬곱슬한 머리. 그런데 고향은 전라남도 화순이다.

난 스페인어를 배워본 적이 없다. 고등학교 때 제2외국어는 일본어였다. 그렇다고 일본어를 잘하는가? 그건 또 아니라는 거지. 하긴 10년 넘게 배운 영어도 'a pair of pants'가 팬티인지, 바지인지도 헷갈리니 원. 세계적으로 스페인어를 쓰는 나라는 18개국이 넘는단다. 미국에서도 영어 다음으로 많이 쓰는 말이 스페인어란다. 미국에서 대통령이 되려면 히스패닉 계를 잘 잡아야 하잖아. 그 만큼 스페인어를 쓰는 사람이 많다는 얘기. 민용태 교수님은 이런 스페인어의 중요성을 알려주고 싶단다.

왜, 우리나라는 중국어만 공부시키는가? 중국어는 중국에서만 쓰지만, 스페인어는 전 세계적으로 많이 쓰이는데 왜 스페인어는 공부하지도 않고 시키지도 않는가? 안타까워했다. 이건 또 생각 못하고 있었네!

민 교수님은 도전지구탐험대라는 프로그램에 10년이나 출연을 했다. IMF 때 외화 쓰고도 살아남은 유일한 프로그램이었단다. 방송인도 한 프로그램을 10년 하기 힘든데 민 교수님이 매력적이긴 했나보다

민 교수님은 본인을 존경해야 한단다. 최근에는 책을 많이 냈고, 최초로 『돈키호테』를 완역했는데, 주석까지 붙여 2권짜리 책인데 아무리 생각해도 본인이 무척 자랑스럽단다. 1,000페이지가 넘는 스페인 중세 황금세기 문학을 책으로 냈는데 평생 역작이라고 힘주어 말한다. 잘난 척을하는데, 이상하게 그게 밉지 않고 좋아 보였다.

우리의 문제점 중 하나가 외국 책이 나오면 적당히 번역해서 누구누구 저(著) 해놓은 것이 많단다. 외국 문화사는 절대 그렇게 하면 안 된다 강조한다. 1412년 콜럼버스가 몽고족들이 살고 있는 땅에 와서 대접을 훌륭히 받고는 신대륙을 발견했다 하는 것은 황인종을 우습게 본 백인의 시선으로 한 얘기지, 그걸 글자 그대로 번역을 해 갖고는 오늘날 아이들 교과서에서도 싣고 골든 벨을 흔들게 하고 그러면 안 된다는 거다.

갑자기 이 얘길 들으니까 화가 나네. 그것도 모르고 나도 외우고 너도 외우고 했잖아. 마젤란이 필리핀을 발견한 게 아니고 황금을 캐려고 침공을 했다는 거다. 서양인이 자기들 위주로 쓴 것을 글자만 그대로 번역을 하니 이런 문제가 생긴다는 거다.

정말 그렇구나, 왜 이런 걸 지금에서야 알게 된 걸까? 아는 만큼 보인다구 역시 아는 게 힘이다. 이래서 공부를 해야 한다. 참 요즘 교과서에, 역

사책엔 무어라 쓰여 있는지 궁금해지네.

우리에겐 그리 익숙하지 않은 스페인어를 어떻게 좋아하게 됐을까 궁금했다. 민 교수님은 고등학교 때 '학원'이라는 잡지에 시를 발표한 학생 시인이었단다. 그리고 세계적인 시인이 되는 것이 소망이었고. 원래는 독문학을 하려고 시를 많이 외웠는데, 여학생들에게 시를 쫙 읊어주면 여학생들이 "꺄악! 오빠!" 하며 따라 다녔단다.

그러다 YMCA에서 스페인어 무료 강습이 있어 우연히 듣게 되었는데, 발음이 쉽게 느껴지고 돈키호테가 스페인 문학이라는 것에 놀라 바로 결정을 했단다. 대학도 외국어대학 스페인어 학과를 나왔는데, 당시엔 이곳이 2차 지원이었단다. 1차엔 스페인어학과가 없어서, 1차엔 지원하지 않고 2차에 지원한 최초의 소신지원일 거라 힘주어 말했다.

소신지원. 이건 정말 힘줄만 하다. 그렇지 아니한가?

그러다 유학을 가야겠는데 역시 돈이 없었겠지? 논 3마지기 팔아야 비행기 삯이 나왔는데, 당시 민 교수님 집에는 논 8마지기가 전부였단다. 화순에 내려가 아버님께 조용히 말했단다.

"아버님, 장자의 유산을 포기하겠습니다."

그러니까 한마디로 돈 미리 당겨달라는 얘기. 그 말 들으신 아버님은 "왜? 미국 갈라구?" 어차피 스페인이란 나라를 얘기해도 모르니 그냥 "네" 했단다.

아버님이 어떻게 했을까? 논 3마지기를 팔고, 여기에 소 2마리를 더 팔아서 돈을 마련해 주셨다 해서 울컥했다. 아무리 자식이라지만 논 8마지기 있는데서 3마지기 파는 것도 쉽지 않았을 텐데, 여기에 소를 두 마리나 더 팔아서 얹어주었다는 것은 자식에 대한 무한한 사랑일거란 생각이 든 거다. 그리고 자식을 향해 아낌없이 내어주고 기다려주는 아버님의 깊은 사랑을 닮고 싶었다.

이렇게 끝까지 자식을 믿어주는 것이 민 교수님 아버지의 자식사랑의 방법이었단다. 그래서 그런가? 4남 1녀 중 3명이 대학교수라니 어디 가서 어깨에 힘 주셔도 무리는 없어 보인다. 근데 한 분은 뭘 하시지? 갑자기 그게 또 궁금해지네.

논 3마지기에 소 두 마리까지 팔아 스페인에 갔지만 정말이지 굶어죽을 뻔 했단다. 스페인은 예나 지금이나 학생들의 아르바이트가 금지되어 있단다. 공부만 하라는 심오한 뜻일까? 아무튼 이 심오함에 멀리 타국에서 온 유학생은 굶어죽을 뻔 했다는 거지.

나중에는 태권도 사범으로 도장을 차리기도 하고, 대학 강사도 하고, 낮엔 중학교, 고등학교 영어 선생님도 하며 바쁘게, 바쁘게 살다가 밤 10시만 넘으면 술 먹고 할 일 다 하며 살았단다.

스페인의 밤이 그려진다. 스페인은 매력보다 센 마력을 갖고 있는 나라 인데, 너무 편안하고 체면과 격식이 없어 독일 학생들이 방학 때 여행 왔다가 그대로 눌러 앉는 수가 많단다. 정이 많아 시골에 가서 술을 먹으면 외지인에게 돈을 내게 할 수 없다며 지나가던 할아버지가 돈을 내고 가는 그런 나라란다. 가보고 싶어진다.

외국문학은 나의 얼굴을 비추는 거울이다. 외국문학을 안다는 것은 다른 미래를 볼 수 있는 거란다. 우물 안 개구리는 자기의 생김을 모르듯, 내 나라 것만 "좋다", "훌륭하다" 생각하는 것은 옳지 않다 말한다. 이런 게 자칫하면 나라를 말아 먹을 수 있다 해서 '국수주의(國粹主義)'라고 하잖어.

외국 것을 알고 세계를 알아야 그 거울에 나를 비춰 볼 수 있단다. 나와 다르게 사는 방법도 있구나를 느끼며 나를 알아내기 위한 것, 나의 정체성을 찾을 수 있는 것이 외국문학이니 외국문학을 공부해야 한다고 강조한다.

그러면서 영어는 왜 배우는가? 나를 표현하기 위해 배우는 것인데, 그런데 우리는 너무 몰입하고 있지 않나 의미 있는 한마디를 던진다. 이런 깨달음이 있었다면 영어를 좀 더 잘할 수 있었겠단 후회 아닌 후회를 해보며.

그런데 요즘 대학들은 장사가 안 된다 하여 독문과, 불문과를 없애는 추세다. 대학에서 조차 이런 걸 배울 수 없다면 어디서 배울 수 있단 말인가? 시대의 흐름과 대학도 경영을 해야 하니 그러하겠지만, 그래도 '학문'을 닦는 곳에서 '항문' 닦은 냄새가 나는 것 같아 그것도 좀 그렇다. 그리고 독일이나 프랑스와는 담 쌓고 지낼 건가? 삐질 텐데……

삐질 텐데 하니까 생각나는 얘기. 86년 서울 아시안게임 때, 동네 아줌마들의 대화다.

"아시안 게임 봤어? 잘하데. 근데 이번에 미국이 안 왔드만, 미국이 왜 안 왔을까?"

"몰러, 또 삐졌나 보지, 뭐."

나 이 얘기 듣고 쓰러졌다. 아직도 이해가 안 가시는 분들, 아시안 게임입니다.

이젠 스페인에서도 멕시코에서도 민 교수님의 시집을 볼 수 있단다. 잘은 몰라도 대단한 일인 듯하다. 스페인에선 신인문학상을 받으며 등단했고, 또 1,000대 1의 경쟁을 뚫고 합격한 아시아 유일의 국가 문학박사라고 힘주어 말한다.

고생을 많이 하면 많이 울게 되고, 많이 울고 나면 웃음이 해맑아진단다. 민 교수님의 얼굴은 정말 맑다. 그런데 고생이 느껴지지 않는다. 갑자기 스페인어가 너무 배우고 싶어졌다.

윤은기

전 서울과학종합대학원 총장, 한국협업진흥협회 회장

• • •

　이분 때문에 한 해를 정리하며 너무 기뻤고, 이분 때문에 한 해를 정리하며 조금은 착잡했다. 무슨 말인고 하니 한 해가 다갈 무렵 윤은기 총장의 특강이 있다며 방송에 나와 줄 수 있냐는 섭외전화를 받았다.

　"당연 나가야지, 내가 제일 좋아하는 스타일의 프로그램 인데."

　멋진 강의도 듣고, 출연도 하고, 출연료도 받고. 완전 도랑 치고, 가재 잡고, 누이 좋고, 매부 좋고, 국 쏟고, 발등 데이고……. 아, 이건 아니고.

　아무튼 그래서 이 분을 오랜만에 만나게 된 거다.

　예전에 그러니까 내가 데뷔하고 이 분과 라디오를 꽤나 여러 번 했었는데, 윤은기 총장 역시 나를 만나자 마자 이 얘기를 꺼낸다. 그런데 윤 총장님을 만나니 '시간이 많이 지났음에도 불구하고 이 분이 늙어 가고 있구나.' 하는 느낌이 아닌 '이분은 점점 멋있어 지고 있구나' 하는 생각이 드는 거다. 입은 옷도 멋지고, 매너도 멋지고, 쏟아내는 말들은 더 멋지고.

　사람이 나이 들어감에 멋져 진다는 건 명품으로만, 돈만으로만, 지위로만 나오지 않는다는 것을, 나를 다듬지 않으면, 노력하지 않으면 멋진 사람이 될 수 없다는 것을 이제 나는 안다.

　멋질 것 같다는 이분의 강의는 상상을 뛰어 넘었다. 가슴이 뛰었다. 다음 얘기가 듣고 싶어 시간이 빨리 가길 바랐다. 이렇게 멋진 강의를 할 수 있는 이분이 경이로웠고, 똑같은 사람인데 나와는 왜 이리 다른가 하는 생각에 좌절감이 오래갔다. 그래서 오랜만의 만남에 기쁨과 착잡함이 동시 상영을 한 거다.

　착잡함은 뒤로 한 채 많은 분들과 이분의 얘기를 나누고 싶어 라디오 프로그램에 모시게 됐다. 기꺼이 나와 주셔서 너무나 감사했고.

　'매력이 경쟁력이다', '귀인', '부자 되는 법' 세 가지 주제의 강의 중에 우선 '매력이 경쟁력이다' 라는 주제로 듣길 원했다.

　사람은 지능도 있고 또 그 지능이 필요도 하지만 우선 마음이 중요하다는 말부터 꺼낸다. 바로 그 마음을 사로잡는 것이 '매력' 이라는 거다. 윤 총장님이 고려대학교 심리학과에 갓 입학했을 때만 해도 사람의 마음을 움직이는 힘은 공포심이라 배웠단다. 당시엔 민주화니 인권이니 하며 살벌한 시대였으니까. 경찰서 앞만 지나가도 놀라던 시대였으니까. 그런데 지금은 경찰서에 시민이 들어가면 경찰이 놀란다나? 해서 지금은 사람의 마음을 움직이는 힘이 희망, 즐거움, 인센티브. 매력 등으로 바뀌었단다.

　국가정책도 방송도 매력적으로 방향을 잡아 가고 있고. 그래야 끌리니까. 누구나에게 매력은 있다 말한다. 나의 매력은? 언뜻 떠오르지 않는다. 이게 매력인가? 키가 작아도 그의 매력에 빠져 '작은 거인'이라 부르기도 하고, 못생겨도 '천사표'라 불릴 수 있다는 거지.

나에게 퀴즈를 낸다. 대학원생들에게 물었단다. 한 여자가 얼굴은 전지현인데 성질은 더럽고 머리도 텅 비어있고, 또 한 여자는 얼굴은 그저 그런데 마음이 곱고 똑똑하다면 어느 여자를 선택하겠느냐고. 난 당연히 후자를 택하지 않겠냐고 했다. 그런데 반반씩 답이 나왔다 해서 깜짝 놀랐다. 일종의 배신감이랄까? 인생이 장난이야? 어떻게 이럴 수가 있어? 어떻게……. 근데 난 얼굴도 예쁜데 이 문제에 왜 이리 예민할까?

윤 총장님 아들이 외출준비를 하며 한없이 머리를 만지고 있더란다. 그래서 "머리카락만 신경 쓰지 말고 머릿속을 더 신경 쓰면 어떻겠니?" 했더니 "요즘은 머릿속만큼이나 머리카락도 신경 써야 해요." 하더란다. 확실히 시대가 달라졌다. 매력은 내적 매력과 외적 매력이 있는데 둘 다 함께 끌어올리기 위해 노력해야 한단다. 그런데 내적, 외적 매력은 '도덕'으로 바탕이 이루어져야 한다는 거다. 이 부분에서 내가 **뿅뿅뿅** 간 거다.

미국의 금융가 월스트리트. 하버드나 스탠포드 등의 명문대 출신들로 돈까지 많이 버니 예전엔 모두가 부러워했으나, 금융위기가 있고 난 지금은 '이놈도 그놈이구나' 한다는 거지. 돈 내고 돈 먹기, 전략은 있고 영혼은 없기 때문에 생긴 일이란다. 아무리 똑똑해도 윤리가 무너지면 그야말로 무너진다는 거지.

그래서 총장으로 있는 서울과학종합대학원에서 미니 윤리특강을 시작했다. 수업시작 5분 전 무조건 윤리특강을 하게 한 거다.

"도대체 매 수업시간마다 뭘 하라는 겁니까?" 하는 교수들에겐 "정 할 얘기 없으면 '바늘 도둑이 소 도둑 된다' 는 것만이라도 계속 얘기하세요." 했단다.

윤리 경영을 이수해야 졸업시키고, 윤리특강을 홈페이지에 많이 올린 교수에겐 인사고가에 반영하게 해서 꾸준히 하게 했더니, 학교 분위기가 너무 좋아지고 학생들이 무척 당당해지는 걸 느낄 수 있었단다. 가랑비에 옷 젖듯이 하루에 5분이 중요한 인재들을 제대로 키워내는 거다. 이래서 이분을 너무나 존경하게 됐다.

요즘 윤리가 땅에 떨어진 건 누구나 아는 사실이다. 이로 인해 상식 밖의 일들이 벌어지는 것 또한 다 아는 사실이고. 허나 이 나라의 교육은 장관이, 대통령이 누구건 간에 입시로만, 입시로만 향한다. 그래서 뭘 어쩌겠다는 건가. 매번 부르짖어도 대답 없는 메아리다. 그런데 윤 총장님은 윤리의 가치를 알고 또 그것을 실천한다.

멋지다! '멋지다' 라는 표현 외에는 딱히 떠오르지 않는다. 전국의 모든 학교에서 윤리교육을 실시했으면 하는 바람을 가져 본다. 올바르게 길러 내야 하는데 삭막하다 못해 살벌한 아이들을 볼 때마다 마음이 무겁다.

윤 총장 댁의 가훈도 멋지다.

첫째, 신나게 살자.

둘째, 신나게 해주며 살자.

뭔가가 다르다. 남까지 배려하는 가훈은 별로 본 기억 없고. 공군 장교 출신답게 행동지침도 있다는데, 일일일선(一日一善) 일일일창(一日一創)이란다. 하루에 한 가지씩 착한 일을 하고 하루에 한 가지씩 아이디어를 내자는 뜻이다. 하루에 한 가지 좋은 일은 너무 거창한건 매일 할 수 없으니 엘리베이터 탔을 때 '삐이' 하는 소리 나면 내가 먼저 내리기처럼 작은걸 실천하는 거란다.

엘리베이터 하니까 생각나는 장면. 대부분의 사람들은 엘리베이터에서 '삐이' 하는 소리가 나면 뚱뚱한 사람을 쳐다본다. 미국 코미디의 한 장면인데 엘리베이터에서 '삐이' 하는 소리가 나니까 뚱뚱한 사람을 제쳐 두고 이쑤시개를 입에 물고 있는 사람을 전부 쳐다봐서 결국은 그 사람이 내린다. 이걸 보고 한참을 웃었다. 이 얘기가 웃기지 않는다면 미국엔 놀러가지 마시라. 그들과 당신은 코드가 맞지 않는 거다.

윤 총장님 부부 이야기도 재미있다. 결혼하고 약속을 했단다. 내조, 다른 건 다 안 해도 되는데 사기만 올려 달라. 그러기 위해선 아침 출근길에 뒷모습이 보일 때까지 열렬히 손을 흔들어 줄 것을 요구했단다. 엘리베이터 타서 보이지 않을 때까지는 기본이고, 베란다에서 차에 오를 때까지 열렬히 손을 흔들어야 한단다. 얼핏 생각해도 쉽지 않다. 더군다나 남들도 쳐다볼 텐데 이건 여간 뻔뻔해야 할 수 있는 일이 아니다.

아침이면 아파트 도로마다 엄마들이 많이 나와 있다. 아이를 유치원에 보내기 위해 유치원차를 기다리는 중인 거다. 각기 다른 유치원차를 기다리며 이야기를 나누기도 하고 얼굴도 서로 알게 되는데 우리 집 앞에 두 그룹의 엄마들이 서 있다. 그러니까 두 곳의 유치원 엄마들인데 매일 같은 시간에 만나다 보니 서로를 알게 됐을 터.

그런데 재미난 것이 아침이다 보니 대부분의 엄마들이 애들은 씻겼으나 본인은 못 씻고 나온 경우가 많은데 유독 한 엄마만 매일 곱게 화장을 하고 나오는 거다. 그러니 같은 그룹의 엄마들이 깊은 반성과 함께, 하나 둘 곱게 화장을 하고 나오기 시작한다. 그래서 매일 아침 화장한 그룹과 화장을 못한 환장할 그룹으로 구분이 되기 시작한다. 이래서 어울리는 부류가 중요하다. 그런데 이런 남편 환송식을 따라한 집이 있을까? 궁금해지네.

그리고 또 하나. 퇴근할 때 현재의 복장 그대로 나와서 안아주고 가방 받기인데, 지금은 안아주기는 안 해 주고 가방만 받는다 해서 깔깔 거리고 웃었다. 열렬한 환송식과 환영식이 조건이었다는데 부부가 살면서 이런 행동 지침도 필요하겠단 생각도 들었다. 들어가도 나가도 소가 닭 보듯이 하는 부부는…… 소나 닭이 될지도 모른다.

대부분의 부부에게 "다시 태어나도 지금의 이 사람과 다시 결혼 하시겠습니까?"하고 물으면, 남자들 보단 여자들이 펄쩍 뛴다. 할머니들 같은 경우엔 거의 살인 낼 듯이 펄쩍 뛴다.

"저 영감탱이 비위 맞추며 또 한평생을 살라고? 내가 미쳤어?"

나랑 친한 심리학 박사 최창호 박사가 어느 날 어머니께 물었단다.

"엄니, 엄니는 다시 태어나면 아부지랑 결혼 하실 거예요?"

그 말을 들은 어머님 왈, "내가 다시 태어나기도 싫다, 애."

우린 이 얘기에 쓰러졌다. 완결편이다. 더 이상은 있을 수 없다고 생각한다.

다음은 귀인에 대해 듣고 싶다 했다. 누구나 귀인을 만나기 원한다. 허나 그러려면 귀인을 만날 자세를 갖추어라 말한다. 귀인은 꼭 힘이 있거나 권력 있는 자만이 아니라 드라마에서 가끔 보듯이 애인과 지나쳤는데 거지에게 "이렇게 생긴 사람 못 보셨어요?" 하면 거지가 가르쳐 줄 때, 이럴 땐 거지가 이 사람에겐 귀인이 된다는 거다.

귀인은 어디에나 있단다. 그래서 사람은 어느 누구나 소중하다는 생각을 하라 해서 이 얘길 듣고 주변을 둘러보니 정말 모든 사람들이 귀하게 보였다. 역시 사람은 마음먹기에 따라 모든 것이 달라지는구나 하는 생각이 든다.

윤 총장님은 '하늘은 스스로 돕는 자를 돕는다' 가 아닌 '하늘은 남을 돕는 자를 돕는다' 가 맞다 생각한단다. 캬! 참으로 멋진 말이다. 귀인을 기다리지 말고 내가 그들에게 귀인이 되어주어라 말하는데 가슴이 쿵한다.

윤 총장님은 방송을 오래 하며 사회적으로 성공한 사람들을 많이 인터뷰 해 봤는데, 그들의 특징은 귀인을 만났다는 거란다. 그야말로 내 인생을 바꿔줄 누군가를 만났다는 거다.

1억, 3억, 5억, 10억을 버는 건 본인 노력으로 가능하단다. 근면, 성실, 내핍, 절약, 정신일도 하사불성이면 가능할 수도 있다. 하지만 100억, 200억, 300억을 버는 것은 남이 도와주어야 가능하지 근면, 성실, 내핍, 절약, 정신일도 하사불성으로 했다간 골병들어 죽는다는 거다. 남이 나를 도울 때에 비로소 큰 부자도 될 수 있단다.

문득 무척이나 감동을 받았던 이야기가 생각난다. 하는 일마다 되는 것이 없는 석가모니의 제자가 석가모니를 찾아와 하소연을 했다.

"스승님, 저는 왜 이리 되는 일이 없을까요?"

"그건 네가 베풀지 않기 때문이니라."

"스승님, 베풀다뇨? 제가 가진 게 개뿔 뭐라도 있어야 베풀지요?"

그러자 석가모니 왈,

"재물이 없어도 베풀 수 있는 것이 7가지나 있으니 이것이 무재칠시(無財七施)니라. 첫째는 화안시(和顔施)로 얼굴에 화색을 띠고 부드럽고 정다운 얼굴로 남을 대하는 것이요. 둘째는 언시(言施)로 말로써 얼마든지 베풀 수 있는데, 사랑의 말 칭찬의 말 격려의 말 부드러운 말씨 등이 여기에 해당된다. 셋째는 심시(心施)로 마음의 문을 열고 따뜻한 마음을 주는 것이요. 넷째는 안시(眼施)로 호의를 가진 눈, 따뜻한 눈빛으로 사람을 보는 것이요. 다섯째는 신시(身施)로 몸으로 베푸는 것인데, 남의 짐을 들어 주거나 내 몸을 써 다른 이의 일을 돕는 것이요. 여섯째는 좌시(座施)로 자리를 내어 양보 하는 것이요. 마지막 일곱 번째는 찰시(察施)로 굳이 묻지 않고 상대의 속을 헤아려서 도와주는 것이다. 이 일곱 가지를 행하여 습관이 되면 너에게 행운이 따를 것이다." 라고 말을 했다는 것이다. 가만히 내 자신을 돌아보게 된다. 함께 돌아보시지요.

이 얘기를 듣고 큰 감동을 받아 지키며 살겠노라 다짐 또 다짐한 적이 있었다.

웃음치료 공부를 마치고 버스를 타고 집으로 돌아오던 중 어렵게 자리가 나 허겁지겁 앉았다. 늘 그렇지만 그날도 너무나 피곤했기에. 버스는

지하철과 달리 많이 흔들리고 비좁다 보니 같은 시간을 서 있어도 피로감이 더하다. 더욱이 내가 탄 버스는 자주 오는 버스가 아니다 보니 사람이 많아 더 힘들었다. 앉은 지 얼마 안 돼 한 아주머니가 타셨는데 한눈에도 몹시 부어있는 것이 건강하지 못한 사람이라는 게 느껴졌다.

'일어서야겠구나. 아흐, 나도 너무 피곤한데……. 누가 양보 좀 하지…….'

그러나 남들도 다 나와 같은 생각을 하는지 아무도 일어서는 이가 없었다. 마음은 있는데 몸이 말을 안 들어 계속 궁둥이를 붙이고 자리에 앉아 있는데 미안하게도 그 아주머니가 자꾸만 자꾸만 두리번 두리번 자리가 있나 살핀다. 그러나 아무도 일어나는 이가 없다.

몇 정거장을 그렇게 가다가 아주머닌 도저히 안 되겠는지 바퀴가 있어 튀어 나온 부분에 걸터앉는다. 미안하게도 내 마음이 조금은 편해졌다. 조금 더 가 그 아주머니는 자리에 앉았는데, 1년이 지난 지금도 내 머릿속에 상당한 죄책감으로 남아 있다.

'다시는 그러지 말아야지. 다시는…….'

다짐하고 또 다짐 했다.

그 이후론 웬만하면 일어나는데, 나보다 어린것들이 버젓이 앉아 있는 걸 보면 화가 난다.

'내가 지금 얼마나 피곤한데. 네가 나보다 젊잖아. 내가 젊어 보여도 마흔이 넘었거든? 넌 피곤해 보이지도 않는구만. 더군다나 쟨 남자잖아. 저걸 확!'

속으로 온갖 욕을 해대며 서 있다. 좌시를 실천하기 위해 화안시와 심시, 그리고 안시가 무너지는 순간이다.

요즘 애들 피곤한건 나도 이해하는데 너무 자리 양보 안하는 것도 인정한다. 내가 특히나 발딱 스탠드 업 할 때가 어린 아이를 데리고 타는 엄마들을 만날 때이다. 아기 데리고 지하철을 타보면 놀랄 정도로 양보들을 안 해 준다. 아기를 업고 있어도 마찬 가지이다.

정말 깜짝 놀란다. 그것이 한이 되고, 그것이 얼마나 힘든 일인가를 느꼈기에 아이 데리고 타는 엄마들에겐 자동으로 벌떡 일어나게 된다. 그런데 신기한 것이 내가 자리를 양보해 아기가 내 자리에 앉으면 옆에 양보 안하고 앉아 있던 젊은 여자들이 그 애기 예쁘다고 어르고 난리다. 양보의 필요성은 못 느끼고 예쁜 건 느낀다는 건가? 이런 경험을 꽤나 많이 한 나는 '그래, 니들 다음에 애 낳아서 지하철 꼭 타라. 그리고 몇 정거장 서서 가 봐. 지금 양보 안 한 거 그때 후회하게 될 거다.' 한다. 몰라서 그러는 건지, 철이 없어 그러는 건지, 너무 힘이 들어 그러는 건지. 그래도 일어나야 할 땐 일어나는 멋진 젊은이들이 많아졌으면 좋겠다.

어떻게 하면 아이들을 잘 키울까 물었다. 요즘 아이들은 지나치게 자기중심적인 게 문제라며 최고의 교육은 결핍체험이란다. 배가 고파봐야 음식의 고마움, 나아가 농부에 대한 고마움, 유통의 고마움까지 생각하게 되는데 요즘은 먹어주는 게 효도란다. 사달라고 조를 때 사줘야 되는데 미리 챙겨주니 감사함도 소중함도 모른다는 거다.

'선행공급', '과잉공급' 하지 말라 말한다. 백번이고 맞는 얘기라는데 한 표. 돈은 참 좋을 때가 많은데, 돈을 다룰 수 있는 힘을 키워주는 것이 부모가 해야 할 일이 아닌가 하는 생각이 든다.

중국여행 갔을 때, 부모가 60년간 지은 집을 아들이 이틀 만에 팔아먹었다는 대단히 멋진 집을 보았다. 마작이란 놀음으로 하루에 반 팔고, 다음 날에 마저 반 팔고, 듣는 내가 더 허무했다. 물질만 남겨주면 이렇게 된다. 다루는 힘을, 절제의 힘을 남겨 주어야 하리라.

은퇴 후, 오랜 꿈인 소설을 쓰겠다는데 어떤 글이 나올까 무척 궁금하다.

이분의 강의에 또 이분의 생각에 홀딱 반했지만, 솔직히 명문대 졸업에 장교 출신이라는 출신 배경도 이분을 만드는데 큰 역할을 했겠구나 하는 생각에, 나도 일찌감치 깨달았으면 인생이 좀 더 바뀌지 않았을까 하는 생각도 하게 됐다.

사람은 좀 잘날 필요가 있다. 그걸 알기에 부족함을 채우기 위해 이리 안간힘을 쓰는지도 모르지만.

맑은 분을 만나 너무 감사했고, 이런 분이 성공 가도를 달린다는 것에 기쁨을 느꼈다. 맑은 세상이 되길 대한민국이 되길 소망해 본다.

강순의

요리연구가, 김치명인

• • •

내가 참 좋아하는 분이다. '무엇이든 물어 보세요.' 라는 프로그램에서 만났는데, 생방송 그 짧은 시간에 음식을 대충 만드는 것 같은데 어찌나 맛있는지 이분과 같이 살고 싶다는 생각마저 들었다.

방송에서 전문가가 요리하는 모습 또 그걸 먹는 나의 모습을 보고 사람들은 묻는다. 정말 맛있냐고. 정답은 맛이 있을 때도 있고 그렇지 않을 때도 있다. 특히 생방송 중에 하는 요리는 시간 관계상 익지 않아도 맛을 볼 때가 있는데 이때가 가장 곤혹스럽다.

간혹 맛이 별로인 선생도 있다. 근데 이런 사람일수록 "맛있어요, 맛있어요?" 계속 물어본다. 거기서 아니라고 할 수도 없고……

방송에서 요리는 준비물도 많고, 가스도 있고 해서 여간 신경 쓰이는 게 아니다. 요리 프로그램을 보다 보면 갑자기 사람이 밑으로 쑥 사라지는 경우가 있는데, 준비되어 있는 그릇이나 프라이팬 등을 챙기기 위한 것이다. 방송 전에 이걸 흉내 내면 방송쟁이들은 죽겠다고 웃는다. 너무나 많이 봐오고 해온 터라.

방송에서 많은 요리 선생님을 만나고, 많은 음식을 먹어봤지만 강순의 선생의 요리는 참말 예술이다. 오죽하면 입맛 까다로운 김한국 선배가 강 선생님의 요리를 그릇째 집에 들고 갔을 정도니까. 김한국 선배는 누가 뭐 챙겨준다고 집에 가지고 가는 성격이 절~대 아니다. 강 선생님을 인간 문화재로 지정해야 한다는 게 내 생각이다.

방송 중엔 늘 한복을 입는데 이날도 한복을 입고 왔다. 라디오임에도 불구하고.

"늘 그렇게 한복을 입으세요?" 했더니 "집에서 그 많은 일을 하는데 어떻게 한복을 입겠어? 집에선 작업복 입어." 해서 빵 터졌다.

텔레비전 할 때도 "아이구, 이렇게 이쁜 사람이 내 옆에 스믄 난 어쩐댜." 해서 매번 웃는데.

라디오에 강 선생님을 모신 날, 맛난 음식을 맛 볼 순 없지만 빨리 뵙고 싶어 기다리고 있는데, 세상에나! 키도 작은 양반이 당신 키만큼 보따리를 바리바리 싸서 들고 온 거다. 우리 팀 먹인다고, 떡에 배추김치 ,묵은 김치, 떡 자를 칼, 김치 자를 가위, 덜어먹을 그릇에 집에 가져가서 먹으라며 봉지 봉지 담아온 김치들까지.

완전 감동이었다. 이렇게 싸오실 줄은 정말 몰랐다. 우리 모두 너무 놀라고 기쁘고 감사해서 황홀하게 우적우적 먹어댔다. 마음도 좋고 입담도 좋다. 그래서 강 선생님과의 만남이 늘 좋다.

고향이 어딜까 궁금했다. 충남 당진이란다. 나는 호남분이 아닐까 생각했었다. 그런데 시집을 전남 나주로 갔단다.

"왜 그리 시집을 멀리 가셨어요?"

"우리 아버지가 피는 못 속인다구. 양반집으로 시집보내야 한다구 해서 갔어요." 해서 웃었다.

"지금이야 돈 있으면 양반이지만, 그땐 그렇게 양반을 따졌어요." 한다.

그렇게 양반만 따졌던 아버지. 아들들은 전부 대학까지 공부시키고 하나밖에 없는 고명딸은 공부를 안 시키셨단다. 나중에 철들고 나니 원통한 생각이 들어 "아부지, 나는 왜 공부 안 시켜 주셨어요?" 했더니 "딸은 죽도록 돈 들여 공부시켜봤자, 연애편지만 써댄다." 하더란다. 허무했다.

오래전 들었던 친구 할머니 이야기. 국민학교 운동회 때, 달리기를 하는데 계집애가 어디서 다리 벌리고 뛰느냐며 아버지가 곧장 집으로 끌고 가서는 그 다음부터 학교는 구경도 못했다는 참 슬픈 이야기.

경제활동을 했던 것도 아니요, 아는 것 많으면 말대답이 많아질 터이고 어차피 남의 식구 될 터이니 돈 들여가며 가르쳐야할 이유를 전혀 못 느꼈겠지. 이 땅에 딸들을 예전부터 공부시켰다면 이 나라가 어떻게 변해 있을까 상상해 본다.

1년간 요리와 예절만 가르쳐 양반 댁으로 시집을 간 강 선생님은 시부모에 시할머니까지 계시는 종갓집 종손며느리가 되었는데, 어디서 차를 타는 줄 몰라 도망을 못나왔다 해서 우린 또 쓰러졌다.

신사임당의 아버지는 자신의 딸이 뛰어난 것을 알고 시어머니가 없는 집을 골라 시집을 보냈다지? 치이지 말라고. 그런데 아무리 양반이라지만 큰며느리 자리도 힘이 드는데, 종갓집 종손에게 딸을 보냈단 말인가. 남자들은 여자의 생을 몰라도 너무 모른다. 아무리 종부(宗婦)의 권위가 크다 해도 강 선생님 어머니는 아마 잠 못 이루지 않았을까 싶다.

어른들이 계시니 삼시 세끼는 기본이고, 어른들 간식도 끼니와 끼니 사이에 꼭 냈다고 하니, 밥 먹고 설거지하면 간식 낼 시간이고 상치우고 나면 또 밥해야 하고 치우고 나면 또 간식 만들고 "하루 종일 뭐 했소?" 묻는다면 "상만 차렸소." 해야 할 것 같다. 참 빨래도 했겠군.

시어른들 간식은 큰 가마니로 쑥떡을 해서 큰 항아리 두 개에 담아두었다가 밥하느라 매일 불을 때니까 거기에 떡을 따듯하게 데워서 조청하고 같이 내고, 감은 짚 속에 저장해 두었다가 겨우내 내드리고 했다니, 드시는 분들은 좋았겠지만 상을 차리는 사람의 수고는 무어라 표현할 수 있을까?

또 제법 사는 집이었는데도 어른 상에만 생선을 올렸나 보다. 생선대가리 눈 가장자리에 살 조금 붙은 거 그거 먹고 싶어 상 나오기만을 기다렸단다. 전혀 생각을 못해본 곳이라 "거기 살이 맛있어요?" 했더니 "그거 안 먹어본 사람은 말을 마. 우린 그거 전문이야."해서 쓰러졌다.

충청도 분이 전라도로 시집을 갔으니, 두 지역의 음식차이는 무엇이냐 물었다. 충청도는 느리니까 떡처럼 자꾸 조물락 조물락 만지는 거 그래서 예쁘게 만드는 음식을 하고, 전라도는 맛내는 걸 최고로 치고 양념을 아끼지 않는단다.

더욱이 강 선생님의 시어머니는 밖에 나가 별것 아닌 풀만 뜯어다가도 조물조물 무쳐놓으면 맛난 음식으로 변신시키는 마이다스의 손을 가진 분이었다는데, 이런 분의 아들이다 보니 입맛이 보통이 아닌 분을 서방님으로 맞은 거다.

익은 김치는 먹지 않고 갓 해서 올린 나물이나 김치를 먹는데, 2월에 눈을 헤치면 나오는 봄동을 뜯어다가 깨를 갓 볶아 그걸 손으로 비벼 곱게 만들어 무쳐냈다고 한다. 음식 솜씨 젬병인 사람도 이렇게 해놓으면 맛있을 것 같은데, 이런 음식만 먹던 사람이 다른 집에서 음식을 먹을 수 있을까 싶다. 그래도 맛있다 소리는 안하고 "다른 집은 왜 이 맛을 못 낼까?" 이 소리만 한다니, 통촉 하시옵소서!

"아무튼 하루에 세 번씩 김치 버무린 사람 있으면 나와 보라 그래." 해서 우린 또 쓰러졌다.

남편 이야기 나온 김에 하나 더. 강 선생님의 아버지는 부인을 많이 아꼈단다. 그래서 부부는 다 그렇게 사는 줄 알았는데 강 선생님 남편은 "수건 가져와라.", "재떨이 가져와라." 완전 하녀 부리듯이 부리더란다. 그래서 시어머니께 "어머니, 다른 건 몰라도 게으른 건 잘못 가르치셨어요." 했더니 어머님이 도끼눈을 하고는 "돈하고 병하고 자식은 마음대로 되는 게 아니다. 너도 자식이 셋이니 너 어디 두고 보자." 하시며 쌩하니 바람과 함께 사라지셨고, 강 선생님 왈, "이놈의 입방정 때문에 시집살이 1년 더 했잖아." 해서 아예 엎어져 버렸다.

한번은 시아버지 환갑잔치에 초대되어 강 선생님의 친정아버지가 오셨다. 와서 보니 동네잔치는 끝날 줄 모르고 먹고 노는 남자들이야 신이 나겠지만 그 음식을 해대는 딸을 보니 억장이 무너지셨겠지. 예전에 동네잔치는 와서 음식을 먹고 집에 갔다가 소화가 되면 다시 오는 게 당연한 거였다니 생각만 해도 끔찍하다.

지금이야 대부분 뷔페에서 잔치를 하니 이런 부담이 적지만 예전엔 지방에서 친인척들이 오면 안주인들은 결혼식이 끝나도 쉬지 못하고 집에 와서 한복만 벗고는 또 한 번의 잔치를 손님들 갈 때까지 치러야 했던 게 우리의 모습이었다.

설이나 추석에 우리 친정집도 서른 명쯤 되는 친척들이 모였다. 그나마 집들이 가까운 편이라 그날 저녁이나 그 다음날 오후쯤 손님들이 가셨는데, 그 다음부터 끙끙 앓는 엄마의 모습을 보고 자라 어느 순간부터 그 좋던 명절이 싫어졌다. 결혼하고 명절이 더 싫어진 건 두말하면 잔소리, 세 말하면 숨 가쁘다.

그런 딸의 모습이 얼마나 안쓰러웠으면 집으로 돌아간 친정아버지가 보약을 지어 보냈더란다.

"참 우리 아버지도 머리가 나쁘셔. 시어른들 보약을 보내야 내가 시집살이를 덜하지. 눈치가 보여 그게 넘어가나? 얼마 못 먹고 버렸지."

이상하다. 한국의 며느리들은 눈치 봐야 할 일도 많고 해야 할 일도 많다. 미국도 그런가?

그러고 보면 옛말에 '며느리' 들어가서 좋은 말이 하나도 없다. 며느리

밥풀꽃, 며느리 밑씻개는 이름만 들어도 서러움과 한이 느껴진다. 내가 제일 싫어하는 속담은 '전어 굽는 냄새에 집나간 며느리도 돌아온다.' 이다. 그깟 생선 때문에 집에 다시 돌아갈 거면 나가지도 않았다. 물론 전어가 맛있단 얘기지만 그 냄새에 하필이면 집나간 것도 며느리요, 지조 없이 돌아오는 것도 며느리인가 말이다.

맨날 '그까짓 전어, 그까짓 전어.' 하다가 몇 해 전에 처음으로 전어를 먹어봤다. 그것도 째려보면서. 전어를 먹는 순간 내가 그랬다.

"음, 집으로 다시 돌아오진 않겠지만 생각은 나겠구먼."

맛은 있었다.

어떻게 하면 김치를 맛있게 담그냐고 했더니 연습을 해야 한단다. 노래도 음식도 하다보면 는다는 게 정답인 듯하다. 안하면 잊는다.

"아이고, 참기름 넣을 걸."

"아하! 볶다가 물 부울 건데."

주부들이 가끔 잘하는 소리. 뭐든 하면 는다.

요즘은 많은 집들이 돈을 주고 배추 절인 것을 집으로 배달해 김치를 담근다. 그런데 절여진 상태를 보지 않고 늘 똑같이 간을 하는 게 문제란다. 그리고 밖에 두었다가 맛있게 익으려고 할 때 김치 냉장고에 넣어야 맛난 김치를 먹을 수 있단다. 또한 익은 김치를 보면 흰 고라지가 피는데 고라지 핀 거부터 씻어서 먹고 씻어서 먹고 하는 사람이 제일 미련한 거란다. 내 얘기다.

고라지 핀 걸 그냥 두고 밑에서부터 먹고 맨 마지막에 고라지 핀 걸 씻어 먹어야 한단다. 역시 아는 게 힘이다. 모르면 손발이 고생이다. 또 내 얘기다.

4월에서 5월 오이김치부터 시작해서 김장땐 20가지 정도의 김치를 담그고, 초가을엔 갓 김치를 시작해서 추석부터 11월까지 30가지 정도를 담근다는데, 김치 종류만 200가지가 넘는다 해서 깜짝 놀랐다.

산나물로도 김치를 담그고, 초가을에 고추를 곰삭혀서 먹으면 밥 먹고 나서 입맛이 칼칼해지는 것이 그만이란다. 마침 고추김치를 싸왔기에 "여러분, 저 내일 방송 못나오면 이거 먹고 쓰러진 줄 아세요." 했더니 "우리 동네에도 이거 먹고 몇 명 죽었어." 해서 우린 정말 죽었다.

이런 분들이 연세가 들어 사라지면 큰일인데 싶은 생각이 들어 "제자들은 많이 키우세요?" 했더니 예전엔 많이 가르쳤는데, 가르쳐 놓으니까 지가 원조인 것처럼 떠들고 판을 벌려 지금 강 선생님보다 더 많은 제자를 두고 일을 하고 있나보다. 기운 빠져서 이젠 하기도 싫다 해서 정말 제자를 안 키우면 어쩌나 걱정이 되었다. 상처 중에 가장 아픈 상처는 사람에게 배신당했다 느낄 때의 그것이 아닐까? 예전에 우리 집 비밀은 며느리도 몰라 하는 광고가 눈길을 끈 적이 있는데, 이 할머님의 마음을 충분히 이해한단다. 40년 걸려 알게 된 비법을 며느리에게 알려주면, 그 며느린 1분 만에 알아 버린다는 거지.

옛날에 시어머니가 빨래를 하면 고슬고슬한데 며느리가 빨래를 하면 푸석푸석해서 "어머니, 비법 좀 알려주세요." 했더니 아무 말도 없다가 죽을 때 딱 한마디 "뽀드득." 하더란다. 빨래를 꼭 짜라는 말이다.

우리는 장인들이 그들만의 비법을 전수하지 않아 기술이 끊겼다고 많이들 얘기한다. 나도 우리 민족이 정도 많지만 이기적인 부분도 많아 안 물려 줬겠지 생각만 했었는데, 강 선생님의 얘기를 들으니 전수시킨다는 것이 그리 쉬운 일만은 아니구나 하는 생각이 들었다. 그래도 아깝다. 이런 분의 기술이 그냥 묻힌다는 것이.

그래서 내가 그랬다. 배신당할 땐 당하더라도 널리 널리 퍼뜨려 주옵소서. 건강하게 오래 오래 사셨으면 좋겠다.

박인수

성악가, 교수

• • •

참 기억에 남는 초대 손님 중에 한 분이다. 특히 그의 솔직함과 옷차림이 상당히 기억에 남는다. 시원시원한 목소리 특히 가수 이동원 씨와 함께 부른 '향수'라는 곡을 부르던 모습이 내 기억에 처음이자 끝인데, 이분을 본 순간 사람을 잘못 봤나 했다. 클래식 하는 분이 나온다 해서 조금은 긴장을 하고 있던 터였다. 클래식하면 대부분 우~아 하니까.

체구가 상당히 큰 두 남자가 가죽 재킷을 입고 스튜디오에 들어 왔는데, '저 사람들이 여기 왜왔지?' 했다.

"누구야?"

작가에게 물었더니, 작가도 눈이 똥그래져서는 "박인수 교수님이세요." 한다.

방금 오토바이에서 내린 듯한 이 두 남자. 테너 박인수 교수와 그의 제자였다. 가죽 재킷을 벗으니 우람한 팔뚝과 함께 반팔 셔츠가 나온다. 제법 쌀쌀한 10월 말인데 말이다. 검은 진에 부츠. 제자 분은 꽁지머리까지. 오토바이가 아니라 말에서 내렸다고 해도 곧이 믿을 옷차림새다.

깜짝 놀랐다 했더니, 연주회 빼고는 정장을 잘 입지 않는단다.

"그럼 가죽 재킷을 주로 입으세요?" 했더니, "내가 가장 좋아하는 차림은 군복과 군모에요." 라고 해서 또 한 번 놀랐다. 특히 별을 좋아하는데, 집에서는 달고 밖에 나갈 땐 뗀다고 해서 또 놀라고.

"군대는 다녀오셨죠?"

농담 반 진담 반 물으니 보병 병장으로 제대했고 역시나 직업군인에 관심이 많았다 한다. 한술 더 떠 노래를 하리라고는 생각지 못했고, 선장이 되는 것이 꿈이었다고 해서 계속 놀라고, 또 놀라고.

대부분 클래식을 한 분들을 보면 어릴 때부터 레슨을 받아 대학 가고 그다음은 유학 순으로 얘기가 이어지는데 마도로스는 얘기가 튀어도 한참 튄다.

박인수 교수 고3 때 평균이 69점이었다. 졸업 후엔 성적도 안 되고, 돈도 안 되니, 부산 가서 배나 타야겠다 생각하고 있었다. 집이 꽤나 가난했구나 생각했는데, 아버님이 고위 공무원이었단다. 그런데 돈을 가지고 오지 않아 집이 가난했단다. 그 돈을 어디다 썼을까 몹시 궁금했지만 교수님도 모른다 하니 가만히 있을 수밖에.

박인수 교수는 학교 다닐 때 수영, 기계체조 대표로 전국대회에 출전한 운동선수였다. 그땐 정말 몸이 좋아 미스터 코리아에 나갈 생각도 했다 해서 "지금도 좋으세요." 했더니, "그땐 정말 좋았어요. 지금 같지 않았어요." 해서 지금도 훌륭한데 얼마나 더 훌륭했단 얘기일까 궁금했다. 아무튼 상당히 남성미가 넘치는 분이라는 느낌을 받았다.

그럼 노래는 어떻게 하게 되었을까?

신앙심은 없지만 노래가 좋아 성가대원으로 교회를 다녔는데, 고3 11월에 특별 예배에서 독창을 하게 됐다. 이때 배제고 교목이었던 김창일 목사가 노래를 듣고는 "너는 성악을 해야 한다." 하더란다.

김창일 목사는 성악을 했던 분인데 목이 좋지 않아 노래를 포기하고 신학을 공부해 목사가 된 분이다. 그러고는 안수 기도를 해주었단다.

나는 배를 탈것이다 아무리 얘길 해도 계속 손으로 머리를 찔러가며 기도를 하는데, 너무 아파 짜증이 나서 기도 소리가 귀에 들어오지 않는데도 '내가 노래를 해야겠구나.' 하는 생각이 들더란다. 그래서 노래를 하게 됐다는 약간은 신앙 체험적인 이야기.

그런데 11월에 69점으로는 서울대가 힘들었겠단 생각이 들었는데, 역시나 이때부터 돈도 벌고 레슨도 받아 다음해에 아주 우수한 성적으로 서울대에 입학하게 된다. 레슨은 6개월 받고 레슨비도 집에선 6개월 치 받았으나 드리기는 달걀 다섯 꾸러미 50개만 드렸다고 해서 웃었다. 지금이야 달걀 50개 하면 우습지만 그땐 매일 아침 날달걀 하나씩 먹어 보는 게 소원이라 해서 "지금도 드세요?" 했더니, "지금은 안 먹죠." 해서 또 웃었다.

그런데 우스운 성적도 아니고, 우수한 성적으로 서울대에 입학을 했는데 지도 교수와 노래 스타일이 맞지 않아 무척 고생을 했단다. 박인수 교수는 담백하게 노래하는 걸 좋아하고, 지도 교수는 기교를 많이 넣는 걸 좋아하는 분이였는데, "노래의 방법은 다양하다. 너와 나는 다르지만 난 너의 스타일을 존중한다. 그러니 너는 네 스타일로 노래를 해라." 했으면 됐을 걸. "무조건 나를 따르라. 이것만이 진리요, 생명이요, 노래다." 하니 골이 깊을 수밖에.

답이 똑 떨어지는 수학도 푸는 과정이 다를 수 있는데, 예술을 이런 식으로 평가한다는 것은 솔직히 이해가 되지 않는다. 지금도 완전히 없는 얘기는 아닐 터. 이런 얘기를 들을 때마다 예술을 사랑하는 사람으로서 슬프고 답답하다.

중학교 때 미술 선생이 떠오른다. 노처녀였는데(벌써 감정이 그리 좋지 않은 게 느껴지지?) 그림 숙제를 내주고 본인 마음에 들지 않으면 몇 번이고 다시 해오게 하는 지금 생각해도 이해 할 수 없는 선생이었다. 미술 숙제 하느라 밤새는 건 기본이고, 그림이 마음에 들지 않으면 출석부가 휘도록 머리를 때리곤 했는데, 이 선생이 들어가는 반 출석부는 티가 났다. 전부 반으로 꺾여 있었으니까.

공포의 미술 시간이었다. 즐거울 수 있는 시간이었는데 지금 생각해도 그 시간이 너무 아깝고 아쉽다. 또 미술 실기평가를 하는데, 한 아이의 그림을 보더니 굉장히 재미있어 하며, 점수는 줄 수 없지만 참 재밌는 그림이라 몇 번이나 얘기했던 기억이 난다. 무엇이 점수에 기준이었을까? 그때도 지금도 그것이 궁금하다.

그 다음 해, 미술 선생님은 '강하진'이라는 분이었는데, 첫 시간에 "내 이름은 위에 꺼 빼고 아래 꺼 빼면 강아지에요." 해서 많이 웃었다. 인물화를 그릴 때, 내가 반대표로 모델을 했었는데 교탁 위에 올라가 각종 포즈를 잡으며 반 친구들을 웃게 해 주었더니, 그 다음부턴 나를 아예 '모델'이라고 불러 주며 풍경화 색칠을 하고 있는 내게 "색감이 참 좋다."라고 칭찬해줘 자신감이 생겼던 기억이 난다. 아마 다른 아이들에게도 작은 칭찬을 아끼지 않고 해주었으리라.

난 그림을 참 좋아한다. 그리고 싶다는 느낌도 자주 갖고, 보는 걸 참 좋아한다. 그런데 그때는 그걸 몰랐다. 그리 숙제에 치이지만 않았어도, 교사 개인의 틀에 맞혀 작품을 하지만 않았어도, 조금 더 일찍 나의 재능을 깨닫지 않았을까 하는 생각도 해본다. 아니, 지나간 시간이 즐겁기만 했어도 덜 아쉬웠겠단 생각이 든다.

나는 교사를 성적순으로만 뽑는 거 반대다. 임용고시가 그야말로 고시가 되어 버렸다. 성적, 이것만으로는 부족하다. 교사란 사람을 만드는 직업이기 때문이다.

사람들이 직업을 택할 때 중요하게 여기는 것 중에 하나가 돈이다. 그런데 돈만 생각하고 택하면 안 되는 직업이 있다고 생각한다. 바로 의사와 교사다. 둘 다 사람의 생명과 관련되어 있기 때문이다. 의사는 생물학적인 삶과 죽음을, 교사는 아이들의 영혼의 삶과 죽음을 좌우하기 때문이다.

교사는 '천직'이란 얘기를 요즘은 통 못 들어본 것 같다. 존경받는 스승 아래 그 스승을 닮고 싶어 하는 젊은이들이 많아졌으면 좋겠다.

세상이 각박할수록 예술의 역할이 커진다. 그래서 예술은 더 맑고 순수

해야 할 지 모른다.

　그는 지도 교수와도 맞지 않고, 운동하던 친구들만 보다 보니 음대 친구들이 너무 재미가 없어서 1년간은 학교를 가지 않았단다. 배짱이 두둑하다. 부럽다.

　방송국에도 가끔 이런 경우가 있다.

　진행자와 피디 사이에 의견이 맞지 않아 다툼이 있는 경우가 있는데, "나 내일부터 안 나와. 당신 마음대로 해!" 하며 그만두는 진행자가 있다. 나도 가끔은 소리 빽 지르고 그만 두고 싶었던 적이 있는데 그렇게 못해 봤다. 이것도 부러운 일이다.

　이렇게 그만 두는 사람 다음에 안 쓸 것 같지? 또 쓴다. 나처럼 나름 부드러운 사람 계속 쓸 것 같지? 천만에 말씀 만만의 콩자반이다. 언젠가 한 번은 해보고도 싶은데, 이젠 마음을 접어야 겠지? 나이 들수록 부드러운 게 좋다는 생각이 든다. 곱게 늙고 싶다.

　미국으로 유학을 갔다기에 이것도 당연한 코스라 생각했는데, 방송에 나온 박인수 교수의 노래를 미국에서 온 사람이 듣고 초대를 해서 가게 되었단다. 32살이란 나이와 또 70년대에 미국은 상당히 낯선 곳 이었으리라.

　여기서 거장 '마리아 칼라스'의 지도를 받게 된다. 운전을 하면서 주로 클래식 FM을 듣는데 어느 날 어떤 노래가 나오는데 너무 아름다워 차에서 내려야 하는데 내릴 수가 없었다. 가수 이름만이라도 알고 싶어서. 그때 그 가수가 마리아 칼라스였다. 이 가수에게 배웠다니 내가 흥분했다.

마치 마리아 칼라스를 만난 양. 어떤 사람이었을까 몹시 궁금했다.

한마디로 천재란다. 다른 가수가 박수를 더 많이 받으면 인사도 없이 그냥 가버리는 괴팍함도 있었지만 젊은 사람들에겐 꽤나 친절했단다. 오디션 볼 때, 아주 편안한 마음으로 무척이나 고음으로 올라가는 곡을 불렀는데, 마리아 칼라스가 직접 전화를 했단다.

"너무 잘 불렀다. 내 공연에서 그 노래를 불러다오."

너무 기분 좋은 놀람을 경험하고 장학금과 생활비까지 받았는데, 진짜 연주회 때 완전 망했단다. 그러면서 "그게 내 인생이에요." 하는 말에 한편으론 속상하면서도 이분이 와락 좋아졌다.

솔직함과 무언가 순탄치만은 않아 보이는 삶이 또 다른 나를 보는 듯해서.

마리아 칼라스가 총애하던 두 사람이 있었는데, 한 명이 박인수 교수이고, 다른 한 명은 지금 세계적인 성악가가 되어 있단다.

"그럼 내가 왜 세계적인 성악가가 되지 못했느냐? 너무 완벽하게 하려고 하기 때문에, 오디션 땐 마음을 비우니까 고음도 잘 올라가는데 연주회 땐 더 잘 하려고 하다 보니 안 되는 거예요."

'아이고, 그러면 실전을 오디션이다 생각하고 하시지.' 하는 안타까운 마음이 한없이 들었다. 말이니 쉽게 한다.

"나를 세계의 역사적인 테너라는 평과 성악을 하면 안 된다는 두 개의 평이 존재 하는 게 이런 이유에요." 하는데 멋졌다.

나는 이분에 대해 잘은 모르지만 본인은 자기 자신에 대해 매우 잘 알고 있는 듯 했다. 어떤 이는 자기 자신을 모르기도 하고, 어떤 이는 자신을 알면서 그걸 속이기도 한다. 마치 남들도 모르는 양. 허나 남들은 다 알고 있다. 본인만 모르고 있을 뿐.

그런데 박인수 교수는 그리 자랑꺼리가 아님에도 불구하고 방송에 털어 놓는다. 이런 면이 참으로 좋았다. 그의 솔직함이 가죽 재킷만큼이나 오래 기억에 남는다.

클래식 가수로 대중가수와 함께 노래를 했다는 것에 대해서도 얘기를 안 할 수가 없었다. '향수'라는 곡이 89년에 발표 됐다는데 이 당시만 해도 클래식계에서 대중가요와 함께 한다는 것이 그리 녹록한 일이 아니었을 것 같아. 당시에 신라호텔에서 '클래식 콘서트'라는 걸 했는데 격 떨어지게 클래식 연주회를 호텔에서 한다며 말이 많았단다. 어떤 것이 몇 백년간 발전을 이루고 사회의 인정을 받으면 권위주의가 생긴다며, 권위주의가 생기면 그 뒤부턴 사양길이란다.

그래서 오늘 날 클래식이 사양길을 걷는 것 이라며 호텔에서 발표가 뭐가 어떠냐 한다. 백 번이고 맞는 말이라는데 아낌없이 한 표.

이런 분위기에서 '향수'라는 곡은 어떻게 만났을까 궁금했다.

가수 이동원 씨가 박인수 교수를 찾아와 '향수'라는 시를 들어 보라며 읽어 내려가는데, "아! 이건 국민의 시다. 이건 내 고향이다." 라는 생각이 저절로 들더란다. 서울에서 나고 자랐음에도 고향을 떠올리게 했던 거다. 그래서 곡이 좋으면 노래를 하겠다는 단서를 달고 기다렸는데, 그의 음역을 맞추느라 제법 시간이 걸렸단다.

사실 박인수 교수도 조금의 망설임은 있었지만 시도 가수도 노래도 너무 마음에 들어 노래를 하게 됐지, '대중음악과 클래식과의 접목', '대중음악을 접목시킨 클래식의 선구자' 이렇게 불리는데 그건 전혀 생각지도 않던 일이라며 솔직하게 말한다. 그냥 "대중음악과 클래식을 접목시키는 것이 제가 할 일이다 생각했습니다."라고 했으면 우아하게 넘어 갈 수 있는데, 이리 솔직하니 갈수록 매력이 태산이다. 이거 말 되나?

클래식 공연이 자꾸만 쓸쓸해지고 대중가요나 뮤지컬로 사람들이 몰리는 이유는 성악하는 사람들이 너무 성악이라는 틀에 부자연스러운 것들을 끼어 넣기 때문이란다. 발음도 불분명해 가사 전달도 되지 않고 하면서 발음 이상한 성악가들 흉내를 내는데, 나는 쓰러졌다. 어느 코미디가 이렇게 재미날까 싶었다.

난 원래 성악은 저렇게 해야 하나 참 답답하다는 생각을 했었는데, '역시 듣는 이가 편안해야 하는 것이 정답이구나.' 라는 생각을 하게 됐다. 그래서 제자들에게 말하는 것부터 자연스럽게, 자연스럽게 틀에서 나오도록 훈련시킨단다.

이제 성악도 편안하게 들을 날이 곧 올 거라는 희망이 생긴다. 흔히 사람의 크기를 그릇에 비유 하는데, 박인수 교수는 상당히 큰 그릇이란 생각이 들었다. 그렇기에 극과 극의 평가 속에서도 살아남았을 거다.

'향수' 라는 곡을 택할 그릇이 되기에 성악가로서는 보기 드물게 우리 곁에 있다는 느낌을 주는 걸 거다. 사람도, 그릇도 커야 무언가를 많이 담을 수 있다. 그래야 쓰임도 많아지고 사랑도 받는다.

큰 그릇에 솔직함을 가득 담아 참 시원했단 느낌이 가득 드는 시간이었다. 솔직하다는 것은 어렵지만 상당히 소중한 일이라는 진리도 다시금 얻게 되는 시간이었다. 인생도 사랑도 솔직하게.

이따금씩 그가 그리울 것 같다.

장미화의 유쾌한 인터뷰+27

안영환

락고재 대표이사

• • •

이름이 독특하다.

'락고재'

이름만 들어선 무엇에 쓰는 물건인고 싶다. 의외로 간단하다. 잘 지어
진 한옥에서 밥을 먹을 수도 차를 마실 수도 원하면 잠을 잘 수도 있는 곳
이다. 호텔과 비슷한 기능을 가진. 그러나 이 모든 것이 한옥에서 이뤄진
다는 것이다.

락고재의 안영환 대표는 82년 군 제대 후, 미국에서 엔지니어로 일을
했다. 한옥과 엔지니어도 그다지 매치가 되진 않는다. 아무튼 때는 바야
흐로 80년대 초 아날로그가 디지털로 전환되는 시기. 그때 안영환 대표는
아날로그의 끝이 디지털이라면, 디지털의 끝은 무엇인가를 고민했단다.

그가 내린 결론은 디지털의 끝은 아날로그라는 것. 그러나 기존의 아날

안영환 135

로그로 돌아가는 건 아니고, 좀 더 세련되고 정제된 아날로그로 돌아간다는 거다.

역시 똑똑한 사람들은 달라. 저녁에 뭐 먹을까만 고민하는 나와는 달라도 너무 달라.

처음부터 락고재 같은 사업을 생각했던 건 아니고, 91년 건축 일을 하게 되었는데, 마포에 있는 예쁜 한옥을 부수고 빌라를 지어 달라는 주문이었단다. 한옥을 철거하러 갔는데 가서 보니 집이 너무 예뻐 부수기가 아깝더란다. 그래서 주인장에게 이 집을 부수지 말고 한정식 집을 하면 좋겠다 했더니 "나는 그런 재주가 없으니 하려면 당신이 하시오." 해서 얼떨결에 인수하게 됐단다.

그렇게 인수는 했으나 집이 오래되어 손을 볼 곳이 많았는데, 상양문을 뜯으니 광서 6년 1880년에 지은 집이라 되어 있더란다. 아! 100년의 역사가 그냥 무너질 뻔한 거지. 집을 뜯으면 뜯을수록 기둥이 나오고 서까래가 나오는데 어찌나 아름다운지 차츰 매료가 되더란다. 그래서 이 집은 안 대표가 맡아 새롭게 탄생했는데, 옆에 있던 다른 한옥은 결국 헐리고 말았단다. 아까워라!

포클레인이 와서 옆집을 막 부수기 시작하는데, 기둥을 파려는 순간 "잠깐만요." 하고 안 대표가 갔단다. 무엇에 써야 할지는 모르겠는데 왠지 그걸 부수면 안 될 것 같은 생각이 들더란다. 그래서 자기에게 줄 수 있느냐 물었더니 "어차피 버릴 거, 그러슈."

일단 받아는 왔는데 저걸 어쩌지 생각하다 인사동에 보내 추사체로 글을 새겨와 한정식 집에 기둥으로 썼단다. 그러자 옆집 주인 왈, "내 눈엔 쓰레기였는데, 당신 눈엔 보물로 보이니 눈이 보배요, 보배." 하더란다. 이런 게 안목이란 거겠지. 그런데 밥을 먹을 때나 한옥을 만난다는 건 참 아쉬운 일이다. 이것도 늘 만날 수 있는 것도 아니니 원.

안 대표가 나에게 갑자기 질문을 한다. 영어 중에 가장 어려운 영어가 뭔 줄 아느냐고.

나? 대답 못했다. 영어는 하이(Hi) 다음부턴 내겐 다 어려우니까.

영어 중에 어려운 영어는 아이들과 하는 영어란다. 아이들은 외국인이 라는 배려가 없기 때문에 빠르게 얘기한단다. 그런데 그보다 더 어려운 영 어는 술자리 영어란다. 생각해보니 우리도 술자리에선 발음도 풀리며 온 갖 이야기가 오고 가잖아. 정치 얘기, 연예인 얘기, 집 값 얘기에 주식 얘 기, 펀드 얘기, 살 빼는 얘기, 살 다시 찐 얘기 등. 안 대표가 잠시 우리나라 에 머물 때, 영어가 되니까 외국에서 손님들이 오면 접대 좀 해달라는 부 탁을 많이 받았단다. 근데 접대와 대접은 글자의 순서만 바뀌었을 뿐인데 어감이 상당히 다르다. 그래도 신문에 자주 등장하는 단어는 접대. 접대는 접~대 받았으니까 내가 받고 싶은 만큼 서로 대접하며 삽시다.

아무튼 그 당시 접대 코스는 만나서 고궁에 갔다가 맛난 거 먹고 술 마 시는 거였는데, 안 대표와는 얘기가 통하니까 외국 바이어들이 슬슬 속마 음을 털어 놓더란다.

도대체 대한민국의 정체성이 뭐냐? 중국처럼 거창한 것도 아니고, 콘크 리트 높은 건물은 많은데 뭔지를 모르겠다고 하더란다. 뒤통수를 얻어맞은 기분이었단다.

'그렇구나. 그들은 그렇게 생각하고 있었구나.'

나도 오래 전 미국에 한 번 다녀온 후, 그 사람들 눈엔 우리의 모습이 어떻게 비춰질까를 생각한 적이 있었다. 고작 일주일 정도 있었음에도 우리나라에 돌아오니 머리는 새까맣고 얼굴은 노랗고 키가 작은 사람들이 거리마다 넘치고, 심지어 지하철역에선 들고 뛰는 사람도 많고 건물들은 다 닥다닥 붙어 있고 걸리버가 소인국에 갔을 때의 그 느낌이 아닐까 하는 생각을 했었다. 생기 넘치지만 복잡하고 오밀조밀한 느낌에 재미있을 거란 생각까지.

영화배우 박중훈 씨는 유학시절 친구와 함께 차를 빌려 미국 횡단을 한 적이 있단다. 가다보니 옥수수 밭이 나오는데 영화에서나 보던 키가 굉장히 커 마치 정글 같은 느낌이 나는 옥수수 밭. 이곳을 지나며 "와!"를 연발했단다.

'멋있다. 놀랍다. 영화 같다.'는 느낌을 받으며. 그런데 문제는 3일이 지나도록 옥수수 밭만 계속 나왔다는 거다. 같은 장면만 계속 보니 어지럽더란다. 나중엔 어디가 어딘지도 모르겠고. 그러니 이들에게 우리의 모습을 제대로 보여 주자면 크고 광대하고 넓고 이런 느낌은 아닐 거다.

그렇다면 우리의 우수한 문화를 어떻게 차별화 시킬 것인가를 고민했단다. 결론은 하드웨어는 안 된다는 것. 즉 보는 문화는 아니라는 것.

'우리는 느끼는 문화이고, 이것으로 승부수를 걸어야 한다. 정과 풍류의 문화를 상품화 해보자. 한옥이라는 그릇에 풍류라는 소프트웨어를 담

아내면 명품 관광 상품이 탄생 할 것이다.'

와우! 그래서 락고재가 탄생하게 된 거다. 어때 탄생신화가 거룩하지?

처음엔 전국에 고가들을 전부 물색했단다. 특히 경주와 안동지역에 종 갓집들이 많아 계약을 맺었는데, 오늘 손님이 온다 하면 새벽에 이부자 리, 병풍, 사방탁자. 집기, 수저, 보료, 문갑, 그릇, 조명 등 한 짐을 싣고 새벽 일찍이 내려갔단다.

물론 그 곳에도 이런 것들은 있다. 허나 그가 연출하고 싶은 수준의 것 이 못되어 조명까지 준비해 내려간 거다. 그런데 본인이 아무리 애써도 안 되는 것이 화장실이었단다. 특히 외국인들은 더욱 이 부분에 민감한데 어쩔 도리가 없더란다. 요즘은 우리도 많이 민감해졌다. 특히 아이들은 말할 필요도 없고.

생일 초대 받은 아이가 친구 집에 와서는 비데가 없다며 끙끙대다가 도 로 갔다는 얘기를 듣고 이건 아닌데 했다. 너무 현대적인 거 그것도 아주 좋은 일만은 아닌 것 같다.

일주일에 한 번씩 정말이지 영화 찍는 기분으로 6~7시간을 들여 경주, 안동지역을 가면서 역시 본인의 생각이 맞았다는 확신을 가졌단다. 그러 다 서울 북촌 마을에 한 고가가 나왔다는 애길 듣고 가보니 한국 최초의 역사학회인 진단학회 건물이 나와 있더란다.

"아! 역사책에서 봤던 진단학회요? 멋있겠어요."

"네."

진단학회는 1934년에 지어진 집인데 비가 새서 기와를 바꾸려 기와를 걷으니, 그 안이 썩어있고 그걸 또 걷으니 그 안이 또 썩어 있고, 건축이란 아래에서 위로 짓는 것인데 위에서 아래로 내려갔으니 새로 짓는 것 보다 몇 배나 어려웠단다. 간단하게 생각한 보수가 2년이나 걸렸고, 목수도 2명이나 도망가고 했다니 얼마나 힘들었을까 싶다. 근데 왜 그렇게들 도망은 가나 몰라.

락고재 손님의 90%는 외국인이라는데 한 번은 독일 건축학회 회원 30여명이 왔는데, 이들은 매년 나라를 바꿔가며 학회를 한단다. 그해엔 한국으로 온 건데 호텔에 머물다 마지막 날 락고재에 온 거다. 세미나도 하고 소그룹으로 나누어 정자며 대청마루에서 회의도 하고 하더니 안 대표 곁으로 슬금슬금 오더란다.

'왜 저러지?' 했는데 한옥이 참 편안한데 왜 그런지 알고 있느냐 묻더란다. 그래서 선이 편안한 것 같다. 처마의 곡선과 기와의 선이 자연과 같은 느낌이다. 색상도 나무와 황토 자연의 색이고 건물과 건물 사이의 거리 높낮이 등이 자연을 거스르는 게 없다고 대답했단다. 아는 것도 많으셔.

실제로 한옥의 높이도 건폐율 25%가 넘어가면 답답한 느낌을 준단다. 그리고 산새를 생각해 높낮이도 지어졌단다. 그렇다. 침대만 과학이 아니라 우리의 한옥에도 과학이 숨어 있던 거다. 한마디로 자연과의 합, 자연 그 자체란다.

우리의 한옥은 중국이나 일본의 것과 많이 다른데, 중국은 거창하고 자연을 극복한 건축이란다. 산도 만들고 자연을 앞마당에 옮겨놓은 듯 꾸미고, 일본은 자기 것으로 만드는 건축이란다. 분재, 아기자기한 탑 같은 것이 그 예다. 그러고 보니 그러네.

기억에 남는 손님으로는 세계적인 색채 디자이너 프랑스의 장 필립이 란 사람인데, 처음 보는 건데도 죽부인을 주니 끌어안고 자고 대청마루에서 목침 베고 낮잠 자고 차 마시며 소나무 바라보고 하더란다. 그래서 느 꼈단다.

'아! 고수들은 다 통하는 구나. 역시 다르구나.'

장 필립이 그랬단다.

"딱 일주일만 이곳에서 쉬고 싶어요."

이런 얘기하고 사는 건 고수나 나나 마찬가지인가보다.

한옥에 살고 싶지만 너무 비싸지 않느냐는 질문에 수십 년 간 한옥을 괄 시한 것에 대해 역공을 하는 거란다. 그 사이 기술자들이 없어졌으니 돈 이 많이 드는 건 당연한 거고. 한옥건축기술학교들이 세워지고 있어 이제 기술자는 늘어나고 단가는 낮아질 거란다.

이제 한옥도 시스템화가 되어야 한다고 말한다. 예전엔 설계도가 없이 집을 지었지만, 이젠 구조도 ㄱ 자, ㄷ 자, ㅡ 자 중에서 택할 수 있게 하고, 평수도 20평형, 25평형, 30평형 이렇게 규격화하여 선택할 수 있게 하면, 구조와 평수에 맞춰 기둥 몇 개 서까래 몇 개 이런 식으로 주문이 가능해 지고, 공장에서 규격화된 자재를 저렴한 가격에 구입해 내 마음에 드는 집을 만들 수 있다는 거다.

어떤 꿈이 있냐는 질문에 민속마을에 락고재가 하나씩 있었으면 한다 며, 안동 하회마을에도 락고재가 탄생했는데 가보니 처마 밑에 제비가 먼저 집을 준공 했더란다. 역시 좋은 건 본능적으로 아는 모양이다.

한옥에 고가구 놓고 살고 싶은데, 한옥마을 단지는 내가 생활하는 곳과는 거리가 멀고 아파트 보다 춥고 덥다는데 벌레도 많다는데 내가 적응하며 살 수 있을까 하는 생각이 든다.

또 모르지. 더 나이가 들면 징그럽던 벌레들도 친구처럼 느껴질 지. "우리 서로 알고 지낸지 오래 됐잖아." 하면서. 마음이 있으면 언젠가 이루며 살겠지. 대청마루에 앉아 산들바람 맞으며 책 읽고 있는 나를 상상해 본다.

우리의 것을 알고 그 가치를 알고 이걸 지키며 더 높이려 애쓰는 안영환 대표에게 백번의 감사를 보낸다.

장정구

전 권투 선수

. . .

어린 나이였고, 스포츠를 더군다나, 권투에 관심 있을 리 없건만 장정
구 선수는 잘 안다. 아마도 알게 모르게 아빠 어깨 너머로 그의 경기를 많
이 보았었나 보다. 그 옛날의 챔피언을 만났다. 영광이고 기분 좋은 설렘
이다. 그는 권투 실력만큼 말솜씨도 뛰어나 정말 재미난 시간이었다.

장정구 선수하면 두 가지가 떠오르는데, 파마머리와 부은 눈이다. 파마
머리하면 떠오르는 또 한사람 가수 이용 씨를 얘기 했더니 본인도 웃는
다. 파마의 역사가 28년이나 됐단다. 참머리라 운동을 하면 땀도 나고 거
추장스러워, 그의 양어머니인 심마마의 추천으로 하게 됐는데, 편하기도
하고 본인에게 잘 어울린다는 생각이 들어 계속하게 됐단다. 권투를 그만
둔 지금도 그는 파마머리이다.

또 하나 인상적이었던 것이 부은 눈. 어려서 봤던 그의 눈은 늘 부어 있

었다. 장정구 선수가 출연한다 해서 인터넷에서 최근 그의 근황사진을 보았는데, 여전히 눈이 부어 있었다. 난 속으로 '음, 어젯밤에 과음했군.' 생각했다. 그런데 방송 날 보니 눈이 또 부어 있는 것이다. 그래서 물었다. 왜 그렇게 맨날 부어있냐고. 이런 무식한……. 권투 선수는 하도 맞아서 부은 것이 굳어버려 눈이 늘 부어있단다.

아! 정말 몰랐다. 레슬링 선수들이 귀 모양이 이상해지는 건 알았는데, 권투 선수들의 눈도 그렇게 변형이 되는지 몰랐다. 권투 선수 중에도 귀가 변형된 선수들도 있다는데 마음이 아팠다.

그는 초등학교 6학년부터 권투를 시작했다. 입관비와 회비 합쳐 1,500원으로 기억이 되는데, 그 돈이 없어 한참이나 후에 엄마가 주었단다. 그리곤 2~3개월 후부턴 관비를 내지 않고 운동을 했단다. 일명 장학금인 셈. 워낙 어리니까 관장님이나 선배들이 무지하니 예뻐했다는데, 내 생각엔 귀여워서 그런 것도 있었겠지만, 그가 재능이 있으니 아껴주었던 것이 아닌가 하는 생각이 들었다.

38kg으로 권투를 시작했으니, 체급이 없어 시합도 못하다가 지방에만 있는 모스키토(모기)급 시합이 있어 77년 처음 출전을 해서 준우승까지 했다. 역시 잘했던 게야. 그러고는 78년 4월, 신인선수권 대회에서 우승해서, 화려한 아마추어 생활을 5년하고, 1980년, 만 17세의 나이에 프로로 데뷔하게 되었단다. 정말 빠르다.

가끔 행사 때 사회를 보면 아이들에게 선물 준다고 무대에 올라오라고 한다. 그러면서 내가 하는 말 "얼른 올라와. 니들이 언제 이렇게 돈 벌어

가겠니?" 하면 어른들이 깔깔거리며 웃는다. 그런데 애들도 웃는걸 보면 지들도 이런 생각을 하긴 하나 보다. 잠깐의 희생으로 가족에게 뭔가 도움이 되고 싶다는 생각. 정말 이 말에 무대로 올라오는 아이들이 있다. 기특하다. 그래서 선물을 애써 챙겨준다.

그 당시 MBC신인왕전이라는 등용문이 있었는데, 장정구 선수의 체급인 라이트 플라이급에만 121명이 몰려 시합을 했다. 지금은 전 체급을 다 합쳐도 이 숫자가 안 된다며 몹시 씁쓸하고 후배들에게 미안해했다.

첫 시합은 잔디밭에서 맨발로 연습하던 중 깨진 병조각을 밟아, 치료가 끝나기도 전에 이루어 져서 15회 판정승으로 지고 6개월 만에 다시 재도전했단다. 그때부터 승승장구, 15차 방어에 성공한 거다. 그런데 말이 15차지 참 대단하다는 생각이 들었다. 챔피언 기간 내내 단 한 번도 진 적이 없다는 것이다. 단 한 번도.

챔피언 시절 모든 방어전이 힘들었지만 심리적으로 가장 힘든 것이 일본 선수와의 경기란다. 84년 8월 18일에 있었던 4차 방어전이 기억에 남는데, 상대방 일본 선수 도카사끼를 맞아 싸우는데 점수는 따고 있지만 날은 덥지, 상대방 선수는 계속 덤벼들지 정말이지 그만두고 싶더란다.

광복절 지나고 며칠 안 된 터라 그렇지 않아도 일본이라면 예민한 국민들은 더욱더 광분해 있지, 여기서 그만두면 내일 아침 신문 1면에 뭐라고 날까를 생각하니 그만 둘 수도 없고, 정말이지 죽을힘을 다해 8회 KO를 거뒀단다.

너무 지쳐 링에 엎드려 울고 싶은데, 수분이란 수분은 땀으로 다 빠져

나가 눈물이 나오질 않더란다. 눈물이 나오지 않을 정도로 수분이 빠져 나갔다는 게 어떤 것인지 언뜻 이해가 되지 않았다. 오로지 그럴 수도 있구나 하는 놀라움 외에는.

그런데 더 충격적인 것은 시합 전 3개월부터 시합 때까지 발톱이 6개씩 빠진단다. 사람의 발톱이 열 개잖아. 근데 6개가 빠진단다. 그것도 차례차례…… . 이 대목은 심장이 약한 분이나 노약자, 임산부는 건너뛰시길…… . 처음에는 발톱에 피멍이 든단다. 그러면 바늘로 찔러 피를 내고 그리곤 발톱을 들어 면도칼로 도려낸단다. 아! 이 얘길 듣는 순간 어찌나 소름이 돋든지. 다시금 되새기며, 글을 쓰는 지금도 온 몸에 소름이 돋는다. 권투하면 맞는 게 두렵고 아프겠단 생각만 해봤지 발톱이 빠지는 고통까지는 생각해보지 못했다.

체중조절은 또 어떻고. 시합 3개월 전부터는 일체 외부 사람을 만나지 않았단다. 시간도 뺏기지만 먹는 것이 조절이 되지 않기 때문에. 장정구 선수는 90일 계획표를 세워 하루하루 철저하게 먹는 양과 칼로리, 운동량을 조절했단다. 그의 방엔 조그만 책상 하나와 저울만이 있었다는데, 매번 끼니때마다 먹고 재고, 뛰고 또 재고의 연속이었다.

장정구 선수의 체급인 라이트 플라이 급은 48kg에 맞춰야 하는데 웬만한 성인 여자라도 이 정도면 엄청 날씬한 거다. 예전 여자 연예인 프로필엔 몸무게 47~48kg이 정석처럼 쓰였었다. 그런데 남자가 48kg에 맞추어야 하니, 그 고통이 어땠을까 이건 쉽게 이해가 됐다. 평소 60kg정도를 유지하다 시합이 잡히면, 12~13kg을 감량해야 하는 거다. 물도 제대로 마실 수 없어 꿈만 꾸면 콜라 1.5리터짜리를 병째 마시는 꿈을 자주 꿨단다. 자면서도 목말랐던 게야······.

한번은 이런 일도 있었다. 시합을 앞두고 집엘 갔는데 냉장고에 오렌지 주스 한 통이 보인 거다. 마시면 안 되는데 생각하면서도 이미 그의 손은 주스를 잡고 있었고, 정신을 차려보니 이미 1리터짜리 주스 한 통을 다 마셨더란다. 지금 1g이 어딘데, 펑펑 울었단다. 그리곤 그걸 빼기 위해 뛰고 또 뛰었단다.

요즘은 강연도 많이 하는데, 발톱 빠진 얘기부터 물조차도 마음대로 먹지 못한 얘기들을 하다보면 지금도 눈물이 난단다. 듣고 있는 나도 눈물이 났다. 운동에 질릴 만도 하지. 그래서 그는 어떤 운동이건 운동은 절대 하지 않는단다. 감히 이해가 간다.

대학 때 뚱뚱한데 절대 걷지 않는 여 교수님이 한 분 계셨다. 초등학교 때 6·25를 겪었는데, 피난 가면서 어린나이에 너무 많이 걸어서 걷는 거라면 질색이란다. 같은 느낌이리라.

은퇴 이후 프로듀서로도 일을 했는데, 최요삼 선수의 사고 사망 이후 그만 뒀단다. 같은 복서로서 훨씬 충격이 컸겠지.

42전 38승 4패. 처음 부상으로 진 1패 말고 나머지 3번은 은퇴 이후 컴백하고 남은 기록이다. 15차 방어까지는 돈 때문에 시합하지 않았단다. 그래서 이겼고. 그런데 그 이후 첫 번째 부인과 헤어지면서 그간 모았던 돈이 다 사라졌고 그래서 다시 컴백했는데 돈 때문에 시합을 하니 되질 않더란다. 역시 모든 것에 목표가 돈이어서는 안 된다는 생각이 든다. 실천이 어려워 그렇지.

　그래도 그는 세계에서 인정해주는 영원한 챔피언이다. 80년부터 89년까지 10년간 세계적인 복서를 뽑았는데, 그가 그 안에 있다. WBC 63년부터 93년까지 30주년 기념으로 뽑은 27명의 최고의 선수에도 그가 들어 있다. 2000년 20세기를 빛낸 위대한 복서 25명에도 그가 들어 있다. 내 안의 너 있다가 아니라 세계의 복싱사에 장정구 선수가 있다. 지금은 산업폐기물 처리 업체를 운영하는 사업가이고, 두 아이가 있는 예쁜 가정의 가장이기도 하다.

　한 번 해병은 영원한 해병! 한 번 챔피언은 영원한 챔피언!

　그의 삶에서도 챔피언이길 바래본다.

제3부

언제나
최선을
다하는 사람들

에드워드 권

전 두바이 버즈 알 아랍 호텔 총괄수석 주방장, 이케이푸드 대표

· · · ·

몇 해 전부터 두바이 바람이 불어 방송에서 신문에서 두바이에 관한 얘기나 기사를 많이 본 기억이 난다. 그리고 한번쯤은 가보고 싶었다. 멀고도 비싼 곳, 세계인들의 주목을 받는 곳, 새로운 신화를 만들어 낸 곳. 어쨌거나 저쨌거나 이 대단해 보이는 곳에서 30대에 호텔 수석주방장이 된 에드워드 권이 섭외가 됐다고 해서 사실 좀 부담스러웠다.

잘난 척 하지는 않을까? 말하면서 계속 영어 쓰는 거 아냐? 뭐 이런 불편한 생각들이 나를 붙잡았다.

"언니, 전화상 목소리는 그렇지 않던데요?"

작가의 말도 못 믿은 채 그렇게 그를 맞았다. 앗! 잘생겼다. 그리고 맑았다. 거기에 겸손까지. 이게 다 인줄 알았는데 여기에 유머까지. 기분 좋은 완벽함이 느껴졌다.

그가 일하고 있는 호텔 버즈 알 아랍이 10주년(2008)을 맞았단다. 그래서 10주년 기념 음식 페스티발을 여는데, 첫 번째 축제인 만큼 홍보효과도 뛰어날 것이고, 의미도 있고 해서 한국음식을 하기로 했단다. 누가? 에드워드 권이.

물론 반대도 많았단다. 외국에 있어보면 우리나라 음식보다 중식과 일식은 훨씬 더 세계적이고 요즘엔 베트남과 태국음식이 한식보다 인기가 높단다. 그러니, 호텔에서도 좀 더 대중적인 음식을 소재로 하자는 의견이 많았겠지. 하지만 총괄수석 주방장이 한국사람 에드워드 권이므로 한식으로 하기로 밀어붙였단다. "제가 한국인으로서 할 수 있는 것이 이것밖에 없어서요." 라고 얘기하는데 정말 감동 먹었다. 내 마음에 태극기가 펄럭 펄럭인다.

그가 일하는 호텔 주리부엔 262명이 일을 하고, 옆에서 도와주는 서포트까지 합치면 430명이나 된단다. 그가 이 많은 사람을 관리 하는 거다. 멋지다. 조금 말을 보태(꼭 보태고 싶다) 500명을 밑에 두고 있는 건데, 그것도 30대의 나이에. 이 호텔엔 국가 원수, 왕족들, VIP들, 그리고 헐리웃 스타들이 많이 오는데, 레오나르도 디카프리오, 휴 잭크린, 샤론스톤 외에도 많은 유명 인사들이 다녀갔단다. 처음에 이들을 볼 때는 신기했는데, 지금은 '음, 왔다가는군' 한단다.

VIP 하니 우리나라 행사들을 보며 늘 마음에 걸렸던 것이 생각이 난다. 많은 사람들이 자리에 앉아 있고 맨 앞줄 애써 비워 놓은 자리엔 국회의원이나 기관장, 단체장들이 앉는다. 그러면 사회 보는 사람들이 꼭 그런다.

"오늘의 내빈을 소개하겠습니다."

이 말이 나는 항상 걸린다. 그럼 그들 뒤에 앉아 있는 그 많은 사람들은 다 무엇이란 말인가? 그래서 나는 그런다.

"오늘 이 자리에 오신 모든 분들이 내빈이시고, 귀빈이시고, VIP시고, MVP시지만 그래도 조금 특별히 이 자리가 열리기까지 도와주신 분들을 소개할까 합니다."

그러면 사람들이 끄덕끄덕 한다. 그리고 국회의원들. 자기 이름이 후배나 지역에 비해 밀렸다고 생각하면, 행사가 끝나고 항의가 엄청나기 때문에 행사를 준비하는 측에서 가장 신경 쓰는 것 중에 하나가 이 부분이다. 그래서 행사 시작 1분 전까지 순서 바꾼 명단지를 담당자가 들고 뛴다. 물론 그 분들이 그러는지, 보좌관들이 그러는지는 알 수 없으나 그러지 않았으면 하는 생각이 든다. 이름은 불리는 것에 만족하고, 다른 것에 더 신경 써주길 바라면서.

버즈 알 아랍 호텔의 높이는 에펠탑보다 6m 낮은 321m 세계 최고의 높이란다. 원래 호텔은 5성급 까지가 국제 표준인데, 자기들 마음대로 7성급이라 한단다. 그만큼 잘해놓았단 말이겠지. 객실은 모두 202갠데 복층구조로 되어 있고 모두 스위트룸이란다. 말로만 듣던 스위트룸.

스위트룸 하니까 생각나는 사람이 있다. 유자방이라는 남원 출신 개그맨 선배인데, 방송국 출입증에 유지방이라고 씌어있어서 한참을 웃었다. 하루는 전화가 왔다.

"미화야, 오빠 어디냐고 좀 물어봐줘."

"어디신데요?"

"응, 여기 제주 하얏트 호텔인데 그냥 객실이 아니고 스위트룸이야. 스위트룸!"

"스위트룸? 와! 좋겠다."

"으따, 방도 많고 문도 너~무 많아서 입구를 못 찾아서 밖에 나가질 못허네." 라고 해서 얼마나 웃었던지. 그러니 이런 사람을 버즈 알 아랍 호텔에 넣어 놓으면 문으로 나올 수 있을까? 아! 나오겠구나. 하루 숙박료가 3,500만원이라니 이틀이면, 7,000만원인데 빨리 나와야지.

남편한테 "어떻게 해놨기에 하룻밤에 3,500만원일까? 한번 가보고 싶다"했더니 "당신은 돈 많아도 절대 못갈 거야. 그 돈이면 불쌍한 사람 몇 명을 도와주는데 할 거잖아?" 한다.

모르는 말씀, 자는 건 아니고 구경은 한번 해보고 싶다니까. 아무튼 이런 곳에서 일하는 자부심 또한 대단할 것 같다.

"어떻게 젊은 나이에 그렇게 높은 위치까지 올랐어요?" 그에게 묻자, "운이 좋았어요. 울기도 많이 울었지만." 한다.

한 청취자가 '성공한 사람들의 어록에 항상 있는 말, 운이 좋았다. 꿈이 있는 자는 하늘도 돕는 답니다.' 라는 문자를 보내서 그의 말에 힘을 보태주었다. 그 외에도 '돈을 벌어야 하는 이유가 생겼어요.', '기다리세요. 꼭 갈게요.' 이런 문자들이 많이 와서 나뿐만이 아니라 많은 사람들이 가보고 싶어 하는 구나 생각했다.

하기야 누군들 가보고 싶지 않겠는가? 하룻밤 3,500만원의 가치를 선물

한다는 방인데. 문자 보냈던 분들 중에 몇 분이나 다녀왔을까 궁금해지네.

그의 손은 부드러웠지만 상처가 많았다. 찢어지고 꿰맨 자국들. 손만 보면 뒷골목 생활을 제법 한 사람 같았다. 원래는 신부(神父)가 되는 것이 꿈이었으나, 독자이면서 장손이다 보니 절대 불가한 꿈이었고, 6개월의 상념의 시간을 갖은 뒤 그러니까 잠시 가출했다 돌아온 뒤, 아르바이트로 주방 보조로 일하게 된 것이 요리의 출발이다.

이때 주방장이 "자넨 보기보다 재능이 있어."라고 했다는데 제대로 보신 듯. 이상하지? 선배들 눈엔 안 보려 해도 다 보이니. 그 후, 강릉에 있는 영동전문대학의 호텔조리학과에 들어가게 됐다.

처음에 에드워드 권을 소개할 때, "두바이의 7성급 호텔. 아랍의 최고 (TOP)라는 뜻의 버즈 알 아랍의 총괄 수석주방장을 모셨는데, 그는 머리가 희끗한 장인도 아니요, 굉장한 유학파 출신도 아니요, 명문대 출신도 아닙니다. 30대의 나이에 뒷배경 없이 이 자리까지 오른 분입니다."라고 작가가 쓴 대로 읽었는데, 방송을 하면 할수록 이 말이 딱 맞다 싶었다. 무엇 하나 내세울 만한 배경은 없었지만 그는 우뚝 섰다.

호텔조리학과에 다니다 군대를 가게 됐는데, 하늘을 나는 공군에 지원하여 취사병이 아니라 행정병으로 자대 배치를 받았단다. 제대하는 날까지 칼 한번 잡아보지 못하고 타자치고 차트만 쓰다 왔단다. 동기들은 3년 가까이 칼을 잡고 음식을 할 때, 에드워드 권은 매직잡고 글씨만 쓰고 있으니 상당히 강박관념이 들더란다. 그래서 제대하는 날, 용평스키장에 2시에 도착해서, 사복으로 갈아입고 4시부터 주방에서 일을 했단다. 역시

"내일부터 할 거야.", "이따가 할 거야."하고 미루는 범인(凡人)들과는 뭐가 달라도 다르다.

그 후 서울의 리츠칼튼 호텔에 있다가 미국행을 결심하는데, 미국에 간 이유 간단하다. 그가 서양음식을 하는 요리사이기 때문이다. 본토에서 제대로 한번 배워보자 해서 간 미국에서 슈퍼마켓에 들어간 순간 그는 좌절을 맛보았단다. 슈퍼마켓에 진열된 음식 재료들 중 90%는 보도 듣도 못하던 것들인 것에 너무 놀랐고, 치즈는 그 종류가 수백 가지가 되는 것에 '아! 나는 아무것도 아니구나.' 라는 생각을 했단다.

그래서 에드워드 권이 그 다음에 어떻게 했을까? 수입의 70%를 식재료를 사는데 썼단다. 그리곤 그걸 다 먹어 본거지.

여기서 또 하나의 감동. 사람은 먼 미래를 위해 지금 당장은 힘이 들지만, 과감히 투자해야 한다. 학원을 다닌다든가 책을 사본다든가, 자격증을 위한 시간과 돈을 투자한다든가. 그런데 보통 사람들은 눈앞에 이익에 어두워 알면서도 준비를 못할 때가 많다. 그런데 수입의 70%를 식재료를 사는데 투자했다는 말에 충격 받고 감동 먹었다.

그러나 그들은 나고 자라면서 이미 먹어보고 맛을 아는 것을 생전 보지도 듣지도 못했던 한국남자 에드워드권이 따라잡기란 쉽지 않았을 게 불을 보듯 뻔하다. 그래서 울기도 많이 울었단다. 그것도 차 안에서. 왜? 집에 가면 와이프가 있으니까.

"그냥 한국에 있을 걸, 바보소리 들어가며 말도 안 통하는 나라에 와서 이게 무슨 고생이야? 엉엉엉."

그리고 한국으로 돌아왔다면 여기서 얘기가 끝났을 텐데 그렇게 울면서도 지고 싶지 않더란다. 에드워드 권이 누군가? 제대한 날, 옷 갈아입고 바로 일을 시작한 남자가 아닌가? 아침 6시에 일하러가서 새벽 1~2시에 퇴근. 이 상황을 하루도 쉬지 않고 2년간 했단다. 하루도 쉬지 않고 2년간! 이러니 됐겠지. 서양에서 나고 자라 그곳에서 음식을 배우고도 두바이 7성급 호텔에 총괄수석 주방장이 못되는데, 아시아인이 뒤늦게 뛰어들어 뭔가가 됐을 땐 그 얼마나 대단하고 엄청난 노력이 있었겠는가?

그는 대학에 강의를 나가면 학생들에게 꼭 생식을 해보라고 얘기한단다. 예를 들어 당근을 날것으로 매일 같은 시간에 한 달을 먹는 거다. 그 다음엔 삶아서 같은 시간에 또 한 달을 먹는 거다. 다음엔 볶아서 같은 시간에 또 한 달을 먹는 거다. 이렇게 하면 맛을 혀가 느끼는 것이 아니라 뇌가 기억한단다.

난 지금 고구마를 날 것으로 먹고 있다. 고구마의 맛을 뇌가 기억하게 하려는 것이 아니라 내 배가 기억하게 하기 위해서. '지금 먹고 있다. 그만 달라 해라.' 하는 마음으로.

이렇게 하면 어느 누구라도 훌륭한 요리사가 될 수 있다고 얘기한다. 그런데 말이 쉽지 이렇게 해보는 게 쉽지 않을 텐데, 에드워드 권은 이렇게 해봤단 얘기잖아. 해봤겠지. 그러니 10년 걸리는 자리를 2년 만에 얻어 냈겠지. 10년 걸리는 일을 5년 만에 해냈다고 해도 우리 모두가 놀랄 텐데, 그걸 2년 만에 해냈다 하니 참으로 대단하다는 말 외에 무슨 말을 할 수 있을지.

이렇게까지 되기에는 그의 끈기, 노력, 성실함이 컸겠지만 그의 부드러움과 영리함 그리고 그의 유머가 한 힘이 했을 거란 생각이 들었다. 그는 방송의 흐름을 금방 잡아냈고, 그 흐름을 탔으며 거기에 유머를 보태서 잊을 수 없는 사랑방 손님이 되었다. 사람의 재주와 성실함도 매우 중요하지만, 그가 갖고 있는 인격과 성품이 역시 몇 수위에 개념이 아닌가 하는 생각을 하게 된다.

요리 학교를 만들고 싶단다. 그래서 요리사를 꿈꾸는 모든 사람들이 프랑스나 이태리가 아닌 우리나라로 오게 하는 꿈을 꾸고 있단다. 멋진 꿈이고 원대한 꿈이란 생각이 든다. 또 다시 내 마음에 태극기가 펄럭인다.

요즘 케이블 텔레비전에 에드워드 권의 프로그램이 있는 듯한데 어째 날 안 부르네. 언제 어디서건 다시 만나고픈 사람이다.

"대한민국 만세! 에드워드 권 만세! 우리 모두 만세!"

박세환

동춘서커스 단장

• • • •

박세환 단장을 생각하면 마음이 무겁다. 죄인이 된 느낌이다.

그와 한 약속을 지키지 못했기 때문이다. 박세환 단장의 표현에 의하면 그는 뼈대 있는 가문의 종손이다. 박정희 前 대통령이 박 씨 종친회 회장을 지낼 때, 박 단장의 할아버님이 부회장을 지냈다 하니 얼마나 대단한 집안이었을까 상상이 된다. 그런데 이런 가문의 종손이 서커스단에 들어갔으니 억장 무너졌을 그의 부모의 심정도, 꿈을 펼치고 싶어 가슴 앓았을 박 단장의 마음도 모두 다 내 마음에 들어왔다.

박 단장은 서커스단에 늦게 들어가 서커스 기술을 배우지는 못했지만, 가수의 꿈을 키우며 때론 신성일의 대를 이어보겠노라 배우의 꿈도 키우며 열심히, 열심히 배워갔단다. 지금도 서커스 단하면 '동춘'이란 이름이 떠오르지만, 당시 18개 서커스단 중 단연 최고는 동춘이었단다. 이봉조,

서영춘, 백금녀 등 내로라하는 스타도 많았고, 그 당시 단원이 200명이었다 하니 지금으로 치면 제법 큰 중소기업이다.

그러다보니 단장은 보기도 힘들고, 가수들 심부름을 해주며 밥도 얻어먹고 못 얻어먹을 때도 있고 했다는데, 25일 공연 중에 마지막 날 관객이 제일 적을 때 박 단장의 데뷔 무대가 있었단다. "청춘은 봄이요~ 봄은 꿈나라~"로 시작되는 '청춘의 봄'이란 노래를 부르는데, 별거 아니지 싶었는데 막상 조명이 켜지고 여러 사람 앞에서 노래를 부르려니 정신이 아득해지는 게 자기가 뭘 하고 있는지도 모르겠더란다.

그런데 사회자가 "박자가 이상합니다. 내려오세요."하더란다. 얼마나 무안했을까? 아니 무안이라는 표현은 너무 고상한지도 모른다.

나도 데뷔 초 그때는 대방역 가까이에 있는 KBS별관에서 녹화를 했었는데, 녹화 때 못 웃겼다 싶으면 녹화 끝나고 대방역까지 걸어가는데 가뜩이나 다리 위라 추운데, 마음은 시베리아고 이 다리를 건너, 아님 뛰어내려, 할 정도로 괴로울 때가 참 많았다. 박세환 단장의 마음도 비슷하지 않았을까 싶다.

얼굴이 벌개져서 무대에서 내려오니 코미디언 남철 씨 부인이 무용 총책임을 맡고 있었는데, 안 돼 보였는지 착해보였는지, 도와 줄 테니 열심히 하라며 힘을 주었단다. 당시엔 귀공자 타입이어야만 MC를 할 수 있었는데, 잘생긴 박 단장은 인물을 높이 평가 받아 MC로 시작해 가수, 촌극 등 다양하게 활동을 하며 자리를 굳혀 갔단다.

그러다가 62~63년에 텔레비전이 생기면서 서커스의 신파극을 드라마

소재로 다 갖다 썼는데 박 단장도 모 방송국 탤런트 2기생으로 들어갔다가 동춘에서 MC도 보고 노래도 하고 연기도 하고 하는 일이 많은데, 내가 없으면 서커스단이 안 되겠다 싶어 탤런트 생활을 접었단다. 아무튼 의리는……

그러다가 1972년 4월에 KBS 드라마 '여로'가 방송되는데, 장욱재, 태현실, 박주아, 최정훈, 송승환 등이 출연해 그야말로 국민의 드라마로 빅히트를 친다. 불우한 운명 속에 태어난 분이(태현실)라는 여인이 가난에 못 이겨 술집 작부와 사창가를 전전하는 수난을 겪다가 남의 집(영구: 장욱재) 씨받이로 들어갔으나 그마저도 쫓겨나는 수난을 겪다가 다시 부와 행복을 찾는다는 내용이었다.

영구 역의 장욱재와 그의 부인 분이 역의 태현실은 당시 최고의 스타였다. 나도 여로를 보지는 못했다. 그러나 얘기는 수도 없이 들었다. 그리고 장욱재 씨를 인터뷰 한 적도 있었는데, 영구의 이미지가 너무 커 다음 작품을 할 수가 없었단다. 지금은 사업가로 변신해 있었는데, 40년이 지난 지금도 인터뷰를 요청하고 회자가 될 정도이니, 그 당시 인기가 얼마나 대단했을까 상상만 해 볼 뿐이다. 낮에는 온 국민이 새마을 사업을 하고 밤에는 '여로'를 보러 집에 가고, 공연단도 드라마 '여로'를 보러 집에 갔다고 하니 4~5개월 사이에 서커스단이 전멸을 했단다. 흥하고 망한다는 것이 이리 쉬운 일인가 싶다.

박 단장도 서커스단에서 나와 사업을 했는데, 성격도 외향적이고 양심적으로 일을 하니 돈을 좀 벌었단다. 양심적인 게 더 크지 않았을까? 그러다가 1975년 동춘 서커스 파산 기사를 보고, 마음의 고향이자 본인의 꿈을 이루려고 했던 곳이었는데 이렇게 막을 내리게 할 수는 없다는 생각에 태풍을 맞아 재기할 능력이 전혀 없어 보이는 인천 간석동의 동춘 서커스를 찾아간다.

가보니 천막은 여기저기 찢겨져 있고 단원들은 거의 떠나고 기본 단원들만 몇 사람 남아 있는데, 어디서 "빼빼" 소리가 나서 가보니 코끼리가 박 단장을 알아보고는 소리를 지르고 네 발을 흔들며 빙빙 돌고 코끝으로 박 단장의 옷을 잡고는 눈이 벌게져 쳐다보더란다.

서커스단에 있을 때 코끼리가 불쌍해 감자도 사다주고 고구마도 사다주고 먹을 것을 많이 사다 주었는데 4년이 지났음에도 코끼리가 그걸 기억하고 있던 거다. 가끔 동물이 사람보다 낫다고 느낄 때가 있는데 이럴 때가 그렇다.

이제 우리의 말도 바꿔 보자. 이런 개만도 못 한이 아닌 이런 코끼리만도 못 한으로. 땅은 습기 차고 먹을 건 없고, 동춘의 현실이 너무 처절해 눈물이 나더란다. 코끼리도 울고, 박 단장도 울고, 듣는 나도 울었다.

사실 코끼리 제니 이야기는 방송 준비하며 박 단장의 인터뷰 기사에서 봤다. 그런데 너무 눈물이 날 것 같아 일부러 애길 꺼내지 않고 있었는데, 동춘을 다시 찾은 과정에서 제니 얘기가 자연스레 나온 거다. 그럼 지금까지도 제니가 잘 있어야 하는데 80년에 난로가 꺼진 것을 모르고 있다가 밤사이 동사를 했단다.

답답했다. 얼마나 어렵게 다시 찾은 서커스단인데, 제니인데, 동사라니? 너무 마음이 아팠다. 주책맞게 눈물을 흘리니 박 단장 눈도 벌게진다. 스튜디오 밖에 있는 부인도 함께 운다. 아우~ 정말 너무 슬퍼서, 계속 눈물이 나서 환장하는 줄 알았다. 그렇게 동사한 제니를 땅에 묻고는 도저히 안 되겠다 싶어 제니를 다시 꺼내 박재를 했다하니 슬프기도 슬프고 박 단장이 얼마나 따뜻한 사람인가 다시금 느껴졌다.

동춘은 1929년에 만들어져 80년의 전통을 자랑하는 서커스단이다.

예전엔 교회가 가장 높고, 그 다음이 동춘 서커스 건물이었다는데, 인수하려는 사람들이 말도 안 되는 가격을 흥정에 붙여 화가 나더란다. 80년의 세월 동안 모든 예술은 다 발전 했는데, 서커스는 제자리도 아니고 오히려 퇴보를 했으니.

평양만 해도 4개, 북한 전체엔 9개의 서커스단이 있단다. 중국은 베이징에 8개, 상하이에만 9개의 서커스단이 있고. 나도 중국을 갈 때마다 서커스를 봤다. 보는 족족이 "으악!"소리가 났다. '정말 잘하는 구나', '돈이 아깝지 않다' 는 생각이 들었다. 서커스의 규모도 엄청나고 관광객의 숫자도 엄청 났다. 사실 서커스 국내 시장은 상당히 여건이 어렵단다. 봄에는 농사짓고, 여름에는 태풍 오고, 가을에 빤짝 했다가 겨울엔 눈보라가 치니 볼 새가 없는 거다. 물론 전용 극장이 있으면 얘기가 달라지겠지만.

2004년 시(市)비와 도(都)비 지원을 받고 문화관광부 지원을 받아 상설 서커스 장을 만들기로 했으나, 지원을 못 받고 민자 유치하겠다 해놓고는 85% 정도 극장을 지어놓고는 자기네들끼리 싸움이 나 재판중이라 건물을 완공을 못하고 있단다. 한두 달 정도면 건물을 완공 시킬 수 있다는데 안타까웠다. 잠시라도 서커스단을 놓을 수 없는 것이, 잠시만 쉬면 단원들이 뿔뿔이 흩어지기 때문에 적자가 나더라도 계속 운영을 할 수 밖에 없는 거란다. 엑스트라 한 명 키우는데 3년 정도가 걸리고, 조연이 되기까지는 5년이 걸린단다. 기본 단원은 50명. 봄에는 80명에서 100명으로 늘어나고 100% 월급제로 운영이 된단다.

월급.

받아본 사람은 안다. 얼마나 빨리 바닥이 나는지. 얼마나 월급날이 더디게 오는지.

월급.

한번 이라도 줘 본 사람은 안다. 그 중압감을. 어제 준 것 같은데 내일 또 월급날이란다. 나도 월급을 주기 시작하면서 기업인을 바라보는 눈이 많이 달라졌다. 일하는 사람의 수고도 대단하지만 그 사람이 살아 갈 수 있는 돈을 준다는 건 엄청난 일이란 걸 깨닫게 되었다. 적어도 회사를 다니는 동안이라면 감사함으로 다녀야 한다.

이건 회사를 다니는 것보다 더 어려운 일 일수도 있겠지만. 서커스단 살리려 월급날이면 애가 탔을 박 단장의 마음이 느껴졌다.

연극, 쇼, 서커스, 마술, 창극, 국악, 그야말로 종합예술인 서커스. 평양이 세계 랭킹 5위란다. 우리 민족은 서커스를 잘 하게끔 타고 났는데, 강인하고 끈기 있고, 몸무게 60kg 정도의 조건이 가능해서 좋은 조건은 다 갖추고 있단다.

그날 부인과 함께 왔는데, 부인이 학원을 운영해서 이날까지 버틸 수 있었다 한다. 돈만 있다고 남편을 돕지는 못했을 터. 자신보다 남편을 더 잘 알고 이해하며 깊이 사랑할 때 가능한 일이었으리라. 이 부부의 사랑이 그랜드캐니언보다 나이아가라 폭포보다 만리장성보다도 높고 길고 크게 느껴졌다.

이날 박 단장과 얘기를 나누면서 많은 감동을 받았는데, 이렇게 따뜻하고 책임감 있는 사람이 이 세상에 많다면 더 바랄 것이 없겠단 생각이 들었다. 사나이 중에 사나이요, 예술인 중에 예술인이다. 무언가 도움이 되고 싶은데 도와드릴 것이 없어 안타까웠다.

지금껏 후원을 받아 본 적이 없단다. 아직까지 그렇게 처절하지 않다 하는데, 그 자존심이 마음에 와 닿았다. 입장료도 3천 원, 5천 원 받다 현재는 8천 원인데, 그 이상을 받아 본 적이 없단다.

"좀 더 받으시죠." 했더니 솔직히 장비가 열악하고, 서커스 장까지 찾아와 준 것이 너무 고마워 더 이상 받을 수 없단다.

상업적으로 대하기 싫고, 온가족이 다 와도 부담 없는 가격에 기분 좋게 보고 갔으면 하는 게 바람이란다. 상업적이어야 하는데 너무나 인간적이다.

내가 박 단장과 한 약속은 방송 끝나고 얼마 후 유인촌 문화관광부 장관을 만나게 되어 있어서 유 장관을 만나면 동춘 이야기를 꼭 하겠노라 약속을 했고, 꼭 그렇게 하리라 마음먹었는데 그 만남이 이루어지질 못했다. 그러니 유 장관에게 동춘 이야기를 꺼내질 못한 거다. 이것이 체기처럼 내 마음을 꾹 누르고 있었는데, 얼마 전 신문에서 동춘이 사라진다는 기사를 봤다. 정말이지 가슴이 찢어지는 것 같이 아팠다.

　기사는 진부한 레퍼토리와 시대를 쫓아가지 못하는 경영, 불편한 의자 등을 원인으로 쓰고 있었다. 이 말이 맞을지도 모른다. 그러나 이 글을 쓴 기자가 한번이라도 박 단장을 만나봤다면 이런 글을 쓰진 못 했을 거다.

　대한민국의 서커스를 살리는 것은 개인이 할 수 있는 일이 아니다. 늘 우리는 관광자원의 부족을 느끼고 얘기하는데, 남녀노소 누구나 말이 통하지 않는 외국인까지도 흡수할 수 있는 것이 서커스다. 새로운 관광콘텐츠를 개발하고 찾아내는 것도 좋은 일이다. 하지만 있는 것조차도 지키지 못하는 일만큼 바보 같은 일도 없을 것이다.

　박 단장께 사랑과 감사와 존경을 보낸다.

전성희

한국비서협회 회장

• • •

누군가 결혼 한다고 하면 가장 먼저 하는 질문이 있다.

"뭐 하는 사람이야?"

어떤 사람을 만나면 무슨 일을 하는 사람 일까가 가장 궁금하다.

이때 '디자이너' 라든가, '비서' 라는 답이 나오면 갑자기 동공이 커지며, 그 사람이 한없이 반가워 진다. 이건 내가 아는 나의 습관이다. 아마도 이쪽에 관심이 많아서겠지?

특히 '비서' 하면 나랑 제법 잘 어울릴 것 같다는 생각이 종종 들곤 한다.

나름 꼼꼼하고(요즘은 좀 아니라는 생각이 들기도 하지만), 예의를 중요시 여기고, 조금의 투철한 직업의식이 있기 때문에, 또 약간의 부드러움과 책을 좋아하기 때문에 비서로서 좋은 자질을 갖춘 듯은 하다.

그러나 생각해 보니 이건 기본 덕목 일뿐 영어, 일어, 중국어, 아니 이

중에 하나라도 제법 세련되게 전화 받을 정도는 되어야 하지 않나 하는 생각에 갑자기 반성 모드로 전환 중이다. 아무튼 예쁘고 싹싹하고 똑똑하고 친절하고 지혜롭고, 이런 것들이 '비서' 하면 떠오르는 항목 들이다.

전성희 이사는 『성공하는 CEO 뒤엔 명품 비서가 있다』라는 책을 내서 전화 연결을 하게 됐다. 내 이럴 줄 알았다. 어찌나 얘기가 재미있고, 독특한 이력인지 5분 갖고는 양에 차지 않아 스튜디오에 다시 모시게 됐다.

'비서'라면 젊고 예쁠 거라는 선입견을 지우고 이 분을 만나야 할 것이다.

왜냐하면 전성희 이사는 국내 최고령 비서이기 때문이다. 직급이 이사 잖아. 이사……. 비서가 이사가 됐을 땐 얼마나 삭히고 삭힌 세월이 있었겠는가?

1943년생.

지하철을 무임승차 하는 나이라 말해서 깜짝 놀랐다.

젊어도 보이지만 이 연세까지 일을 한다는 것이 그것도 '꽃'이라 여겨지는 비서 일을 한다는 것에 깜짝 놀랐다. 무언가가 있는 분이니 이걸 배우고 싶단 생각이 간절히 들었다.

"어머, 아무도 나이를 그렇게 안보겠어요?" 했더니, "나도 지하철 표를 그냥 달라고 하면 주민등록증 보여 달라고 그럴 줄 알았는데, 한 번도 그런 소리 안하고 그냥 주더라구요." 해서 막 웃었다. 함께 웃는다.

"의심은 가는데 너무 바빠서 그랬을 거예요. 너무 바빠서." 했다.

지하철역에 근무하시는 분들 혹 이 글을 읽으신다면, 가끔 시간 날 때

괜스레 할머님들께 주민등록증 한 번 보자고 해주세요. 너무 젊어보여서 믿을 수 없다는 말도 빠뜨리지 마시구요. '선행'이 꼭 어디 가서 해야만 하는 건 아니잖아요? 지금의 내 자리에서 말 한마디로 상대방이 즐거울 수 있다면 이 또한 복 받을 일이죠.

불현 듯 떠오르는 조크 하나.

엄청 못생긴 여자가 파티에 갔는데 너무나 눈부시게 잘생긴 남자가 같이 춤을 추자고 하는 거다. 이 여자 당연히 놀랐다. 생전 처음 겪어 본 일이니까. 주변을 둘러보니 엄청나게 예쁜 여자들이 많은 거다. 무슨 일인지는 모르겠지만 일단 그 잘생긴 남자 품에 안겨 춤을 추었다. 춤이 끝나고 너무 황홀한 표정으로 여자는 남자에게 물었다.

"이렇게 아름다운 여자들이 많은데 왜 저한테 춤을 추자고 하셨죠?"

그러자 그 남자 하는 말,

"오늘 이 파티는 자선 파티거든요."

1979년부터 비서생활을 시작해 벌써 30년이 넘었다. 처음엔 상무의 비서로 출발해 전무, 부사장, 사장, 부회장, 지금의 회장 비서까지 했단다.

"나는 진급을 하나도 안했는데 저절로 진급이 됐어요."

방이 바뀔 때 마다 진급하는 것을 느끼지 않았을까 생각했는데, 방은 한 번도 바뀌지 않았다 해서 놀랐다. 김영대 회장이 워낙 검소해 30년째 같은 방을 쓰고 있다 해서 이분 또한 대단한 분이구나 하는 생각을 하게 됐다. '그래, 리더는 달라야 한다.'라는 생각과 더불어.

박정희 대통령이 돌아가시고 여러 평가가 나오고 있지만 내 기억에 남는 얘기 중 하나는 수세식 변기 물탱크에 벽돌이 들어있더라는 얘기. 물론 안주인이 그리 했다 생각은 들지만 아무튼 먼저 실천할 때에 고통을 나눌 때에 나를 따르라고 자신 있게 말할 수 있을 것이다.

어떻게 비서가 되었을까 궁금했다. 대학 갓 졸업하고 예쁜 비서로 취직해서 30년의 세월도 대단했겠지만, 전성희 이사는 이화여대 약학과를 나와 결혼을 했고, 남편의 유학길에 합류해 미국에서 1남 1녀를 낳고 10년간 방직공장 직공으로 일을 하면서 남편을 박사로 만든 여인이다. 그러니까 "나 이대 나온 여자야!"에다가 "나 남편 박사 만든 여자야!"까지 한마디로 대단한 여자였던 거다.

그런데 생각하니 참 그렇다. 우리나라에서 최고의 학벌을 자랑하는 여인이 미국이란 땅에선 상류사회와는 거리가 먼 곳에서 10년의 세월을 보냈다 생각하니 씁쓸한 일이다. 하기야 우리나라에서 가사 도우미나 식당에서 일하는 조선족 아줌마 중엔 의대 나온 여인도 있고, 교대 나온 여인도 있으니 시대와 나라에 따라 엘리트가 추락하는 건 날개가 없는 듯도 하다.

전성희 이사와 얘기를 나누다 보니 이런 서러움도 잠시, 참 사랑받는 동료였겠다 하는 생각이 들었다. 누가 봐도 저 여인은 이곳에 어울리지 않는 참 괜찮은 사람이구나 하는 인상을 가득 심어 줄 사람이란 확신이 들고도 남았다.

방직공장 직공을 하며 남편을 박사 만들어 귀국 할 땐 '나 대학 교수 부인이야!' 를 외치며 공항에 도착했는데, 와서 보니 박사가 되었다고 바로 교수가 되는 것이 아니라 임용에도 절차가 있다며 시간강사부터 시작이 되더란다. 에고 에고, 무엇보다 중요한건 시간강사는 방학 때 백수가 된다는 거! 그러니 또 다시 생활 전선에 뛰어들어야 했던 거다.

약대를 나왔으니 약국에 취직을 할까, 제약회사에 취직을 할까 고민을 하던 중 당시 대성에 김영대 상무가 비서를 뽑는다 해서 잠시 도와줄 양으로 취직을 하게 됐단다.

그런데 문제는 김영대 상무와 전성희 이사 남편이 친구 사이라는거다. 비서가 간절한 소망도 아니고, 남편의 친구의 비서가 되어 일한다는 건 너무 어려운 일이 아닐까 하는 생각이 들어 왜 하게 되었나 물었다. 답은 아주 간단했다. 돈을 많이 준다고 해서.

전성희 이사도 처음엔 남편 친구의 비서 자리이니 너무 불편해 싫다고 했는데, 과장 대우를 해준다 해서, 남편이 박산데 시간강사라 방학엔 수입이 없어서 이 일을 하게 되었단다.

그럼 당시의 김영대 상무는 왜 아줌마를 비서로 쓰려고 했을까? 대학을 졸업한 예쁜 비서를 썼는데, 일을 어느 정도 익히고 뭔가 일이 마무리가 필요한 결정적인 순간이 오면 결혼하겠다며 휘리리 떠나더란다. 그것도 하나도 아니고 셋씩이나. 이런 일을 몇 번 겪다보니 '안되겠다. 책임감 있는 기혼녀를 써야겠다.' 는 생각이 든 거다. 그러니 전성희 이사가 괜찮은 조건이었던 거다. 이화여대 출신에 미국에 10년 살았으니 영어도 되고 결혼도 하고 아이도 낳고. 이래서 남편 친구 비서로 출근을 하게 된다.

그녀 나이 37세에. 막상 출근을 하니 다 예쁜데 전성희 이사 혼자만 젊지도 예쁘지도 않더란다.

해서 월요일 출근할 때마다 장미를 한 아름 사다 꽂았단다. '예쁜 건 꽃을 봐라. 난 실력으로 승부하겠다.' 결심하며.

이 얘길 듣는데 '참 멋지다' 라는 생각이 들었다.

본인이 무언가 다 부족하다 느낄 때, 그것을 오픈하는 사람이 있는가 하면 어떤 이는 스크루바(베베 꼬여 있는 하드)처럼 꼬일 대로 꼬인 사람이 있다. 이러면 여럿이 피곤해진다. 이런 사람들은 눈빛도 말투도 꼬여 있다.

꼬였다 하니 생각나는 얘기가 있다. 대학 때 함께 기숙사에 있던 일문과 선배. 당시 일문과 선배들은 하나 같이 멋쟁이였는데, 일본 잡지에서 튀어 나온 모델처럼 입술은 빨갛게, 옷은 세련되게 아무튼 기숙사 학생들 중엔 최고로 멋쟁이 들이었다. 그 중 한 선배가 굉장히 인기 있던 과 선배를 차지해 결혼에 골인했다. 그런데 이 남자 선배의 부모님이 중국집을 했다.

기숙사 생활이 끝나고 자취방을 얻어 이사하던 날, 이사를 도와준 친구들에게 밥 한 끼 사주려 애써 이 선배네 중국집으로 갔다. 애써 간 것이 맞다. 왜냐면 주변에 널린 게 중국집이었는데 내 딴엔 결혼한 선배 집에 매상을 조금이라도 올려주겠다며 굳이 그 곳까지 찾아 간 거다.

반가워 할 줄 알았던 그 선배는 우리를 보는 순간 표정이 싹 굳어 버렸다. 그도 그럴 것이 대학을 졸업 하자마자 결혼을 했으니, 그녀는 겨우 24살이었던 거다. 여전히 빨간 입술을 하고 있었으나 식당에서 자장면과 단무지를 나르고 있었다. 24살에 친정도 아니고 시댁에서, 꿈 많은 새댁이 감당하기엔 벅찬 일이었으리라.

이제까지 온갖 호사를 다 누리며 살았는데, 그 많은 라이벌들을 제치고 킹카와 결혼까지 했는데, 대학까지 졸업했는데 단무지와 자장을 나르는 본인의 모습은 그녀에게 단 한 번도 상상해보지 못한 일이었으리라. 그래서 군만두 서비스는 고사하고, 당시 조금은 파격적인 파마를 하고 있던 나에게 선배는 마냥 꼬인 말투로 "머리가 이게 뭐니? 네가 연예인이니?"라고 했다.

그때 그녀의 말을 잊지 못해 연예인이 된 건 아니지만 이때의 일을 지금도 잊지 못한다. 마음의 그릇이 작아 이렇게 밖에 후배를 맞이하지 못한 그녀가 밉지만, 24살이었기에 난 또 그녀를 이해한다.

다시금 생각해도 "고맙다, 일부러 와줘서. 맛있게 먹고, 내가 아직 얼마 안 돼서 탕수육까진 안 되고, 군만두는 서비스로 줄 수 있는데 먹을래?" 했더라면, 20여 년의 세월동안 나나 그 선배나 서로 마음이 편했을 텐데 그것이 못내 아쉽다.

비서의 하루 일과는 어떨까 궁금했다. 새벽 5시에 일어나 30분에 출발, 6시면 도착을 한단다. 출근이 꽤나 이르다 했더니 딱 한 번 아침 7시 30분에 출발한 적이 있는데, 차가 많이 밀려 지각을 해서 그 다음부터는 아예 일찍 출발한단다.

사무실에 도착하면 환기부터 시키고 헤이즐넛을 여유롭게 한 잔 한 뒤, 스케줄을 점검해 회장님 책상 위에 순서대로 착착착 올려놓는데, 다음 날 조찬 약속이 있으면 그것까지 챙겨 놓아야 한단다. 다음날 회장님이 회사에 들르지 않고 약속장소로 바로 가기 때문이다. 비서가 따로 챙겨 드릴 시간이 없으니 그리해야 실수가 없단다.

7시부터는 중국어 공부를 하는데 자꾸 잊어 버려 치매 방지용이다 생각하고 읽고 해석하고 받아쓰고를 열심히 한단다. 8시 30분부터 일과가 시작되는데, 커피 드리고 하루 일과 브리핑하고 지시 받고 30년 세월이 흐르니 이제는 척하면 착이란다.

얼마 전 읽은 책에서 '부부란 개떡같이 말해도 찰떡같이 알아듣는 사이'란 표현이 정말 좋다 생각했었는데, 어디 부부만 그러하겠는가. 이 두 분도 그러리란 생각이 든다. 간혹 부부들 중엔 찰떡같이 말해도 개떡같이 알아듣는 사이도 있으리라 생각해 보며. 이거 내 얘긴가?

비서 초창기 시절, 회장실에 오는 손님들께 커피를 내면 다들 깜짝 놀랐단다.

"어? 내 취향을 어떻게 알았어?"

어찌 알았겠는가? 연풍그룹 장 사장님은 커피 하나에 설탕 둘……. 이렇게 메모해서 외웠지. 이렇게 작아 보이는 하나하나가 기업의 이미지를 좋게 하고, 성사가 안 될 일도 되게 하는 놀라운 힘이 됐으리라 확신한다.

어디 손님뿐이겠는가?

'회장님이 점심에 매운 걸 드셨으니까 순한 차를 내야겠다.'

식사는 뭘 하셨는지. 오늘 날씨는 어떤지. 회장님 마음의 날씨는 어떤지. 이런 것들을 생각하며 차를 내가면 "어? 내가 이 차를 마시고 싶은 거 어떻게 알았어?" 놀란단다.

어떻게 알긴요? 관심을 가지고 살피다 보면 다 알게 되죠. 이렇게 수족처럼 알아서 하니 회장님은 얼마나 편안할까?

사람이 사람을 잘 만난다는 건 최고의 복이다. 이것이 우리 엄마가 그토록 강조하던 인복. "사람은 뭐니뭐니 해도 인복이 있어야 한다." 귀가 따갑도록 들었건만, 꼭 노력에 의해서만 이루어지는 일은 아닌 것 같기도 하다. 아닌가?

전성희 이사의 남편이 드디어 교수가 되고, 또 세월이 흘러 안식년을 맞아 캐나다 토론토 교환교수로 가게 되었을 때, 전성희 이사도 2년간 휴직을 했었단다. 당연 새로운 비서를 뽑았겠지?

초등학교 5학년 때 미국에 이민을 간 남자였는데, 영어는 당연 원어민이 아닌 원주민 수준으로 하는데 문제는 한자를 못 읽는다는 것. 한자로 된 명함을 받으면 읽을 수가 없으니 답답한 노릇. 그래서 이 부분을 메우기 위해 대학을 졸업한 또 한 명의 비서를 채용했다.

그런데 이 비서는 컵을 씻거나 쓰레기통을 비우거나 하지는 않았단다. 왜? 대학 나왔으니까. 은행이나 우체국으로 달려가지도 않았단다. 왜? 그렇게 허드렛일 하려고 대학 나온 거 아니니까. 차 심부름도 싫다 했다지. 해서 이런 일을 도와줄 고졸의 여사원을 또 채용했다는 거다.

이럴 때 쓰는 말 '일당 백'. 그렇다. 전성희 이사는 세 사람의 몫을 너끈히 해내고 있었던 거다. 캐나다에 있던 그녀 이 얘기를 듣고 속으로 좋더란다. 좋았겠지. 그녀의 능력이 확실하게 입증 됐으니. 전성희 이사는 은행이나 우체국으로 들고 뛰는 건 기본이고, 빗길에 엉망이 된 회장님의 구두를 닦는 걸 당연하게 여겼단다.

이런 것이 세대차이 일까? 그래, 세대가 다름도 인정해야 할 것이다. 하지만 난 요즘 젊은이들에게 이런 마음의 자세가 필요한 게 아닌가 하는 생각이 든다. 자신을 진정으로 낮추는 것이 무엇인지 모르기 때문에 때론 무례하고 취업도 힘들다 하는 게 아닐까?

젊은이들은 일자리가 없다 한다. 정말 없을까? 기업에선 일 할 사람이 없다 한다. 정말 없을 거다. 스펙을 쌓아 대기업에만 도전한다. 무슨 일을 하고 싶은가가 우선이 아니고 대기업에만 취업하는 것이 지상 최대의 목표다. 어디 젊은이들만 그러랴.

집에서 아이 봐줄 사람을 찾는데 정말이지 깜짝 놀랐다. 당시 월급을 100만 원 줬는데, 많은 사람들의 반응이 '그깟 100만 원'이었다. 100만 원은 지금도 적은 돈이 아니다. 돈 100만 원이 살아가는데 얼마나 유용한 돈인지는 살아본 사람은 다 안다. 그럼에도 불구하고 '기껏'이란 표현을 쓴 사람들 중 넉넉히 사는 사람은 별로 없었다. 그러니 돈을 못 버는 거다.

벌지도 못하면서 숫자놀음만 하고 있는 이런 사람들의 태도에 화가 났다. 이 일을 계기로 돈의 가치와 월급을 받을 때의 마음가짐, 월급을 주는 이의 마음까지 여러 가지를 생각하게 됐다.

조금만 자신을 낮추면 더 큰 세계가 보인다. 자꾸 부딪혀 봐야 이곳이 내가 있을 곳인지 알 수 있고, 사회라는 곳이 어떤 곳인지도 알고, 대비책도 내 놓을 수 있다. 직장생활 10년 만에 야간대학 가는 이들이 그렇다.

부딪혀 보니 학벌이건 실력이건 무언가가 필요하다 느끼는 거다.

10년 동안 놀기만 하면 계속 놀 확률이 높다. 일을 하고 돈을 벌 때에 비로소 어른으로 거듭 난다. 감히 말하건대 젊은이들이 조금만 겸손해지면 좋겠다. 조금만 더 낮아져도 좋겠다.

요즘은 비서학과도 생겨나 많은 비서 지망생들이 있는데, 이들에게 어떤 말을 남기고 싶은가를 물었다.

"첫째가 비밀을 목숨처럼 지켜야 합니다."

대부분의 서류가 비서를 통해 전해지기 때문에 많은 비밀과 기밀을 알고 있으리라 생각한다는 거다. 실상은 그렇기도 하지만, 그녀의 한결같은 대답은 "회장님이 직접 통화하신 일이라 저는 잘 몰라요."란다. 휴대폰이 생기고 나선 이 대답이 훨씬 먹힌단다. 사람은 말로 망하고 말로 흥한다. 많은 것을 알고 있는 위치일수록 말을 잘 다스려야 함을 그녀는 너무도 잘 알고 있던 모양이다.

"두 번째는 공과 사를 확실히 구분해야 합니다."

근면, 성실 다음으로 많이 듣는 말이 아닐까 싶은데, 역시 실천이 어려워서 많이들 하는 말이리라. 전성희 이사는 주말에 장을 볼 때, 회사에서 먹을 간식도 같이 사는데 '이때쯤이면 회장님이 출출 하겠다.' 싶을 때, 차와 함께 과일이라든가, 양과를 함께 내면 "어디서 났어?" 묻는단다. "어디서 나긴요? 집에서 가져 왔죠." 한다는데, 그 모습이 어찌나 귀여우신지 회장님이 보기에도 참 좋았겠다 싶었다. 그것이 그녀의 당당함이었다.

'어차피 회장님도 드실 거 공금으로 써도 되겠지?' 생각 할 수도 있으런만, 본인이 먹으려 사는데 조금 더 보태 회장님 몫까지 챙긴다는 그녀의 얘기 속에 당당함을 찾는 것이 그리 먼 곳에 있는 것은 아니구나 하는 생각이 들었다.

라디오 프로그램 청취자들에게 '나만의 알뜰 비법'을 물은 적이 있었다. 정수기를 회사에 놓지 않고 집에서 물을 떠간다는 사연부터 새벽에만 주유소에서 기름을 넣는다는 사연(실제로 약간의 효과가 있단다) 등 나도 한번 해봐야지 하는 사연도 있었다. 하지만 휴대폰 충전은 꼭 회사에서 한다는 내용, 회사전화로 요금이 비싼 시외전화나 휴대폰 통화를 한다는 부끄부끄한 내용도 있었다.

상사나 회사가 모를 수도 있다. 허나 아주 쉽게 알 수도 있다. 나만 모르지 할 뿐이다. 꼬리가 길면 밟힌다 했지만 밟히기 전에 내 자신이 아주 사소한 것으로 굳이 나의 영역을 좁힐 필요는 없다. 스스로 당당하지 못한 것을 그 누구보다 내가 잘 알고 있기 때문이다.

『우리는 사소한 것에 목숨을 건다』라는 베스트셀러가 있었다. 맞다. 우리는 아주 사소한 것에 목숨을 건다. 이왕 목숨 거는 거 큰 것에 걸자. 폼이라도 나게.

아주 작은 뒷돈을 받고 신문에 오르내리는 분들의 기사를 읽을 때 마다 참 안타깝다. '이왕 잘릴 거 많이나 받지.' 해본다. 사소한 것에 목숨 걸어 생긴 일이다. 상황은 좀 다를 수 있어도 우리 모두 좀 더 거룩해지기에 힘써야 한다.

그 사람이 어떤 일을 하느냐는 너무나 중요하다. 그러나 그가 어떤 일을 하는가 만큼 그가 어떻게 일을 하고 있는가는 너무 중요하다. 사람이 좋은 이름을 갖는 것도 중요하지만 이름값을 하며 사는 것이 더 중요하듯이. 사회인으로 더욱이 일하는 여성으로 어찌 살아야 할지 전성희 이사를 보며 많이 깨닫게 되었다.

전성희 이사의 책을 올케에게 선물했더니 "형님, 이분 저희 친척이세요." 한다. 띠용! 그러니까 전성희 이사와 나는 사돈인 셈이다. 그렇구나 생각하고 있었는데, 교회에서 전성희 이사를 만났다. 띠용! 같은 교회에 교인이었던 거다. 세상은 넓고 우린 언제 어디서 또 어떤 관계로 만날지 모른다. 이래저래 많은 가르침을 주었다. 전성희 이사 같은 그녀들과 그들이 많이많이 탄생하길 기대해 본다.

김영식

천호식품 회장

• • •

라디오를 듣다 보면 광고가 나온다. 광고가 많으면 청취자 입장에선 짜증이 난다. 물론 진행자도 많이 다르진 않지만 진행하는 사람 입장에선 광고를 시간 맞춰 내보내야 하기 때문에 시간 계산을 잘해야 하는 어려움이 있다.

그런데 난 요즘 신경 쓰이던 광고가 재밌어졌다. 어떤 광고는 멋있고, 어떤 광고는 유치하고, 어떤 광고는 기발하고. 잘 들어보니 시대의 흐름이 들리는 듯하다.

그냥 길만 알려주는 것이 아니라, 이젠 말을 알아듣는 내비게이션이 나왔다는 광고. 이 광고가 나가고 내가 그랬다.

"기계도 말을 알아듣는다는데, 사람들끼린 더 대화가 잘 통해야겠어요."

우유 선전을 하는데 "따르니까 6잔이나 나오네." 하는 거다. 그래서 내가 그랬다. "다른 건 6잔이 안나오나보죠?" 중요한 건 아직까지 몇 잔이 나오는지 따라보지 않았다는 거.

정말 다양한 상품들을 선전한다.

그중 내 귀가 솔깃해지는 광고가 있었으니 "한 달 벌어 한 달 먹고사는 당신을 위한 인생의 반전. 10미터만 더 뛰어봐." 하는 책 광고였다. 한 달 벌어 한 달 먹고 사는. 밑줄 긋고! 꼭 내 이야기 같아 귀에 꽂힌 거다. 난 가끔 내가 하루살이 같다는 느낌을 가질 때가 있다. 하루하루 충실히는 산다. 프리랜서이다 보니 일이 많을 땐 몸이 힘들지만 마음은 기쁘고, 일이 없을 땐 몸은 편한데 마음은 한없이 불편하다.

일이 많을 땐 아무생각 없다가 일이 없으면 '매니저를 둬야 하는 거 아냐?' 생각하다가 또 일이 들어오면 헤벌쭉해서 매니저 생각을 잊고 만다. 이것이 내 생활의 반복이다. 아무것도 겨냥하지 않으면 아무것도 명중시킬 수 없다고 했던가?

하기야 복권도 사지 않고 복권 추첨방송을 볼 때마다 내가 당첨되지 않을까 가슴 두근거리는 사람이 또 나다. 그렇기에 내가 가장 부러워하는 스타일은 목표를 세우고, 세웠으면 뒤도 돌아보지 않고 전진하는 스타일이다. 도전적이고 거침없는 스타일.

다음(Daum)에서 '뚝심' 카페를 운영하는 건강식품 회사 천호식품의 김영식 회장이 이런 스타일이다. 우선 그의 책 『10미터만 더 뛰어봐』를 읽었다. 역시 예상대로 대단한 사람이란 느낌이 왔다. 그의 글만 봐선 덩치가 상당히 큰 분 일거라 생각했는데 실제로 만나보니 날씬한 촌부의 느낌이

나는 경상도 사나이였다. 이날도 부산 본사에서 비행기로 왔는데, 서울 부산 간 왕복비행만 1,600번이라 하니 지금은 훨씬 더 많아졌겠지?

김영식 회장은 비행기에 전단지를 꽂은 남자다. 전단지는 기차 안에서도 보기 어려운데, 사업이 너무 힘들 때, 마음이 급하니까 비행기 안에도 전단지를 꽂게 되더란다.

승무원이 보고 놀라 "손님 뭐하세요?" 하기에 "나 쑥장산데 이거 못 팔면 죽어." 하니까 죽는다는 소리에 놀랬는지 "조심하세요." 하더란다. 그는 내가 미쳐야 상대방을 미치게 할 수 있다 말한다. 그리고 너무 힘들면 뭐든 다 할 수 있다 말한다. 그래, 그럴 수 있어야겠지!

사업 얘기가 재미나다. 군대 제대 이틀 만에 일을 시작했는데, '일일공부'라는 학습지를 시작하게 된다. 매일 시험지를 집집마다 배달해주고, 채점해서 그 다음날 가져다주는 건데 초등학교 때 나도 이거 해봤다. 어떤 사람이 장사가 안 돼서 내놓은 것 96부를 20만 원에 인수해서 두 달 만에 550부를 만드니, 20만원에 팔았던 사람이 100만원을 줄 테니 다시 팔라고 왔더란다. 어떻게 두 달 만에 6배 가까이 매출을 올렸을까?

당시가 1974년이었는데 거의 모든 도로가 비포장이었던 100km 길을 자전거로 쉼 없이 달렸단다. 한 부에 300원 남았는데, 채점해서 갖다 주고 서비스로 공부도 좀 지도해주고, 밤 12시에 돌아와 다음날 새벽 4시면 또 나갔다 하니 부지런과 열정엔 당할 것이 없구나 하는 생각이 든다.

그 다음 사업은 신발 깔창사업. 지금은 한결 덜 하지만 당시엔 발 냄새 나는 사람이 엄청 많았단다. 이걸 생각해서 발 냄새 잡는 신발 깔창을 만

들어 돈 좀 벌었단다. 그러고는 1980년 세계금연의 해였는데, 방송만 틀면 금연의 해, 금연의 해 하길래 '아! 그럼 금연파이프를 만들어보자' 생각을 해서 사업을 벌였는데 그야말로 '대박'이 난 거다.

사람들은 비슷한 생각을 한다.

'아! 발 냄새 때문에 고민이다. 이거 없앨 방법 없나?'

'세계 금연의 해라는데 이걸로 무슨 사업을 해볼 순 없을까?'

그런데 누군 생각만하고, 누군 그걸 찾아내 돈을 번다. 부지런하지 않으면, 실천력이 없다면 절대 할 수 없는 일이다. 이런 얘기를 할 순 있겠지.

"아, 나도 저런 거 생각은 했었는데……."

이런 그도 돈을 버니 건방이 하늘을 찌르고, 매일 되는 음주가무에 어느덧 돈도 말라 갔단다. 너무 일찍 성공을 거두니 나온 부작용이었다. 그런데 젊을 때 이런 경험이 한 번은 약이 되리라 생각한다.

얼마 전 폭행사건을 일으킨 야구선수가 있었다. 방송 중 기자에게 "이 선수가 몇 살이에요?" 했더니 "21살이요" 한다. 그래서 내가 그랬다. "한 번은 그럴 수 있는 나이네요." 그러자 동갑내기 기자가 이렇게 받는다. "그렇죠. 한 번은 그럴 수 있는 나이죠."

그래 한 번 정도는 약이 된다. 그러나 두 번이 되면, 약은 약인데 독약이 되겠지.

그의 나이 32살 때는 전세 100만 원에 월세 4만 원짜리 방 한 칸에서 온 식구가 살았단다. 어느 날 집에 와보니 초등학교 1학년 딸이 왜 우린 이렇게 가난하냐며 울고불고 난리가 났더란다.

그날 딸의 생일이라 친구들을 초대했는데,

"어머? 넌 공부방이 없니?"

"부엌도 없구?"

친구들 얘기에 아이가 상처를 받았던 거다.

이대로는 안 되겠다 싶어 아이에게 "아빠가 돈이 없어 이런 곳에 살고 있는 게 아니다. 더 큰집으로 이사 가기 위해 돈을 모으려고 여기에 살고 있는 거다." 얘길 해도 아이는 계속 울더란다. 뜬눈으로 밤을 새고 다음날 일찍 사채업자에게 가 300만 원을 빌렸단다. 그러고는 딸을 방에 앉혀 놓고 김영식 회장은 서서 방바닥에 돈을 뿌린다. 만 원권으로 삼백만원을 다 뿌리는데 10분 정도가 걸렸단다. 어린아이 눈에 조그만 방에 잔뜩 깔린 돈은 엄청나게 크게 생각됐으리라.

아이는 "우와! 우리 부자구나." 하며 무척 좋아하더란다. 그리고 밖에 나가 "우리 엄청 부자야." 자랑했겠지? 김영식 회장도 얼른 나가 사채업자에게 돈을 돌려줬단다. 왜? 이자가 비싸니까!

그때 초등학교 1학년이던 딸이 지금은 천호식품 이사로 일을 하고 있다는데, 방송 중에 아버지를 존경한다는 문자를 보내와 부러워하며 기분 좋게 읽어드렸다. 부모란 엄청난 존재이다. 아니 엄청난 존재여야 한다. 자식에겐 엄청 커 보이고 싶고, 영원한 큰 산이 되어 주고픈 게 부모다.

김영식 회장이 너무나 힘들었던 98년 설.

입이 떨어지진 않았지만 처음으로 돈 얘기를 꺼내려 본가에 들렀단다.

그전에 사업이 잘 될 땐 아버지께 칭찬 받고 싶어 그렇게도 빨리 가고 싶더니만 사업이 어려우니 고향에 가는 것이 그리 고역일수 없었단다.

선배 양원경이 생각난다.

그는 본가가 전라도 광주인데 한참 방송 잘 나갈 때는 어머니가 일부러 멀리까지 가서 장을 보았단다.

"아따 그 집 아들 엄청 잘나가데. 좋겠어."

이 소리를 집에 올 때까지 오래도록 듣고 싶어서.

본인도 고향이 먼데도 굳이 자가용을 타고 내려갔단다. 좋은 차 새로 뽑은 거 자랑하고 싶어서.

지금은 기차 타고 고향 가고, 어머니도 집 앞 슈퍼에서만 장을 본다나 어쨌다나.

김영식 회장도 그런 마음이었겠지. 그런데 아버지께서 다른 형제들은 다 두고 김영식 회장만 따로 불러 선물을 주더란다. 어려운 때이니 만큼 돈인가 싶어 얼른 열어보니, 그 안엔 오뚝이가 들어있고 매직으로 '1998년 설날에 아버지가.' 라고 씌어있었단다.

그러면서 하는 말이 "자식은 힘들 때 부모를 찾지만, 부모는 힘들 때 자식에게 감춘다. 이 세상에 진정한 영웅은 부모다."라고 해서 가슴이 먹먹했다.

1994년 1월에 부산에 모 은행장으로 부터 전화가 왔단다.

"축하합니다. 부산에서 현금보유액 100위 안에 드셨습니다."

이때 그의 나이 42살이었다. 잘 나갔던 거지.

또 다시 돈이 모이고 잘 나가다보니 이번엔 자신의 전문분야 건강식품이 아닌 잘 알지도 못하는 서바이벌 체험장, 찜질방 그리고 건축에 투자를 하게 되는데, 94~95년엔 가지고 있던 돈 다 쓰고, 96년엔 집과 공장을 담보 잡히고, 97년엔 결국 사채를 썼는데 여기에 IMF까지 터진다.

98년에 다시 모 은행지점장으로 부터 전화가 왔단다. 현재 빚 보유액 100위 안에 들었으니 빨리 돈 갚으라고. 그때 그는 3~4천 원 하는 밥 사먹을 돈이 없어 600원짜리 소시지 하나와 소주로 끼니를 때웠단다.

내 생각엔 소주 살 돈으로 밥을 먹었으면 좋았겠다 했는데 소주 없인 도저히 잠을 이룰 수가 없었단다. 그래, 그랬겠지.

그때 그가 묵고 있던 여관이 먹자골목을 지나서 있었는데, 직원들과 삼겹살에 소주로 회식하는 모습을 보면, 나도 빨리 재기해서 직원들과 회식하고 싶다는 생각이 너무나 간절했었단다.

이때의 심정을 일기에 담아 두었는데 눈물자국이 얼룩얼룩 남아 있단다. 얘기 중에 연도와 날짜를 정확히 기억했는데, 이것이 다 일기를 쓴 덕이란다. 일기는 3년을 쓰면 성공의 조짐이 보이고, 10년을 쓰면 성공했거나 아님 명예라도 얻는단다. 맞는 말이리라. 그 무엇이라도 3년 혹은 10년을 꾸준히 하기란 쉽지 않은 일이니까.

힘들었던 그때, 그는 6시 30분이면 강남역에 나가 8시 30분까지 전단지를 돌리고 회사에 출근, 퇴근해선 또 밤 10시 30분까지 지하철에서 전단지를 돌려야 하루 일과를 끝냈단다. 그러나 그도 처음부터 잘해냈던 건 아니다. 밤이면 내일 아침에 역에 나가 전단지 돌려야지 생각하곤 아침이면 창피해서 못나가곤 했단다. 힘들다, 힘들다 하면서도 변할 줄 몰랐던 거다.

그는 가장 먼저 버려할 것이 옛날 생각이라고 말한다.

왕년에 내가 돈이 얼마 있었는데, 왕년에 내가 직원이 몇 명이나 있었는데, 왕년에 내가 얼마나 잘나가는 사람이었는데……. '왕년에' 소리하는 사람치고 잘사는 사람 별로 못 봤다. 과거는 부도난 수표요, 미래는 언제 부도날지 모르는 약속 어음이요, 오늘만이 현찰이란다. 역시 언제, 어디서나 현찰이 최고다. 이건 아닌가? 아무튼 그 깨달음에 그도 거리로 나갈 수 있었단다.

그는 말한다. 목표를 정하고, 목표가 정해지면 휴대폰 화면에 남겨두란다. 우리가 하루에 가장 많이 보는 곳이 휴대폰 화면이다. '나는 성공할 것이다.' 가 아니라 '난 이번 달에 보험 12건을 성공시킬 것이다.' 혹은 '난 이번 달 10대의 차를 팔 것이다.' 와 같이 구체적인 목표를 새겨 넣어 마음을 다지라는 거다.

98년 그의 휴대폰 화면엔 '못 팔면 죽는다.' 라고 쓰여 있었단다. 절박함이 느껴진다.

그 힘 때문이었을까? 98년 1월에 혼자 전단지 돌려 판 금액이 1,100만 원, 2월엔 1,900만 원, 3월엔 3,300만 원, 4월엔 9,800만 원, 5월엔 1억 5천만 원, 6월엔 2억 5천만 원……. 그래서 1년 11개월 만에 22억 원의 빚을 다 갚는다. 그러고는 2년 뒤에 은행 빚 한 푼 없이 7층짜리 사옥을 그 땅값 비싸다는 서울의 역삼동에 짓게 된다.

또 이런 일도 있다. 2000년 4월 27일에 부산역에서 서울역까지 건강식품 홍보 차 동아대 사이클 선수들과 함께 자전거로 4박 5일을 달린 적이 있었다. 출발을 해서 열심히 달렸는데, 다음날 일어나니 엉덩이가 다 헤져 있고, 정말이지 꼼짝을 못 하겠더란다. 그때 아내가 써준 편지를 읽고 다시 달리기 시작했는데, 아내의 편지 중 가장 기억에 남는 부분이 '당신은 인간이라기보다 신이라 믿고 싶습니다.' 하는 부분이었다.

돈을 많이 벌어도 주었지만 많이 힘들게도 했을 텐데, 부인의 사랑과 인내가 대단하게 느껴졌다. 물론 그런 신뢰는 김영식 회장이 주었겠지만. 그는 가족의 사랑을 강조한다. 정말 힘들 때 힘을 실어주는 것이 가족이라고.

난 가끔 남편에게 이렇게 말한다.

"이런 식으로 하면 나중에 병들면 갖다 버린다."

그러니 정말 힘들 때 힘을 실어주고 힘을 얻고 하는 가족이 되려면 좋은 감정들을 많이 저축해 놓아야 하는 거다. 무조건 가족이라고 다 힘이 되진 않는다는 거. 그 가족으로 인해 더 힘이 들 수도 있다는 거. 그러나 나처럼 속에 있는 말 다하는 것도 꼭 지혜로운 건 아니라는 거.

예전에 지휘자 정명훈 씨 인터뷰 기사를 보고 아주 많이 놀란 적이 있었다. 정명훈 씨는 집에서 아내를 '미라클(miracle)'이라고 부른단다. 기적. 자기 삶의 기적을 주었으므로. 대단한 충격이었다. 도대체 어떤 힘을 주었기에 아내를 기적이라고 부를 수 있는 걸까? 그녀를 만나보고 싶었다.

그렇다면 나는 어떻게 불리고 있는가? 나도 기적일수 있다.

"너 같은 건 살아서 돌아다니는 게 기적이다."

뭐 속으로 이렇게 생각하고 있는 건 아닐까? 아! 이렇담 이건 거적만도 못한 기적이 아닌가?

경기도 시흥쯤 도착했을 때 기적이 일어난다. 자전거를 밟으면 시속 15~20km가 나오는데 한 오르막을 오를 때 동아대 사이클 선수들이 깜짝 놀라더란다. 김영식 회장의 속도계가 27km를 향했기 때문이다. 일반인이 어떻게 선수들 보다 더 속력이 날 수 있었을까? 그건 '목표'에 차이란다.

동아대 선수들은 서울까지 오면 천호식품의 차를 빌려 여름휴가를 가게 되어 있었고, 김영식 회장은 '서울까지 못가면 죽는다.' 라는 생각으로 갔으니 빠를 수밖에.

이때의 이 일로 '내가 먹지 않는 것은 남에게 팔지 않는다.' 는 광고로 하루 18만 팩을 팔았다 하니 목표가 있는 삶과 없는 삶은 얼마나 다른가 다시금 생각하게 된다.

나의 목표는 뭐지? 당신의 목표는?

그는 매일 산에 오른다. 나쁜 기운을 뿜어내고 좋은 아이디어를 떠올리고 그걸 입으로 내서 말을 한단다. 소리를 내면 뇌에 전달이 되고 척추에 전달이 되면서 행동을 유발하게끔 만든단다. 그러고는 400명의 직원에게 문자를 보낸다. 재미있는 것은 직원들이 일 잘하는 순서로 답을 보내온단다. 내가 천호식품의 직원이라면 몇 번째로 답을 보냈을까 상상해 봤다.

그의 인맥관리도 대단하다. 청첩장을 받으면 김영식 회장은 '온시리움' 이라는 화분을 그 즉시 보낸다. 결혼 당일 날 들어오는 화분은 누구에게 왔는지 기억하기도 힘든 터. 그런데 이렇게 하면 결혼식까지 한두 달을 김영식 회장을 생각 한다는 거지. 잊지도 못 할 테고. 같은 돈이라도 어떻게 쓰느냐에 따라 백만 원처럼 느끼게 할 수도, 백 원짜리처럼 느끼게 할 수도 있다. 그래서 돈 쓰고 욕먹는 사람이 가장 바보 같단 생각이 들 때가 있다. 물론 돈도 안 쓰고 욕만 먹는 사람은 말 할 필요도 없겠지?

그리고 그는 항상 약속시간 15분 전에 약속장소에 나가 있단다. 이러면 무조건 부자가 된단다. '이런 놈 절대 만나지 마라' 라는 주제로 어떤 남자를 만나야 하는지 여대생들에게 강의한 적이 있는데, 약속시간 늦는 사람과는 만나지 말라고 얘기했었다. 사람들은 각기 다른 생각을 하고 있는 것 같으나 보는 눈은 놀랄 만큼 비슷하다. 부자를 많이 만나고 망한 사람은 피하란다. 망한 사람은 망한 얘기만 계속하니 도움 될 게 없다는 거다. 내 동기 중에 만나기만 하면 데뷔했을 때 힘든 얘기만 하는 애가 있다. 저나 나나 똑같이 힘들었건만 나는 이제 잊고 싶은데 자꾸만 얘기하니 만나도 유쾌하지가 않다. 같은 말이리라.

운은 발뒤꿈치에서 나온다고 말한다. 역시 부지런해야 한다는 얘기. 발레리나 강수진 씨. 연습을 하도 많이 해서 발레 슈즈가 자주 닳아 자꾸만 교체를 하니, 나중엔 발레단 물품 부서에서 무어라 하더란다. 슈즈를 어떻게 이렇게 자주 바꿀 수 있느냐고. 부지런히 움직인 발뒤꿈치 때문에 오늘날 많은 곳에서 그녀의 이야기를 듣는 것이리라.

나도 좀 더 부지런히 몸을 놀려 봐야겠다. 무언가 부지런히 준비도 해 봐야겠다. 부지런히 준비해 약속시간에도 늦지 말아야겠다. 아니, 내가 먼저 나가 상대를 기다려야겠다. 상대방이 약속시간에 늦을 것 같다는 전화를 하면 어느 책에서 읽었던 대로 이렇게 얘기해 줘야겠다.

"저도 지금 가는 길이에요. 천천히 오세요."

내가 여유 있을 때 상대방에 대한 배려도 나오리라.

이렇게 열정적인 분은 어떤 노래를 신청할까 궁금했는데 기운이 나지 않을수록 신나는 노래를 들으라며, 클론의 '쿵따리샤바라'를 신청한다. 용암도 화상입고 갈 그의 열정에 존경의 마음을 보태본다.

금난새

지휘자, 음악감독

● ● ●

만나고는 싶은데 약간은 부담스러운 분들이 클래식 하는 분들이다.

"유라시안 필하모니 오케스트라를 이끌고 계시구요. 올해 데뷔 31주년을 맞이하신 (한번 쳐다보고) 벌써요? 너무 젊어 보이시는데요. 세계적인 스타 지휘자, 금난새 선생님을 모셨습니다."라고 이분을 소개했다.

그러자 금난새 선생께서 "소개를 잘하는 것 같네요." 해서 빵 터지며 클래식에 대한 부담이 싹 사그라졌다.

역시 유머는 상대를 내편으로 만드는 힘이 있다. 지혜로운 분이다. 그렇지 않아도 아군인데 심복을 만드니 말이다.

초대 손님 중에는 반가운 분, 정말 만나고 싶었던 분도 있지만 그분에 관해 무언가를 내가 알고 있을 때 더욱이 그렇다. 예를 들어 그분의 책을 읽었다던가, 작품을 보았다던가 하는 것들 말이다. 특히나 베스트셀러라면 말할 것도 없지만, 그다지 많이 팔리지 않은 책인데 내가 읽었다고 하면 나를 대하는 태도가 달라진다.

그런 면에선 금난새 선생께 죄송했다. 이분을 연주장에서 본 일이 없기 때문이다. 죄송하다 했더니 "괜찮습니다. 다음에 연주회 때 꼭 오세요." 하며 편안하게 받아준다.

금난새 선생께서 오신다고 하니 성함이 참 독특하단 생각이 먼저 들었다.

"가명은 아니시죠?" 했더니, 웃으며 아버님이 지어주신 한글 이름이란다. 금난새 선생의 아버님은 우리가 잘 알고 있는 '그네' 라는 곡을 작곡한 금수현 선생이다.

금수현 선생은 음악뿐만 아니라 글쓰기, 교육, 책 등 다양한 분야에 관심이 많았는데, 한글에도 관심이 무척 많아 해방둥이로 태어난 장남에게 한글 이름을 지어줬으나 호적에 올리는 것은 실패. 나라는 찾았는데 왜 우리의 글을 이름으로 쓰지 못하느냐며 작지만 곧은 소리를 계속 내니 결국 받아들여져 둘째 아들에게 '금난새' 라는 한글이름을 지어주게 된 거다. 이리하야 우리나라 최초의 한글 이름으로 등록이 되어 있단다.

이런 줄은 몰랐네. 내가 한글 이름 하면 그저 '박차고 나온 놈이 샘이냐' 가 떠오른다 하니 호탕하게 웃는다. 그나저나 '샘이냐' 는 잘살고 있는지 궁금해지네. 9시 뉴스에 한글로 된 가장 긴 이름이라며 소개 되었는데, 너무 독특해서 한동안 사람들이 꽤나 많은 얘기들을 했었다.

그러고 보니 멀리 갈 것도 없이 나 또한 한글 이름이다. 장미꽃이란 뜻으로 아버지가 지어 주었는데, 다들 한문으로 아름다울 미에 꽃 화를 쓰느냐 묻는다. 그럼 난 이리 대답한다.

"아니, 쌀 미에 불 화, 뻥튀기야!"

듣는 사람들 무척 당황해 한다.

이름 얘기하니 가수 박학기 씨가 떠오른다. 박학기 씨 역시 초대 손님이었는데 평소엔 별로 생각 못하다가 출연자라 해서 생각해보니 '학기'라는 이름도 독특하단 생각이 드는 거다. 1학기, 2학기 할 때 빼고는 별로 들어본 적이 없단 기억에 "성함이 독특해요." 했더니 "원래 학기가 아니었어요. 학기가 뭐에요? 학기가?" 흥분하기에 "원래는 뭐였는데요?" 했더니 "기학이요. 기학. 박기학." 해서 한참 웃었다. 본인은 크게 다르다 생각했는지 몰라도 내가 들을 땐 그게 그거인 것 같은 느낌이 들었기 때문이다. 그런데 가수로 데뷔를 하려고 하니 성명학 하시는 분이 연예인으로선 좋은 이름이 아니니 이름을 바꾸라 하더란다. 그런데 오기가 생겨 '내가 좋지 않다는 이 이름을 세상에 떨쳐 보리라.' 마음먹고 열심히 했단다. "와 멋있어요!" 했더니 "근데 후배들이 이름 갖고 고민하면 야! 그냥 좋다는 이름 써. 그게 좋아." 한다고 해서 깔깔 웃었다.

금난새 선생은 이름도 독특하지만 말의 억양도 독특해서 외국생활을 오래 해서 그런가 보다 했더니, 부산에서 나고 자라 초등학교 2학년 때 서울로 전학을 왔는데, 서울에 오니 사투리 때문에 엄청 놀림을 받아서 학교를 안가고 파고다 공원으로 한동안 등교했다고 말하다가 "에고, 방송에서 이런 걸 얘기해도 되나?" 하고 움찔 놀라서 꽤나 웃었다.

사실 잘난 사람들이 자기의 실수담을 얘기하면 즐겁다. 그들도 나처럼 빈틈이 있구나 싶어서. 물론 빈틈의 크기가 문제겠지만.

서울생활에 적응을 하고 방학이 되어 부산에 내려가면 이젠 또 서울말을 쓴다며 놀림을 받아 괴로웠던 기억이 있다 해서 "완전 오바만데요?" 했더니 빵 터졌다.

당시에 오바마가 한참 선거를 치르고 있을 때였는데 아버지는 흑인이요, 어머니는 백인인지라 흑인 쪽에 가면 엄마가 백인이라며 안 끼워주고 백인 쪽에 가면 아버지가 흑인이라며 안 끼워주고, 여기도 못 끼고 저기도 못 끼던, 공중에 붕 떠 외로웠을 오바마가 생각이 났던 거다.

"역시 음악을 하시게 된 건 아버님의 영향이죠? 음악을 많이 들려주셨나요?" 했더니 아버지 금수현 선생은 LP판을 많이 틀어 놓으셨고 주로 어머니가 피아노를 많이 쳐 주셨단다. 아름답다. 피아노를 치는 엄마. 잔소리 대신 피아노를 치는 엄마. 시댁이나 남편에게 받은 스트레스를 아이들이 아닌 피아노 건반에 푸는 엄마. 아이들과 함께 피아노를 치며 노래하는 엄마. 정서상 굉장히 좋았으리라.

얼마 전 한국의 잭슨 파이브로 불리는 '작은 별 가족'의 강애리자 언니를 만났다. 지금 젊은 친구들은 잘 모르겠지만 나 어릴 땐 꽤나 센세이션한 가족이었다. 허긴 지금 생각해도 센세이션 하다. 딸 하나에 아들이 여덟인 가족인데(진짜 센세이션 하지?) 모두가 악기를 하나씩 다루며 노래를 했다.

이 집의 막내가 '너에게 난, 나에게 넌'을 부른 나무자전거의 리더 강인

봉 씨다. 그런데 악기를 접하게 만든 이유가 아들이 너무 많으니 집안 분위기가 삭막할까봐 애써 음악을 시켰단다. 현명한 분들이다. 연주를 할 수 있다는 건 영혼을 자유롭게 하는 일이요, 축복 받은 일중에 하나라 생각한다.

나랑 같이 일하는 아줌마 PD는 "언니, 난 집에선 칼만 안찼지 장군이야, 장군. 어찌나 소리를 질러대는지." 해서 막 웃었다. 생각해 보니 나도 만만치 않을 것 같단 생각이 들었다. 엄마라는 존재는 참으로 중요하다. 그래서 노력을, 수양을, 공부를 많이 해야 한다. 좋은 엄마가 그냥 되지는 않는다. 살아보니 그렇다.

당시 음악가들이 부산으로 피난을 오면 금난새 선생 댁에 많이 모였단다. 그런 영향도 상당히 컸으리라. 집을 드나드는 사람들이 예술가인지 노름꾼인지는 너무나 다를 테니.

형제 중에 음악 하는 분이 누가 또 있을까 궁금해 했더니, 막냇동생이 역시 지휘를 한단다. "만나면 얘기를 많이 나누시겠어요?" 했더니, "잘 안 만나요."한다. 깜짝 놀라서 "왜요?" 했더니, "라이벌이니까요." 해서 어찌나 웃었는지. 의외로 유머가 넘친다.

음악하기 어려운 시절이었지만 아버님의 반대는 없으셨을 것 같다 했더니, 뭘해도 반대할 분이 아니란다. 어찌 보면 방관일 수도 있고, 돈키호테 스타일 이어서 자기 팔자는 자기가 알아서 하겠지 하는 생각을 갖은 분이라 해서 웃었다. 또 한 여인의 다독임이 필요했겠구나 하는 생각도 들었다.

부모가 왜 중요한가 하는 질문을 던지며, 완벽해서가 아니라 이런 건 좋다, 이런 건 아니다 하는 기준을 잡아주기 때문이란다. 워낙 다방면에 관심이 많은 아버지 덕에 금난새 선생은 하나를 더 잘하고 싶었고, 그런 아버지께 받은 선물이 음악이란다.

그렇다면 금난새 선생은 어떤 아버지인가 질문을 했더니,

"방금 아버지를 약간 비난 아닌 비난을 했는데, 말 잘해야겠네요." 하시며 아버지 금수현 선생은 평소엔 별 말씀이 없으시다가 약주만 드시면 자상하고 말씀을 많이 하셔서 가족 간에 대화가 많이 필요하구나 하는 생각을 해 대화를 많이 하려 노력한단다. 그런데 요즘은 아이들을 학원에 너무 많이 맡겨 놓는 것 같아 안타깝다는 생각이 든단다. 대화가 부족하다는 것이 안타깝고 역시 그 부분은 부모 외에는 해줄 사람이 없다는 거다. 백 번이고 천 번이고 맞는 얘기다.

교회에서 중등부 교사를 오래한 분이 있다. 중학생 아이들이 선생님 앞에서도 요즘 애들이 잘 쓰는 "열라", "졸라"를 쉴 새 없이 쓴단다. 조금도 미안해하는 기색 없이. 그래서 아이들에게 물었단다.

"집에서 엄마, 아빠 앞에서도 그런 말을 쓰니?"

"아뇨." 하더란다.

다행이다 싶어 마음을 놓았는데 알고 보니 부모 앞이라 어려워서가 아니라 집에선 아예 대화가 없어서 그런 거란다. 부모님과의 대화는 오로지 "네", "아니오" 뿐이라니 어찌 해야 할지.

아드님만 두 분 인데 음악 하는 분이 있을까 궁금했다. 음악을 좋아하

고 피아노를 치지만 음악을 업으로 하지는 않는다 해서 아쉬웠다. 음악가족으로 3대가 이어진다면 이 또한 멋진 일인 것 같아. 현실도 있지만 살아가는데 있어 판타지, 즉 꿈이 필요한데 이런 건 예술을 통해서 얻을 수 있다 말한다. 그래서 음악을 가까이 하는 아이들로 자라게 했고.

그래. 나도 아이들에게 그런 힘을 주리라 결심했다.

그런데 이렇게 결심을 했음에도 불구하고 작년 딸아이가 학교에서 합창부 활동을 한다고 했을 때, 공부에 지장이 있지 않을까 조금은 오래 망설였다는 반성과 고백을 보태며.

원래는 디자인 쪽에 관심이 많아 미술계열을 전공할까 하다 우연히 채널을 돌리다 보게 된 번스타인이 지휘하는 뉴욕 필하모니 오케스트라 연주를 보고 지휘를 해야겠다고 결심하게 됐단다. 운명은 늘 이렇게 짧은 순간 불현듯 찾아오나 보다.

그런데 당시 우리나라엔 지휘를 가르치는 곳이 없어 작곡을 전공하고 책을 사보고 악보를 사서 독학을 하다 독일로 유학을 떠나게 된다. 그리곤 3년 만에 카라얀 국제 콩쿠르에서 3위를 차지한다. 정말 열심히 했노라 말한다.

또한 베를린이란 도시가 금난새를 가르쳤다 말한다.

베를린 필하모니 오케스트라의 연습은 다 보았노라 했고, 리허설까지 다 보았다는데, 그때의 그 느낌은 하루하루 키가 크는 느낌이었단다.

그 당시 유명한 지휘자들의 공연은 물론이고 연습까지 다 봤다는데, 원래는 볼 수 없는 거라 해서 "그런데 어떻게 보셨어요?" 했더니 숨도 안 쉬고 "그건 비밀이랍니다." 해서 엄청 웃었다. 표정이 너무 결연해서 정말 궁금한데 더는 못 물어봤다. 아무튼 콩쿠르 수상 이후로 공식적으로 연습을 볼 수 있었다 하니 생각할수록 뒷얘기가 궁금하다.

우리나라로 돌아온 이야기도 흥미진진하다. 콩쿠르에서 입상을 하니 본인 표현에 의하면, 간이 부어서 좀 더 큰 세상으로 나가겠다고 생각했는데, 심사위원장이 부르더니 한국이 곧 발전할 것 같으니 너 같은 젊은 이가 고국에 가서 일을 하는 것이 큰 의미가 있을 것 같다 하더란다. 솔직히 말해 당황스럽기도 했고 실망스럽기도 했는데 곰곰이 생각해보니 정말 큰 의미가 될 것 같아 고국 행을 선택했단다.

일단 여기서 두 번의 박수. 고국의 보탬이 되어라 말씀하신 그분께 감사와 존경의 박수를, 더 좋은 자리 두고 과감히 고국을 택한 금난새 선생에게도 박수를.

누울 자리보고 다리 뻗으랬다고 역시 충고도 받아들일 그릇에 해야 빛이 나는 법. 그래서 33살이란 나이에 우리나라 최고의 오케스트라인 국립 오케스트라 교향악단에 최연소 지휘자로 금의환향하게 된다.

요즘이야 워낙 젊은 사람들이 많은 일을 하지만, 80년도에 서른셋은 젊다기 보단 어리다는 표현이 맞을 거다. 그런데 문제는 오케스트라 단원의 90~95%가 선배들이었고, 그 중엔 금난새 선생을 가르쳤던 선생님도 있었다 하니 여간 곤란한 것이 아니었단다. 특히 연습을 할 때 "짧게 합시다.", "크게 합시다." 이렇게 길게 얘기해 버리면, 그 순간이 지나가 버리니 의미가 없어지고, 그렇다고 "짧게", "크게" 이렇게 반말을 하자니, 거의

다가 선배들이고 해서 생각해 낸 방법이 이태리 말을 쓰는 거였단다.

'작게'라는 말 대신 "피아노(piano)", '세게'라는 말 대신 "포르테(forte)" 하면 됐던 거다.

지혜롭다. 사실 그 사람의 실력도 중요하지만 얼마만큼 사람들을 아우르며 가는가가 그 사람의 능력인 듯하다. 그런데 이게 참 쉽지 않다. 지금 내가 하고 있는 프로그램에 후배가 하나 나오는데 실력도 없는 것이 어찌나 설쳐대는지 몹시 심기가 불편한데도 밟지도 못하고 받아들이지도 못하고……. 이럴 때 내 자신이 참 능력이 없단 생각이 절로 든다.

KBS교향악단 지휘자로 있다가 수원시향으로 옮겨간 얘기는 감동스러웠다. KBS에 12년을 있었다는데 KBS엔 금난새 선생뿐 아니라 여러 명의 지휘자가 있었단다. 워낙 큰 조직이므로.

그런데 어느 날, 수원시향에서 지휘자가 없고, 서로 너무 싸우니 시향을 없애려 한다며 도와 달라는 부탁을 받은 거다. 그런데 KBS에선 왜 우리 돈을 받고 다른 곳에 일을 도와주느냐 해서 하루를 고민했단다.

넓게 보면 같은 대한민국인데 아쉽다 하는 마음과 하나를 택하라 하면 어떻게 할 것인가 고민하다 '그래 망한다 하는 곳을 살리면 그게 나의 능력일거다. 도전하자, 그리고 즐기자.' 그래서 편안하고 안락한 곳을 저버리고 남들이 '왜?' 하는 곳으로 옮기게 된다.

수원시향으로 옮긴 뒤 1년에 10회 하던 연주회를 3년에 60회를 했다고 해서 놀랐다. 수원을 비롯해 여러 도시를 다니며 연주회를 열었는데 "수원이 갈비로 유명하다는데 우리가 갈비랑 싸우면 되겠나? 음악으로 새로운 자랑을 만들어 보자." 이렇게 단원들을 유혹했다며 때론 투철한 정신이 필요하니 그것을 모으는데 애썼단다.

그래, 지도자란 이런 것이다. 이래서 지도자가 중요한 거다. 안 될 것 같은 일도 되게 하는 것이 지도자다. 그래서 역사에서도 훌륭한 지도자를 열광하고 그를 배우려 노력한다. 그만큼 중요하기에.

난 요즘 브라질 룰라 대통령에 열광한다. 그는 퇴임 시 지지율이 80%가 넘었다. 국민은 그를 사랑하고 지지하고 그에게 감사해 한다. 브라질을 경제대국에 올려놨고, 진보와 보수를 아우르고 국민들을 편안케 했다. 임기만 끝나면 각종 의혹에 휩싸이는 우리의 지도자들과는 정말이지 비교된다. 부러운 현실이다. 우리에게도 이런 지도자가 빨리 나타나길 간절히 소망해 본다.

여러 연주회 중 '수원과 함께한 예술의 전당의 청소년 음악회'가 새로운 아이템으로 많은 관심과 사랑을 받았다 한다. 나도 언론에서 많이 보고 들었다. 찾아가는 것이 안 되면 찾아올 수 있게 만들어야 한다. 이것 또한 책임자의 몫 일터. 얼마 전 만난 대학생이 그 당시 초등학생이었는데, 청소년 음악회에서 금난새 선생의 사인을 받았었다 얘기해서 보람을 느꼈단다.

클래식에 대해 잘 모르지만 음악을 듣다보면 영혼이 맑아지는 느낌을 받는다. 참 좋다. 그래서 그들이 그렇게 우월감을 갖나 하는 생각도 해보게 되고, 많은 이들이 들으면 좋겠단 생각도 하게 되는데 공연장에선 좀 어렵다. 언제 박수를 쳐야 할지, 나 혼자 박수치면 어쩌나, 지금이 아니면 어쩌나 두려운 생각마저 든다.

"그래서 클래식이 어렵게 느껴져요." 했더니 서양에선 수학문제를 풀때 답이 틀려도 과정이 좋으면 A를 준단다. 그런데 우린 답이 꼭 맞아야 A를 준다는 거지. 음악을 들으며 내 느낌이 뭘까? 난 이런 데 넌 어때? 이렇게 대화하는 느낌을 가져 보란다. 그래서 요즘 클래식과 열심히 대화 중이다.

외국은 노인들이 클래식 공연에 많이 오는데 우린 젊은 친구들이 많이 와서 부러워한단다.

"시험에 나온다고 엄마들이 데려갔을지도 몰라요." 했더니 껄껄 웃으며 "그럴 수도 있겠네요." 한다.

'엄마'와 '공연' 하니까 같은 엄마로서 부탁하고픈 게 있다. 물론 이 책을 읽을 정도의 엄마들은 그럴 일이 별로 없겠지만 요즘은 아이들을 위해 모든 걸 바치는 엄마들이 대세다. 아무리 비싸도 좋다고 하는 공연엔 아이들이 미어터진다. 나도 아이를 데리고 공연장에 가지만 아이 둘 공연장에 데려가면 돈 10만원은 가볍게 깨지니까 아이들만 공연장에 들여보내고, 밖에서 기다리는 엄마들이 많다.

그러다 보니 공연장 매너를 모르는 아이들도 많다. 박수를 장난으로 치는 건 아무것도 아니다. 배우가 대사를 하면 말도 안 되는 말대꾸를 따박따박 하는 아이, 떠드는 아이, 극의 방해를 줄 정도로 산만한 아이, 시종일관 장난치는 아이. 어떨 땐 엄마가 옆에 있어도 주의를 주지 않으니 계속 장난이 이어지는데, 이런 애들이 경제적 사정상 엄마 없이 들어오면 그야말로 다른 관객은 괴로워진다. 그래서 지출이 큰 것은 다 이해하지만 아이들이 초등학교 고학년이 될 때까진 엄마들과 함께 공연을 봤으면 좋겠다.

공연을 봐서 그 아이가 얼마나 더 똑똑해질진 모르지만, 그보다는 세계 어느 나라에 가서도 공연을 즐기고 함께 할 수 있는 매너를 가르치는 게 더 중요하지 않을까 싶다. 그리고 애들한테 너무 다 주지 말고 엄마들도 문화생활 좀 즐기자구요. 아동극이라도 좋은 작품 보고 나면 기분이 정말 좋아지니까.

금난새 선생이 정부 지원 없이 직접 이끄는 유라시안 필하모니 오케스트라 얘기는 인상적이었다. 사실 오케스트라 단원이 한두 명도 아니고 이 많은 사람들을 정부 지원 없이 이끌어 간다는 것 자체가 참 대단한 일이다. 3년 만에 100회의 연주를 마쳤다 해서 역시 놀랐고, 음악계나 예술계에 문제 재기를 하지 않았나 생각한단다. 얼굴에서, 목소리에서 뿌듯함이 배어 나온다.

공연을 위해 울릉도 갔던 일이 기억에 남는다는데, 울릉도의 아이들에게도 연주를 들려주자 했더니 안된다하는 의견들이 많았단다. 왜? 멀미 때문에. 배 멀미 해본 사람은 안다. 이게 얼마나 대단한 일인가를.

대마도 갔을 때의 일이다. 부산에서 2시간 정도면 갈 수 있다는 배가 비와 바람 때문에 4시간이 넘게 걸렸다. 배는 흔들리지, 속은 메슥거리지, 속으로 그랬다.

'두 번 다시 배를 타나 봐라. 또 배를 타면 내가 사람이 아니다.'

배 바닥에는 멀미하는 사람들이 누워 있어 통로는 막혀 있지 아수라장도 그런 아수라장이 없었다. 그렇게 흔들리는 배 안에서도 시간이 되니 배가 고파 밥을 먹었다. 멀미하며 배 바닥에 누워 있던 다른 사람들도 밥을 먹기 시작했다. 같이 갔던 일행들은 커피만 마시길래 그런가 보다 했는데 나중에 하는 말.

"미화 씨, 밥 먹는 거 보고 속 울렁거려서 커피 마셨어."

졸지에 나 엄청 비위 좋은 여자가 돼버렸다. 배가 심하게 흔들린 바람에 평생 잊지 못할 여행이 되어버렸다.

아무튼 뱃멀미 얘길 했더니, 당시 공군 참모총장이 헬리콥터를 지원할 테니 울릉도에서 연주회를 열어 달라 해서 '아! 우리나라에 이렇게 훌륭한 장군이 있나?' 놀라고 기쁜 마음에 울릉도로 출발했는데, 안개 때문에 결국은 배를 타고 울릉도에 도착했다.

2시간 걸릴 것을 5시간 만에 도착했다 하니, 바이올린 끌어안고 하프 끌어안고 괴로워했을 단원들이 상상된다. 너무 행복해 하는 울릉도 주민들 표정에 모든 시름을 잊고, 좋은 공연을 마치고 다음날은 햇빛이 쨍쨍나 결국 헬리콥터를 타고 서울로 올라왔다는 정말이지 영화 같은 얘기를 들었다. 아마 단원들도 평생 잊지 못할 공연이었을 것이다. 무엇이 기억에 남건 간에.

작년에 한 기업체에 초대되어 연주회를 했는데 반응이 상당히 좋았단다. 그런데 다음해에 그 기업체에서 전화가 왔단다. 이번에는 경기가 좋지 않아 초대를 못하겠노라고, 그래서 선생님은 올해엔 그냥 가겠노라 하고, 단원들에게 이번엔 우리가 사례를 받지 않고 왔지만 더 열심히 하자 했단다. 직원들 가족까지 초대한 자리였는데 다들 너무 즐거워해서 참으로 보람 있었단다.

그런데 그 기업체로부터 전화가 온다. 내년부터 정기적으로 연주회를 갖자고. 기적 같은 일이고 아름다운 일이다.

어쩌면 욕심을 버리고 나누고 싶은 아름다운 마음이 있었기에 가능한 일이 아닐까 하는 생각이 들었다. 자랑으로 음악을 하는 것이 아니고 음악으로 애정을 서로 나눌 수 있는가가 중요하다 말한다. 그래, 어떤 것이건 무엇을 하건 본질이 중요하다.

이렇게 클래식 하는 분들이 나오면 가요는 어떤 노래를 듣고 싶을까 궁금한데 김광석의 '거리에서'를 신청한다. 원래도 좋은 곡이라 생각했지만 이분이 좋다 하니 더욱 좋다.

이름 있는 분들 중에 '이분은 운이 좋아 이 자리까지 올라 왔구나.' 하는 분도 있다. 그런데 금난새 선생을 보니 '이렇게 만들어 나가야 하는 거구나.' 하는 생각이 든다.

부드럽지만 갖춰야 할 것은 지독하게 준비 한다. 역시 명성은 그냥 쌓인 게 아니구나 싶다. 퍼질러 앉아만 있으면 안 되는 구나 싶다. 역시 훌륭한 분들을 자주 만나고 볼 일이다.

나도 누군가에게 이런 느낌을 준다면 참으로 좋으련만 하는 기분 좋은 욕심이 생긴다.

서경덕

교수, 한국홍보전문가

• • •

굉장히 귀여운 용모. 이승기 생각하면 안 되고! 엄마들이 좋아하는 스타일. 난 이런 스타일이 좋더라. 일단 이 남자는 보통 남자가 아니다. 자칭 타칭 한국 홍보 전문가다. 누가 시킨 것도 돈이 되는 것도 아닌데 열심히 우리나라를 홍보한다.

1996년 대학에 들어가면서 틈나는 대로 외국에 나갔단다. 방학 시작함과 동시에 나가서 개강 1~2주는 개강신청 때문에 어수선하므로 이때까지 악착같이 버티다 들어왔노라 얘기한다. 눈치도 빠르다.

누구나 그런 게 있다. 졸업만 해봐라, 내 그냥 있지 않으리. 나는 귀를 뚫었다. 총알 대신 귀걸이가 들어있는 총을 귓불에 쏘는데 우우웅 하는 기분 나쁜 울림이 계속 귓가에 맴돌아 하루 종일 총 맞은 애처럼 돌아다녔던 기억이 난다. 나는 귀를 뚫었는데 서경덕 교수는 5대양 6대주를 다

누비고 다니리라 마음먹었단다. 스케일이 다르다. 쩝.

처음 외국에 나갔을 땐 자신 만만 했단다.

88 올림픽도 훌륭하게 치르고 세계 경제대국 13위인 나라에 살고 있으니 어디 간들 꿀릴 게 없다 생각한 거다. 그런데 막상 나가보니 우리나라를 모르더라는 거지. 서 교수 표현에 의하면 국내 순수 토종처럼 생긴 자신에게 일본인이냐 중국인이냐 만을 묻는데서 충격을 받았고, 중국과 일본에 대해서는 너무 잘 알고 있고, 또 더 잘 알려고 애써 노력하는데 우리나라에 대해서는 아는 것이 거의 없어 더 충격을 받았단다.

그래서 세계를 다니며 선진문화를 배우는 것도 중요하지만 우리나라의 역사와 문화를 알리는 것도 중요한 일이라는 생각에 한국홍보대사가 되기로 마음먹었단다.

그래서 처음 치른 행사가 프랑스에서의 광복절 행사였다. 당시 2002 월드컵 유치로 한일 간에 경쟁을 하고 있던 터라 홍보용 깃발도 만들고, 명함도 찍고, 전단지도 만들어 관광객들에게 돌리면서 8월 15일 오후 5시에 에펠탑 앞에서 만났으면 좋겠다는 얘기를 했단다.

왜 하필 프랑스인가? 대체로 배낭족들의 코스가 섬나라인 영국을 먼저 들러 각국을 여행한 뒤 프랑스 파리에서 본국으로 돌아가는 것이 코스란다. 그러니 당연 사람이 많을 터. 그래서 많은 이들이 모이는 에펠탑 앞에서 대부분 대학생들이라 할 수 있는 배낭족들에게 모이자고 제안을 한 것이다.

우리나라 젊은이들의 멋진 패기도 보여주고, 광복 이후 우리가 이만큼 성장했다는 것도 보여주고 싶었단다. 휴대전화도 없을 당시 입에서 입으로만 전달을 해 얼마나 많은 배낭족들이 모였을까?

30명에서 많아야 50명을 예상했는데, 300명이 모였단다. 다시 생각해도 적지 않은 숫자다. 이렇게 모이자 했던 발상 자체도 대단하지만 서로서로 하나가 되어 모였다는 것도 대단한 일이지 싶다.

서 교수가 가운데 서서 사회를 보고 300명이 몇 겹의 원을 만들어 애국가를 부르는데 태어나 그렇게 큰 애국가 소리는 처음 들었단다.

그야말로 감동 그 자체였다는데, 이 감동으로 '아! 이 행사는 계속 되어야 한다.' 생각을 했고, 지금까지도 이어지고 있다 해서 다시 한 번 놀랐다.

PC통신으로 다음에 나갈 사람을 알아보고 만나 조언도 들려주며 15년간 이 행사를 계속해 진행하고 있다하니 조만간 20주년 행사를 준비할 그를 상상하게 된다. 이 날 지나가던 한국 관광객들이 합세한 것은 말할 필요도 없고 외국인들마저 합세해 큰 축제가 되었단다.

디지털 카메라가 없던 시절, 프랑스를 찾은 많은 관광객들이 희한한 모습에 사진기 셔터를 연속 눌러대더란다. 각자의 나라에 돌아간 외국인들이 가족이나 친구 혹은 친지들에게 여행 사진을 보여줄 때 이렇게 말할 것이다.

"이건 무슨 사진이야?"

"응, 코리아의 젊은 친구들이 모여 자기네 국가를 부르는 모습이야. 잘 몰랐는데 멋진 젊은이들이 많은 걸로 봐서 아마 괜찮은 나라인 것 같아."

이렇게만 해도 홍보효과가 있다고 생각을 했다는 거다. 지나가던 한국인 아줌마, 아저씨들이 젊은이들이 기특하다며 맥주를 박스째 사다 주고 갔단다.

역시 우린 강하다. 한국에 온 외국인들이 술을 박스째 깔고 앉아 먹는 한국인들을 보며 너무 놀랐다는 얘기를 듣고 그럴 수도 있겠구나 생각하며 웃었던 기억이 난다.

사실 서 교수의 대표적인 한국 홍보를 꼽으라면 뉴욕 타임지에 'ERROR IN NYT' 라는 기사를 실은 거다. 이것뿐만이 아니다. 'ERROR IN WSJ', 'ERROR IN WP' 도 있다. 다시 말해 '뉴욕 타임즈의 실수', '월스트리트 저널의 실수', '워싱턴 포스트의 실수' 등을 전면광고로 실은 거다.

한 번도 읽어 본 적은 없지만 이 신문들의 영향력이 대단하다는 것쯤은 알고 있다. 광고비도 엄청나게 비싸지만 돈만 낸다고 아무 광고나 실어주는 게 아니라 광고의 내용을 심사해서 내주기 때문에 여간 까다로운 게 아니란다. 하물며 '너희가 잘못 했어' 라는 기사를 신는다 하니 얼마나 더 심사숙고 했겠는가. 그래도 실어주었다니 그들도 우리의 손을 들어줬다는 얘기다. 그렇지 아니한가?

한 번의 기사를 내기 위해 들이는 공은 실로 대단하다. 서경덕 대표와 뜻을 함께 하는 각계의 전문가들이 밤이면 밤마다 모여 회의해서 디자인이며 문구, 헤드라인 등을 만들어 기사를 완성하는 것이 다가 아니라 만든 시안을 각 나라에 있는 유학생들에게 보내 현지인 테스팅을 한다는 거다.

세 가지 문구 중에 어떤 것이 눈에 더 잘 들어오는지, 현지인들은 어떤 기사에 더 관심을 두는지 등등. 하나의 광고를 만들기까지 6개월 정도가 걸린다 하니 정말이지 놀라지 않을 수가 없었다. 대단한 젊은이들이여.

현지인들의 반응하니까 '마법의 성'을 부른 가수 김광진 씨 이야기가 생각난다. 약혼식을 하는데 평범한 양복은 재미없으니 목까지 올라오는 차이나 풍의 자주색 양복을 맞춰 입었단다.

약혼식장에 들어선 순간 깜짝 놀라다 못해 식은땀이 나더란다. 그곳에 일하는 웨이터들이 김광진 씨와 너무나 비슷한 옷을 입고 서빙을 하고 있었던 거다. 그러니까 약혼식 주인공이 아닌 그냥 서빙을 해도 괜찮아 보이는 사람이 주인공 자리에 계속 앉아 있는 느낌이랄까?

한번만이라도 이곳을 가봤다면 이런 실수는 저지르지 않았을 텐데. 하여간 그날 약혼이고 뭐고 간에 빨리 여기서 나갔으면 하는 생각만 들더란다. 그곳에 있던 양가 친척들도 많이 불편했으리라.

얼마 전 한 인기 걸 그룹이 모 기업 야구팀에 시구를 하러 갔는데, 가서 보니 상대팀 응원복과 같은 색깔을 입어 화제가 됐던 적이 있었다. 시장 조사가 부족했기 때문이다. 이런 우를 범하지 않으려 몇 번이나 현지의 시안을 보내 테스팅을 해보는 거다. 민족마다 좋아하는 색깔과 잘 쓰는 표현 등 확실한 문화의 차이가 있으므로.

그런데 이렇게 유명한 신문에 기사가 한 번 실린다 해서 효과가 얼마나 있을까 또 그것이 궁금했다. 이렇게 힘 있는 곳에 기사가 실리면 각 나라의 굵직한 신문사에서 인터뷰 요청이 들어온단다. 그러면 또 한 번의 기사화가 됨으로 홍보가 되고, 그 뒤를 이어 각 나라에 살고 있는 우리나라 교민들이 원본을 받아 그 나라의 유력지에 또 한 번 광고를 낸단다. 물론 그들이 모은 성금으로. 이래서 몇 번의 홍보가 더 된단다.

똑똑하다. 아무리 생각해도.

대단하다. 아무리 생각해도.

더욱이 놀라운 건 이 모든 일이 처음엔 서 교수의 사비로 진행이 됐다는 거다. 감동을 받지 않을래야 받지 않을 수가 없었다. 그러다 일이 범국민적으로 커져 네티즌들이 성금을 모으게 되는데, 11만 명이 3주에 2억을 모았는데 이것 또한 최단 시간, 최고 성금을 모은 최고의 기록이란다. '쓰리(three) 최'다. 대단한 거다.

솔직히 난 네티즌에 대해 부정적인 이미지가 더 컸다. 그런데 이 날만은 크게 감동 받았고, 네티즌들에 대한 생각을 긍정적으로 끌어올렸다. 그리고 알려진 바와 같이 가수 김장훈 씨가 전액 기부를 해 여러 번의 신문 광고가 가능했던 것이다. 가수 김장훈 씨도 대단한 사람이다. 그리 큰 돈을 어떻게 그렇게 척 내놓을 수 있을까?

연예인들이 기부 했다는 기사를 접하면 두 가지 생각이 든다.

첫째, '참 대단하다. 훌륭한 사람이야.' 하는 생각.

둘째, '어떻게 그렇게 많은 돈을 벌었지?' 하는 생각.

솔직히 같은 연예인인데 어떻게 이렇게 수입에 차이가 날 수 있냐는 거다. 기부했다는 액수만큼도 벌이가 안 되니, 원.

그가 대단하다 느낌을 준 것이 어디 이 뿐이겠는가? 한글 세계 전파사업의 하나로 현존하는 우리나라를 대표하는 설치 미술가 강익중 선생과의 작업인데, 대형 설치물에 일일이 한글을 손으로 쓴 작품을 만들어 파리에 있는 유네스코 본부에 기증을 해 영구적으로 전시를 한다하니 얼마나 자랑스럽고 큰 홍보가 되겠는가 말이다. 그런데 강익중 선생과의 만남도 이번 홍보 때문에 이루어진 것이 아니라 서 교수가 대학생일 때 배낭여행 중에 만났다는 거다.

어떻게? 우연히? 길에서? 그럴 리가!

서 교수는 외국에 나갈 때 마다 그 지역에 살고 있는 저명한 한국인들을 찾아가 만났단다. 대부분 전화를 하면 흔쾌히 만나 주었다는데, 그분들이 보기에 서 교수가 얼마나 기특하고 예뻤을지 안 봐도 비디오고 안 들어도 오디오다.

이날 문자가 엄청 왔다. 존경한다, 감사하다, 부모님이 어떻게 키우셨기에 이리도 훌륭한가, 나도 이런 아들로 키우고 싶다 등등.

왜 아니겠는가? 일반 사람들은 생각도 못한 일들을 어린 나이부터 이렇게 실천하고 있으니 말이다. 나 또한 아들을 키우는 엄마로서 이런 아들로 키우고 싶다는 생각이 한 시간 내내 얼마나 간절했는데. 그래서 "부모님이 어떻게 키우셨어요?" 라는 질문을 아니 할 수 없었다.

딸부자 집에 막내아들로 태어나 행여나 약해질까 부모님이 엄하게 키우셨단다. 일단 여기부터가 훌륭하다. 옛날부터 귀한 자식일수록 엄하게 키우라 했는데 이 또한 쉬운 일은 아닐 터. 더욱이 요즘은 자식이 하나 아니면 둘이니 모든 엄마들이 자식이라면 사시나무 떨 듯 떤다.

그러나 역시 귀할수록 엄하게 키우는 게 맞단 생각이 든다. 남에게 버릇없이 구는 아이들은 결국 그 화살은 그 부모가 맞게 되어 있는데, 이 사실을 모르는 분들도 많은 듯하다.

이뿐만이 아니다. '박물관이 살아있다' 영화로 유명해진 미국 자연사 박물관에 한국어 안내 음성 서비스를 시작했다. 사실 영어권 나라에 사람들이 부러운 이유는 어느 나라에 가나 불편하게 없다는 거다. 영어로 된 알림판과 음성 서비스가 어디나 있다. 얼마나 편하겠나? 또 얼마나 자부심이 생기겠나 하는 생각을 했었는데, 그런 느낌을 우리나라 국민이 받을 수 있도록 하겠다는 거다.

또한 티켓박스에 놓여있는 안내서에 한국어가 있다는 것이 국가 이미지에 엄청난 영향을 준다는 거지. 그럼 그럼. 외국 나가서 한글로 되어 있는 안내판을 봤을 때 느껴진 그 뿌듯함을 기억한다. 간판은 뿌듯했고 메뉴판은 행복했다. 우리나라가 이만큼 성장 했구나 하는 느낌. 무척 좋았다.

갑자기 얼토당토않게 생각나는 얘기. 친구가 유럽 배낭여행을 갔을 때, 으슥한 골목에서 한 남자가 족자처럼 둘둘 말려진 종이를 쫙 펴더란다. 굉장히 긴 종이였는데 맨 위에 영어부터 시작해 온갖 나라 말이 다 적혀 있더란다.

'이게 무슨 말이지?' 하고 있는데 맨 끝에 한국말로 '돈 내놔'가 쓰여 있었다 해서 한참을 마음 아파하며 웃었다. 그런데 그 순간 왜 하필이면 우리나라 말이 맨 끝에 있을까 살짝 기분 나빴던 기억이 난다. 지금쯤은 우리나라 말의 순서가 위쪽으로 많이 올라가 있지 않을까 생각해 본다. 그래야 한다.

그가 벌리는 사업들은 우리에게 너무나 필요한 일들이지만 놀랍게도 외국인들의 마음을 꿰뚫고 있다는 느낌을 받았다. 어째서 그럴까? 방학을 이용해 외국을 나갔을 때 외국인 친구와 밥을 먹고 있는데, 때마침 일본에서 독도가 자기네 땅이라며 '다케시마의 날'로 정하자 우리나라 사람들이 시위를 하고 불을 지르고 하는 뉴스가 CNN을 통해 나오니 외국인 친구가 그러더란다.

"일본 땅을 일본 땅이라 하는데 너희가 저러는 게 이해가 안 돼."

그도 그럴 것이 그들의 지도에는 'SEA OF JAPAN'이라 쓰여져 있으니 그리 생각하는 게 당연할 터. 과격한 행동은 속 모르는 외국인들에겐 우리나라의 이미지만 나빠지게 하는 지름길이란 걸 알게 됐단다. 그때 '아! 정정당당하게 홍보 할 수 있는 방법을 찾아야겠구나.' 생각을 하게 된 거다.

그래, 사람이 흥분만 해선 잃는 것이 많다. 부부 싸움도 흥분해서 날뛰는 사람이 지게 돼 있다. 논리적이지도 않고 분한 마음만 앞세워 상대방에게 깊은 상처만 남길 때가 많다. 차분히 다음을 준비해야 하는데 우린 흥분만하고 그냥 끝내는 일이 제법 많은 듯하다. 이제 냄비근성보다는 뚝배기근성으로 방향을 전환해야 하지 않을까 싶다.

뉴욕 '메트로 폴리탄 미술관'이라든가, 뉴욕 '현대 미술관' 등 많은 사람들이 찾는 곳에 한국어 음성 서비스를 점차 늘리겠다는 계획, 장백산으로 불리는 백두산 자기 이름 찾아주기, 위안부 지지화 호소, 안중근 의사 100주년 기념, 중국의 역사 왜곡 바로 잡기 등 그가 계획하고 있는 일들은 실로 엄청나다. 노력도 엄청나다. 그의 마음이, 생각의 크기와 힘이 엄청나다.

서 교수를 알고는 이런 사람이 나와 같은 민족이라는 것이 기뻤고, 이 사람이 이렇게 애쓰는 동안 난 뭘 했나 싶어 미안했다. 그래서 신께선 그날 내 가방에 출연료로 받은 돈이 그냥 있게 하셨나 보다. 액수가 적은 것을 미안해하며 서 교수에게 뜻에 보태 달라며 전했다. 네티즌도 아니어서 다음에 또 전면광고를 낸다는데 성금을 모금해도 나는 모를 것이고, 이렇게 훌륭한 젊은이를 만난 것도 영광이고, 대한민국 국민으로서 한번쯤은 해야 할 일인 것 같고, 죽을 때 후회할 일도 한가지쯤 줄어들 것 같고 해서.

아, 이럴 때 난 정말이지 부~자이고 싶다!

제4부 　나보다
　　　　남을 더
　　　　생각하는 사람들

한비야

국제구호활동가

• • •

비가 억수로 내리던 날. 그야말로 하늘에서 비를 쏟아 붓던 날 한비야 씨를 만났다. 자신의 8번째 책 『그건 사랑이었네』를 내고, 몇 개 잡지 않은 방송 스케줄 중에서 라디오 중엔 유일하게 내 프로그램에 출연을 한 것이다. 평소 내 프로그램을 재미나게 듣고 있었단다. 으흐흐.

방송 시작 한참 전 그녀의 책을 들고 사인 받으러 기다리는 아나운서를 보고 다시 한 번 그녀의 인기를 실감했다. 그리고 설레었다. 텔레비전이나 책에서만 그녀를 만났을 뿐 실제로 그녀를 만나는 건 처음인지라.

그녀는 35살에 시작해 7년간이나 오지여행을 다녔고, 그 얘기를 책에 실어 '바람의 딸'이라는 예쁜 애칭과 더불어 베스트셀러 작가가 되고, '월드비전'이라는 구호단체에 들어가 열정적으로 사랑을 나누는 여인이었다. 막상 내 딸이나 내 여동생이 이런 삶을 산다면 불안하고 걱정되어

싫겠지만 그래도 내 딸이 그녀를 닮았으면 하는 생각이 든다. 그런데 나만 그런 게 아닌가 보다. 한비야 씨를 만나는 대부분의 아줌마들도 이런 얘기를 한단다.

"우리 딸도 비야 씨를 닮았으면 좋겠어요."

"오지도 다니고 위험한 구조 현장에 많이 다니는데요?"

"아이~ 그런 것만 빼구요."

엄마니까, 느낌 아니까~

부모님은 어떤 분일까 가장 궁금했다. 난 늘 그게 가장 궁금하다. 부모의 영향이 가장 크다고 생각하기에. 그녀의 아버지는 기자였는데, 무조건 그녀에겐 좋은 아빠였단다. 어려서 산에 데려간 사람도 아빠. 세계지도를 온 집안에 붙여 놓은 사람도 아빠. 보통 사춘기를 겪으며 잠시 부모와 멀어지기도 하는데, 그녀가 15살에 아빠가 돌아가셨기 때문에 오로지 그녀에게 '아빠'란 좋은 기억만 있단다. 그녀는 가톨릭 신자인데 기도할 때 "하나님 아버지"라고 하는 것도 너무 좋단다. 아버지가 너무 좋았기에.

그녀와 아빠는 늘 함께 산을 오르는 정상 클럽이었고, 위로 두 언니와 엄마는 산에 오르길 거부한 비정상 클럽, 아니 산 밑 클럽이었단다. 공주과 언니들은 늘 예쁘다 소리를 들었는데, 그녀가 칭찬을 받을 땐 오로지 산을 탈 때였단다. 걸을 줄 알고부터는 산을 탔다고 하니, 산에 오르는 어른들 눈에 그녀가 얼마나 예뻐 보였을까? 하여간 아이들은 뭘 해도 예쁘다. 근데 뭐니 뭐니 해도 잠잘 때가 제일 예쁘다.

아무튼 산 밑에서는 잘 듣지 못하던 예쁘단 얘기를 산에선 밤낮으로 들으니 산타는 게 참 좋았단다. 산을 타면 좋은 건 다 안다. 그런데 뭐가 좋은가? 몸도 건강해 지지만 산을 타면 긍정적인 생각이 많아진단다. 누군가 나를 싫어한다면 그건 나의 모든 것을 싫어하는 게 아니고, 나의 어떤 부분을 싫어한다고 생각한다는 거다.

그녀는 말이 참 빨랐는데 '왜 저렇게 말이 빨라?' 하면서 말이 빠른 걸 싫어하는 사람이 있고, '왜 저렇게 일을 벌여서 사람 기죽게 만들어?' 하는 사람도 있는데, 그럼 그건 일 벌이는 부분만 싫어 한다는 거다. 한비야 전체를 싫어하는 게 아니고. 난 그녀의 생각에 너무 놀랐다.

우리는 보통 '저 사람이 날 싫어하는구나.' 하면, 나의 모든 것을 싫어 한다 생각하고 가까이 가기를 두려워하는데, 나의 어떤 일부분만 싫어 한다는 생각. 그건 산을 통해, 아빠를 통해 얻은 자존감 이란다. 닮고 싶었다. 그녀의 자존감을. 지금 노력중인데 잘 안 된다. 나도 산타면 되려나? 얼마나 타면 되려나?

그녀의 집은 온통 세계지도였단다. 밥상, 벽지, 책상, 티셔츠, 저금통, 스케치북, 필통 심지어 샤워커튼마저도. 밥 먹다 밥풀이 떨어지면 "왜 밥풀을 흘리고 그래?"가 아니라 "어? 밥풀이 우간다에 떨어졌네.", "어? 멸치가 오만하게 오만에 떨어졌어." 했다는 거지. 티셔츠도 입다가 구멍이 나면 "어? 가슴에 구멍이 났네?"가 아니라 "어? 우즈베키스탄에 구멍이 났네." 했다는 거다. 눈만 뜨면 세계지도와 함께하니 세계는 종이 한 장에다 들어있는 것, 다리 힘만 있으면 얼마든지 돌 수 있는 곳이란 생각을 아무렇지 않게 했단다.

세계가 얼마나 넓고 큰가. 이 중에 몇 군데나 가 볼 수 있을까라는 생각은 단 한 번도 해본 적이 없다는 거다. 그래서 세계를, 오지를 그렇게 겁없이 돌아다닐 수 있었단다. 그리고 이건 아빠와의 약속이기도 하고. 오지탐험을 마치고 '아빠도 무척 좋아하실 거야.' 속으로 생각했단다. 이 정도의 아빠라면 당연 좋아하셨을 거다. 그리고 위험할 때 마다 저 높은 곳에서 지켜주셨으리라.

문득 경향신문 유인경 기자가 생각난다.

그녀는 늘 돌아가신 엄마를 그리워하는데 회사에 늦은 어느 날, 택시가 오랜 시간 잡히지 않자 하늘을 보며 "엄마, 나 지금 늦었단 말이야." 하니 절대 보이지 않던 택시가 그녀 앞에 미끄러지듯 서더란다. 이 얘길 들으며 울었다. 그리고 이 말을 떠올리면 늘 눈물이 난다. 그 택시는 당연 유기자의 엄마가 보내 주신 거다. 그렇지 아니한가?

세계지도를 집안 구석구석에 놓아 둔 것은 아버지의 치밀한 계획이었다는데, 가끔 '아빠배 장학퀴즈'가 있었단다. 지구본을 들고 와서 나라를 찾고 나라가 익숙해지면 수도를 찾는 게임이었다. 잘 맞추면 용돈도 두둑이 주어서 형제간에 목숨 걸고 했단다. 심지어 동생은 시력이 7.0인데, 그 작은 수도를 찾으려니 시력이 저절로 좋아졌다나 뭐라나.

한번은 팔레스타인을 찾아보라고 했는데, 아무리 찾아도 없더란다. 그녀는 58년생 개띠인데, 그 당시 세계지도에 팔레스타인은 없고, 이스라엘만 있었단다. 그러면 아빠는 팔레스타인이라는 나라는 있는데 지도에는 왜 빠져있는가를 설명해 주시곤 했다니, 아버지의 교육열과 교육방법 역시 나도 나지만 우리 남편이 좀 배웠으면 좋겠다.

나랑 같이 사는 남자는 카이스트 출신의 공학박사니까 공부를 무척 잘했고 많이 한 사람이다. 그런데 아이가 책을 읽어 달라고 하면 딱 한마디한다.

"음, 아빠는 글을 읽을 줄 몰라!"

그리곤 동화책 '빨간 모자'를 '노란 양말'로 읽는다. 아이가 "빨간 모자에요." 하면, 숨도 안 쉬고 이렇게 얘기한다.

"거봐, 아빠는 글을 몰라!"

나 이럴 때 정말 환장한다.

아이가 다섯 살 때, 동네 아줌마들에게 아빠를 이렇게 설명하고 있었다.

"우리 아빠는 공학 박사인데요 글을 모르세요."

이 얘길 듣고 황당해 하는 아줌마들. 나중에 아이에게 책을 읽어주기 귀찮아 그런 거라는 나의 설명을 듣고 나서야 배꼽이 빠져라 웃는다. 아줌마들은 웃고 나의 환장은 리바이벌 되고.

그녀의 어머니는 어떤 분이실까? 엄마를 생각하면 늘 죄송하단다. 7년간 오지를 다닐 때 늘 돈이 아쉬우니까 또 그 당시엔 국제전화 요금이 너무 비싸 두세 달에 한 번씩 전화를 했단다. 전화만 하면 엄마는 아무 말 없이 울기만 했는데, 그럼 그녀는 또 그랬다지?

"엄마, 이거 비싼 전화야. 울려면 빨리 다른 사람 바꿔."

그녀 입장도, 어머니의 마음도 모두 이해가 된다. 그런데 말이 7년이지 대단하다 생각했는데 불현듯 독하다는 생각도 든다.

그녀는 공부도 잘했다는데, 대학에 떨어지자 자존심이 급 하강하여 6년 간이나 대학에 가지 않고 아르바이트만 하며 버티고 있었는데, 그녀의 어머니는 대학가란 얘기를 한 번도 한 적이 없단다. 그리고 지금까지 시집 가라는 소리 또한 한 번도 한 적이 없단다. 이 또한 대단한 어머니라는 생각이 든다.

미 국무장관 힐러리 클린턴의 자서전 『my life』를 보면 힐러리의 어머니는 "너는 여자니까 그렇게 하면 안 돼.", "너는 여자니까 그걸 해선 안 돼."라는 얘기를 단 한 번도 한 적이 없다고 해서 기억에 많이 남았는데, 이렇게 어머니의 틀이 커야 큰 자식을 만들어 내는 게 아닐까 싶다.

이제 그녀는 미국으로 간다. 내 책이 나올 땐 이미 갔다 왔을 거다. 구조 현장에 있다 보니 정책과는 다른 점이 많아 이론과 현장을 겸비하려 보스턴에 있는 터브츠 대학으로 공부하러 간단다. 그냥 있어도 멋지게 사는데 별 무리 없어 보이는데 10년을 내다보고, 1, 2년 투자는 당연한 것이란다. 이 또한 가슴에 박히는 말이다. 홍보계에서 3년, 오지여행 7년, 중국유학 1년, 긴급구호팀장 7년을 지내면서 섭씨 100도로 끓는 삶을 알아 버렸단다. 99도도 뜨겁지만 끓지는 않잖아. 100도가 돼야 끓잖아.

이제 끓지 않는 삶은 살아갈 수가 없다는 게 그녀의 말이다. 멋지다, 정말. 생각해보면 단 한 번도 끓어 본 적이 없는 듯하다. 오로지 찌개랑 라면만 끓여봤다.

그녀의 책 『그건 사랑이었네』를 읽으며 그랬다. 본인의 사랑 얘기를 왜 이리 써 놨지? 그러나 그렇게, 그렇게 읽다 보니 '아, 역시 한비야구나!'

하는 생각이 드는 거다. 그녀의 책에, 그녀의 이야기에 빠져 버렸다. 그러고는 비가 내리면 나도 모르게 비 맞은 누구처럼 중얼중얼 거리게 된다.

"이 비가 아프리카에 내리면 얼마나 좋아."

우리가 양치할 때 양치 컵을 쓰지 않고 그냥 물을 틀어 놓고 쓰면 그 흘러간 물의 양이 아프리카에선 한 사람이 하루 종일 쓰는 양이란다. 해외에 나가보면 물을 틀어 놓고 양치하고, 설거지 하는 건 우리나라 국민이 1등이란다. 이런 건 1등이 아니어도 좋으련만.

강물이 유일한 식수인 아프리카의 나라들. 동물도 이 물을 같이 먹고 그러다 보니 동물들의 똥과 오줌도 섞이고. 더러운 줄 알지만 물이 없으니 이걸 마실 수밖에 없단다. 그러다보니 '기니아'라는 기생충이 몸 안에서 자라는데, 나중엔 이게 살을 뚫고 나온다. '기니아'는 회충같이 생긴 기생충인데, 긴 것은 1미터도 넘는다는데, 이게 살을 뚫고 나오니 얼마나 아플까. 이 기생충이 너무 길어 때론 하루에 다 못 뽑고 실로 묶어 놨다 며칠 후 뽑아 주기도 한다는데 그런데도 그 어린것들이 해맑게 웃는단다. 해맑게. 그나마 피부를 뚫고 나오는 건 나은데, 내장이나 뇌에 이것이 들어가면 죽게 된단다. 어이구 참. 고통 받을 아이들을 생각하니 가슴이 저린다. 이것만이 아니라 이런 물로 눈을 씻으면 실명을 하게 된단다. 물의 힘이 이리 대단한지 몰랐다. 틀면 나오니까.

그나마 이 물을 뜨기 위해 보통 5~6시간씩 걸어가는데, 엄마들이 물을 길러 나오면 가축과 아이들을 돌볼 수가 없어 집안은 그야말로 난장판이 되고, 물 뜨러가는 도중에 여자아이들은 성폭행을 당한다. 물을 길러가는 그 어린것들을 성폭행한다는 얘기에 가슴이 벌렁거리고 손이 떨리고 눈물이 솟는다. 어떻게 사람이 이렇게도 잔인할 수 있을까? 믿기지 않지만, 믿고 싶지 않지만 현실이란다. 천벌도 아까운 것들.

다행히 그 더러운 강물을 깨끗하게 먹는 방법이 있다. 정수약을 넣으면 깨끗해진단다. 6인 기준 한 달에 3천 원이면 이 약을 보낼 수가 있다 한다. 3천 원!

뭐니 뭐니 해도 가장 좋은 방법은 펌프를 만들어 주는 거다. 펌프는 한 대에 7백만 원 정도. 이 펌프만 있으면 여자 아이들이 성폭행을 당하지 않아도 되고, 눈이 멀지 않아도 되고, 기생충이 살을 뚫고 나오는 고통이 없어도 되고, 엄마가 아이들을 돌보는 환경이 된다는 거다.

난 평소에 물이나 전기를 아껴 쓰는 편이다. 모르는 곳에 가도 이유 없이 켜진 불이나 똑똑 떨어지는 물은 꼭 잠가야 직성이 풀린다. 집안 경제를 위해서 아끼기도 하지만 대부분은 환경을 생각해서 실천하는 편이다.

나와 우리 그리고 아이를 낳고 기르며 절실히 느끼게 된 '다음 세대'인 우리 아이들을 위해서. 그런데 지금은 같은 시간에 같은 지구에 살고 있는 아프리카 사람들을 위해 더욱 아끼게 되었다. 같은 시대를 살아가면서 그들의 아픔을 모르고 있었다는 것이 한없이 미안해서.

성악가 김동규의 콘서트를 간 적이 있다. 몇 해 전 아프리카 아이들을 돕자는 취지로 앨범을 낸 적이 있다며 무대 위 화면에 아프리카 아이들의 모습이 나오는데, 보면서 하염없이 눈물이 났다. 아기가 엄마젖을 빨려는데 엄마도 먹은 것이 없으니 퉁퉁해야 할 엄마의 젖이 한없이 삐죽하기만

한 거다. 그런데 그 삐죽한 젖을 아기가 빤다. 기가 막혔다.

그 순간 아프리카 사람들을 도와야겠구나 생각했는데, 그녀의 책을 읽으며 이건 반드시 내가 해야 할 일이란 생각이 들었다. 그래서 이 책의 수익금 전부를 아프리카 펌프 놓는 일에 쓰기로 결심했다. 아니 결심이랄 것도 없이 그냥 당연히 그렇게 해야겠다고 생각했다. 펌프가 한 대일수도 있고, 열 대가 될 수도 있다. 이건 여러분의 몫! 여러분들께 너무 떠넘겼나요?

우리나라가 1950년대부터 1990년대까지 세계 여러 나라의 도움을 받았다는 얘기를 듣고 깜짝 놀랐다. 해외여행 인구가 얼마네, 아이들 조기유학이 어쩌니 해서 이렇게까지 오랫동안 다른 나라의 도움을 받은 줄은 꿈에도 생각지 못했다. 간혹 우리나라에도 가난한 사람이 많은데 왜 다른 나라 사람을 돕느냐는 질타도 있단다.

우리나라 사람들 몸에서 기생충 나오는 사람은 없잖아. 물 뜨기 위해 성폭행을 감수하며 집을 나서는 아이들은 없잖아. 이제 이런 질문은 그만! 받으면 베풀어야 한다. 우린 충분히 받았다. 이젠 베풀어야 할 때다.

'나중에 먹고 살만하면 그때 하지 뭐.' 이것이 답이 아닌 것을 우리 모두는 알고 있다. 지금 시작하자. 때론 기부액이 적은 것에 포기의 충동을 느끼는 분들도 있을 거다.

아프리카 속담 중에 '거미줄도 모으면 사자도 묶는다.'는 말이 있단다. 백 원이 모여 천 원이 되고, 천 원이 모여 천만 원이 된다. 부디 액수 때문에 그 꿈을 접지 마시길.

그녀가 글로벌 리더에 관한 얘기를 꼭 하고 싶다 했다. 한 초등학교 2학년 꼬마가 그녀에게 편지를 보내 왔단다.

"전 UN 사무총장이 되는게 꿈이에요. 그런데 반장선거 붙으면 나중에 UN 사무총장 될 때 유리한거 맞죠?"

우리의 현 주소다. 왜 UN 사무총장이 돼야 하는가는 중요하지 않고 오로지 UN 사무총장이 되는 것만 중요하다. 그것도 반장으로 이력을 다져서. 이 꼬마가 이런 생각을 하게 된 건 누구의 영향일까? 우리 모두는 그 답을 알고 있다.

우린 흔히 요즘 아이들에게 문제가 있다고 한다. 그런데 그녀와 우연히 마주치는 청소년들은 그녀에게 돈을 준단다. 천 원에서 몇 천 원까지. "나 뭐 믿고 주니?" 하면 "월드비전이잖아요." 한단다. "우리나라에도 도울 사람 많잖아?" 하면 "에이, 급하다면서요." 한단다.

우리 아이들은 정말 멋진 아이들이란다. 또 울컥했다. 우리가 방향을 잘 못 잡아 주고 있을 뿐. 분명 어른들의 잘못이다. 졸업식 날 옷 홀딱 벗고 돌아다니는 것도, 친구 옷 발기발기 찢고, 때리고 협박하는 것도 다 어른들의 잘못이다.

욕을 밥 먹듯이 하는 아이들. 교복입고 남녀가 끌어안고 있는 아이들. 버스 안에서 심하게 다리 떨며 큰 소리로 통화하는 아이들. 슬리퍼 직직 끌며 공포 분위기 조성하는 아이들……. 이런 아이들을 만날 때마다 나의 존재가 한없이 작아진다. 얘들을 어찌해야 하나 고민만 하다가 나이만 먹는다. 더 나이 들기 전에 무언가를 해주어야 하는데. 더 늦기 전에…….

나는 내 아이들을 위한 기도를 할 때, 늘 많은 사람을 도울 수 있는 그들에게 힘이 되어줄 수 있는 사람이 되게 해달라고 기도 했는데, 한비야 씨를 만나고부터는 영향력 있는 사람이 되게 해달라고 기도한다. 그녀의 말과 글이 나를 변화시키고 나아가 수천 명, 수만 명을 변화시킨다. 그 사람의 말 한 마디, 그 사람의 글 한 줄로, 다른 사람의 인생을, 세계를 바꿀 수 있다는 건 얼마나 위대한 일인가?

　'영향력' 이란 말이 이렇게까지 영양가 있는 말이란 걸 예전엔 미처 몰랐다. 나 또한 영향력 있는 사람으로 다져지길 두 손 모아 기도해 본다.

윤정수

여행 작가

• • •

이분은 정말 정~말 너무 한다. 이게 무슨 소리냐고? 난 이렇게 착하고 남 주기 좋아하는 분은 보다보다 처음 본다. 『별이 쏟아지는 동남아로 가요』라는 책을 내서 동남아 여행 작가로 모셨는데, CBS 라디오 국장과 함께 들어오는 거다. '앗! 뭐지?' 했더니, 라디오 PD출신 여행 작가였던 거다. 그것도 아주 잘나가는, 그리고 평이 정말 좋은 PD였다.

내가 보기에 인간성이 별로인 PD가 윤정수 작가를 좋아하는 걸 보니 어떤 사람일까 쉽게 읽혀졌다. 나랑 비슷한 또래라면, '가위 바위 보' 라는 라디오 프로그램을 기억할 거야. 그 외에도 '밤을 잊은 그대에게', '윤종신의 기쁜 우리 젊은 날' 등 잘나가는 프로그램을 만드는 히트 제작 PD였고, 홍서범의 '구인 광고' 를 작사 했는데, 이 노래는 실제로 홍서범과 조갑경을 부부로 살게 해준 노래다. 내가 홍서범이라면 조갑경이 어떻게 보일까 하는 시선으로 쓴 노랫말이란다.

'160cm의 키에 45kg 몸무게~'

이런 가사들 이외에도 김원준의 '내가 이 세상을 살아가는 이유' 등을 작사했고, 성시경 음반을 제작한 아주 잘나가는 프로듀서였다. 음반을 제작하면서 표지사진을 찍으러 외국에 나가게 됐는데, 자꾸 다니면서 동남아의 매력에 중독되어 2년을 태국에서 보냈다.

처음엔 3개월 비자로 태국에 갔는데 너무 좋으니까 비자 연장을 위해 캄보디아로 또 라오스로 베트남으로 결국 미얀마까지 다니게 되면서 한곳 한곳의 매력에 빠지게 됐다. 그 중 미얀마는 지금도 많이 개방이 되어 있지 않은 곳인데, 윤 작가가 처음 갔을 때만 해도 국내에 미얀마에 관한 책이 딱 한 권 있었단다. 그런데 거기엔 이렇게 쓰여 있었다.

'미얀마에 가면 뱀과 전갈에게 항상 물린다. 그 중 전갈에게 물리면 죽진 않지만 상당히 아프다.' 죽지는 않지만 상당히 아프다는 말이 더 무서웠단다. 그 무섭게 느껴지던 미얀마를 지금은 가장 착한 사람들이 사는 나라라고 말한다. 갑자기 가보고 싶어지네!

그럼 내가 이분을 기억하고 좋아하는 이유, 정말 정~말 너무한다는 이유를 말해볼까?

윤 작가는 여행을 하면서 무얼 하느냐! 일단 아이들 과자를 사준다. 동네 구멍가게는 예나 지금이나 아이들에겐 천국일 게다. 더군다나 동남아는 우리나라 70년대를 연상하면 되는 오지들이 많으니 그곳에 아이들에겐 더 할 수 없이 짜릿한 곳일 거고. 동네 아이들 한 스무 명을 데리고 동네 구멍가게에 들어가면 아이들도 주인도 모두 좋아 콧구멍이 벌렁벌렁. 이렇게 되면 일단 아이들은 윤 작가의 곁을 떠나라 해도 떠나지 않는다. 그리곤 이 아이들의 사진을 찍어준다.

우리나라야 지금 디카니 셀카니 해서 흔해 빠진 게 카메라지만 얼마 전만해도 우리도 엄청 귀했던 것이 카메라다. 입학식이나 졸업식에 카메라가 없어 돈을 내고 축 입학, 축 졸업이란 글씨가 써진 둥근 꽃목걸이 목에 걸고 찍었던 사진은 누구나 한 장쯤 갖고 있을게다. 요즘도 무슨 행사 때면 돈 받고 사진 찍어 주는 분들 있던데, 저게 요즘 벌이가 될까? 내가 더 걱정을 하게 된다. 윤 작가는 그곳 아이들의 사진을 찍어주고 그걸 현상해서 또 가져다준다. 한두 명도 아니고 동네 아이들 모두다. 거기에 소문이 나면 숨어 있던 처녀들까지 모두 나와 더러는 증명사진까지 찍어 달라고 한다니 이동식 사진관이 따로 없다. 증명사진이 필요는 한데 돈이 없어 못 찍고 있던 차에 사진 찍어 주는 마음씨 좋은 아저씨가 나타나니 부끄러움을 무릅쓰고 부탁하는 거다. 그러면 어느 집에서 꺼내온 푸른색 계통의 이불이나 천을 뒤에 치고 그렇게 사진을 찍어준다. 찍은 사진은 꼭 가져다주기가 원칙이란다.

우리도 사진 찍힐 때 마다 사진 찍은 친구에게 꼭 하던 말이 있다.

"너 이거 꼭 찾아서 줘야 해."

지금은 "메일로 보내줘.", "톡으로 보내줘." 하지? 정말이지 몇 년 사이에 참 많은 변화가 있었구나 싶다.

처음엔 경계하던 집시 마을이나 고산족 마을의 원주민들도 아이들에게 부모들이 해줄 수 없는 것을 해주니, 집에도 초대 하고 감사하다는 인사를 말은 통하지 않아도 열심히 한다.

한번은 마사지를 해서 먹고사는 사람인데 윤 작가에게 마사지를 좋아하느냐 묻더란다. 그래서 좋아하지 않는다고 대답하고 지나갔는데 생각해보니 자기 아이에게 사진도 찍어주고 먹을 것도 사주고 잘해 주는 게 너무 고마운데 갚을 방법은 없고, 해서 마사지라도 해주려고 했던 건데, 윤 작가는 그 뜻을 헤아리지 못하고 있는 그대로 "아니요." 했으니 생각할수록 미안하더란다.

아이들 과자를 사주는 건 그리 큰돈이 들지 않는데 (우리나라보다 물가가 저렴하므로) 사진 현상은 워낙 찍어주는 아이들도 많고, 현지 물가에 비해 현상비는 상당히 비싼 수준이라 적지 않게 부담이 된다. 착한 남자!

사랑방 손님으로 특집까지 해서 몇 번을 모셨는데, 출연할 때마다 우리 스태프들과 청취자들의 선물을 챙겨 와서 참말 미치는 줄 알았다. 가져온 선물은 대부분 동남아 아이들이 만든 수공예품인데, 어린 아이들이 학교도 못가고 만들어 파는 모습이 안타까워 그걸 사주는 거다.

동남아에 다녀온 분들은 잘 알겠지만 그곳에서 파는 수공예품들은 대부분이 조악하다. 그런데도 그것에 굉장한 의미를 담고 연민의 마음을 담아 그걸 사오는 거다. 천사다!

물건을 파는 한 아이는 윤 작가에게 자신이 팔던 물건을 쥐어주고는 부리나케 도망을 가더란다. 어린 마음에도 너무 감사한데, 갚을 길이 없으니 그랬겠지. 콧등이 시큰했단다. 듣는 나도 덩달아 시큰했다.

윤 작가는 동남아 곳곳에 아들과 딸들이 많다. 양아들, 양딸들이다. 동남아를 나갈 때면 한번씩 이 아이들을 보고 온다는데 시국이 불안한곳도 많고, 전화가 없거나 연락이 잘 되지 않는 곳에 사는 아이들도 많아 나갈 때 마다 걱정이란다. 그간 별일은 없었을까? 그곳에 아직 살고는 있나? 이사 갔으면 어쩌지? 등.

한번은 태국에 4살 난 딸을 만나러 갔는데, 형편이 더 안 좋아져 시골로 이사를 갔더란다. 거길 물어물어 찾아갔다는 거 아냐. 도착하니 한밤중. 아이의 이름을 부르니 아이는 기절을 하고 달려 나오고. 식구들도 너무 반가워하고. 그 집에서 잠을 자고 다음날 시내에 아이를 데리고 나가 자전거와 예쁜 옷, 구두를 사주곤 다음 행선지로 떠났다니, 아이들은 윤 아빠를 얼마나 기다리겠는가. 나도 이 아이의 목욕하는 사진을 본 적이 있는데 무조건 귀여웠다. 지금은 많이 컸겠지?

윤 작가의 책 『별이 쏟아지는 동남아로 가요』 표지에 나오는 아이, 정말 별 같은 눈을 가진 이 아이 또한 윤 작가의 양딸이다.

그녀의 이름은 디포리아. 미얀마에 살고 있고, 아빠 없이 엄마와 오빠, 언니와 함께 살고 있다. 엄마는 길거리에서 담배를 팔아 생활을 한다. 한 꼬마가 길거리 상인들의 물건을 다 흩트려 놓고 가는데도 누구 하나 인상 쓰는 사람 없이 그렇게 좋아하더란다. 어떤 아이기에 그럴까 싶어 얼굴을 봤는데, 눈이 마주친 순간 디포리아 눈에 빠져버리고 만 거다.

참 이렇게 말해 뭐하지만 디포리아 덕에 디포리아 언니 오빠까지 살판 났다. 일단 윤 파파가 떴다 하면 아이들 선물에 맥도날드 비슷한 곳을 가는데, 이곳에 앉아 햄버거와 콜라를 먹고 있으면 온 동네 아이들이 다 와서 창문에 들러붙어 구경을 한단다. 얘네들에겐 그림의 떡인 거다.

우리나라 돈으로 치면 몇 천 원 정도의 가격인데, 일반 사람들은 사 먹을 수 없는 수준이라 하니, 창문에 붙어 구경하는 아이들을 바라보며 안에서 먹는 사람도 마음이 편하지 않았을 거란 생각이 들었다.

미얀마에 가면 디포리아네 집에서 저녁초대를 받곤 하는데, 밥을 먹다 보면 몇 번이나 정전이 되서 윤 작가는 황당한데, 그곳 사람들은 아무렇지도 않아 한단다. 우리도 그런 때가 있었다. 그때는 집집마다 초와 팔각성냥이 필수품이었는데, 지금은 아로마 향초가 아니고는 보기 힘들다.

정전이 되면 온 동네가 깜깜했다. 텔레비전을 보다 정전이 되면 그 뒷내용이 너무 궁금해 굉장히 안타까워했던 기억이 난다. 금방 전기가 들어와 텔레비전이 켜지면 환호성을 질렀다. 텔레비전이 다시 켜지길 기다리고 기다리다 잠이 들었던 것도 생각이 난다. 지금 예전처럼 정전이 된다면? 오! 상상이 안 되는데…….

윤 작가는 디포리아 3남매를 데리고 놀이동산도 가는데, 우리나라의 에버랜드나 롯데월드와 개념은 같은 곳인데, 해놓은 것은 엄청난 차이가 있단다. 윤 작가가 보기에는 참 한심할 정도의 시설인데도 역시 이곳의 아이들은 대부분 갈 수 없는 형편이다. 그러니 디포리아 3남매는 또 얼마나 윤 파파만을 기다리겠는가. 나이 차이로 봐서 내 딸의 옷을 주면 디포리아에게 맞을 것 같아 좀 가져다 드려도 되겠냐니까 정말 정말 좋아한다.

여자애들 좋아하는 드레스에 (물론 나도 얻어 입힌 거지만) 가방, 인형, 옷들을 챙겨놓으니 디포리아만 받으면 언니 오빠가 속상할 것 같아 이웃집에 고만한 여자아이와 남자아이의 옷을 수소문해 얻어 놓으니 그나마 마음이 좀 놓였다. 우리보다 가난한 미얀마 동생에게 줄 거라 하니 마침 생일을 맞은 딸이 유치원에서 친구들에게 생일 선물로 받은 학용품들을 대부분 내놓는다.

"이렇게까지 안 해도 돼. 네가 갖고 싶은 건 갖고 집에 있거나, 이건 정말 주고 싶다 하는 것만 엄마에게 줘."

"아니에요. 많이 가난 하다면서요. 전 많이 있으니까, 이거 다 줄 거예요. 그러고 싶어요."

'나중에 후회 할 텐데.' 하는 생각과 더불어 누구 딸인지 참 예쁘다 했는데 며칠이 지나자 "엄마, 아무리 생각해도 이 크레파스는 제가 가져야겠어요. 전 금색이 없는데 여기엔 있잖아요." 이렇게 해서 하루에 하나씩 자기가 준 것을 다시 가져가는데 웃음이 났다. 그래도 제법 많은 걸 양보해줘서 고맙고, 기특했다.

그리고 공항이라며 미화 씨가 준 선물들 가지고 딸 아들 보러 간다며 윤 작가에게 전화가 왔다. 고마웠다. 그리고 얼마 후 윤 작가가 방송국에 왔다. 반가웠다. 그런데 또 선물을 사가지고 왔다. 우리 스태프들 것과 내 것을. 특별히 사주고 싶었으나 사주지 못했던 아이 장화를 사가지고서. 고맙다는 생각보다 당신도 그리 넉넉지 않을 텐데(물론 이건 아무 근거 없는 내 생각일 뿐) '왜 이렇게 사람이 착해 빠진 거야. 이래서 험한 세상 어떻게 살아가려고 그래.' 라는 생각에 걱정이 앞섰다.

아이들 선물을 챙기면서 아주 조금의 돈을 봉투에 넣어 드렸었다. 아이들 사진 현상할 때 쓰라는, 마음은 크나 늘 현실이 그렇고 그런 나의 정성이었다. 고마웠나보다, 당신은 나의 몇 십 배, 몇 백 배를 쓰면서 나를 챙겨주다니…… 늘 이렇게 봉투가 미어터져라 넣지 못하는 내 자신이 부끄럽게 느껴질 때가 많다.

그 후에도 한 번 더 만났는데, 이번엔 태국의 상징 코끼리가 그려져 있는 예쁜 아이의 티셔츠를 사가지고 와서 난 완전 뒤집어졌다. 난 착해도, 착해도 이렇게 착한 사람은 처음 본다. 그의 책을 읽다 보면 그의 맑은 영혼이 느껴진다.

이분은 천사임이 분명한데 배가 약간 나온 걸 보니 뱃속에 날개를 감춘 게 틀림없는 듯하다.

행복하시길! 좋은 사람들만 만나는 만남의 축복이 있길! 평안하시길! 강건 하시길! 바라고 또 바래본다.

故 류근철

전 교수

• • • •

방송을 준비하며 신문을 읽다가 내가 다급하게 소리를 질렀다.

"재은아, 빨리 와봐. 빨리, 이분 섭외해. 섭외!"

너무 급한 마음이 들었다. 카이스트에 578억 원을 기부한 류근철 박사라는 분의 기사가 너무나 내 눈을, 내 마음을 흔들었기 때문이다.

이재은 작가도 "와아! 빨리 섭외할게요." 한다.

어느 사람인들 놀라지 않을 수 있을까? 이토록 큰 규모의 재산을 소유하고 있다는 것도 또 이걸 전부 기부한다는 것도. 유독 기부에 관심이 많은 나니까 더 놀랐겠단 생각도 들지만, 아무튼 섭외가 어려우면 어쩌나 걱정하며 이 분과의 만남을 기다렸다.

드디어 만났다. 야호! 외국영화에 나오는 노년의 배우처럼 체크무늬 남방에 면바지를 입고 왔는데 키가 크고 미남이다. 신문 기사에 실린 사진 보다 훨씬 미남이고 젊어 보인다. 비결이 있느냐 물으니 '우선 부모님께 감사 드립니다.' 해서 미스코리아대회에서나 듣던 얘긴데 싫어 크게 웃었다.

젊음의 비결은 자기 나이를 잊고 바보 같이 하루하루를 살다보니 그런 것 같다며, 만나는 사람도 골프 치러 갈 때 빼고는 60살 넘은 사람이 없다 해서 또 웃었다. 그리고 늘 학생들과 함께 하다 보니 젊은 기를 많이 받아 그런 것 같다고 해서 이해가 됐다.

나이 보다 젊어 보이는 직업이 있다. 바로 연예인과 대학교수이다. 평균 일반인에 비해 10년 정도는 젊어 보이는 것 같다. 물론 아닌 사람도 있기는 하지만……

한번은 희극인실로 김학래 선배가 친구들을 데리고 왔다. 난 김학래 선배를 '오빠' 라고 부르는데, 그의 친구들을 차마 오빠라 부를 수 없었다. 너무 올드(old)해 보였기에. 그래서 영화 '올드보이' 가 나왔을지도 모른다. 정말 10년은 간단히 차이가 나 보였다.

교수들도 참 젊어 보인다는 생각을 하게 되는데, 20대 초반에 아이들과 함께 하니 그럴 수밖에 없겠단 생각이 든다. 이래서 누구를 상대하는 직업이냐 하는 것도 중요하지 싶다. 따지고 보면 중고등학교 선생님들이 더 젊어 보여야 하는데, '야간 자율 학습' 에 '시험' 에 찌들어 젊어 보이지 않는 듯하다. 심지어 중고등학교 학생들조차도 어려 보이지 않으니, 원……

류 박사님 본인은 오복에 하나를 더 보태 육복을 받은 사람이라 생각한 단다. 그 추가된 한 가지는 '희생과 봉사' 라는 복이라 하는데, '육백만 불의 사나이' 보다 '육복의 사나이' 란 표현이 더 근사하게 들렸다.

그런데 어떻게 578억 원이나 되는 돈을 벌었을까 몹시 궁금했다. 일단 은행에 예금을 하면 뺄 줄을 몰랐다 한다. 역시 아끼고 볼 일이다. 또 좋은 위치에 병원을 사다보니 시가가 올라 오늘 날 이렇게 큰돈이 되었다 한다. 역시 우리나라는 부동산이…… . 아시죠?

허나 이렇게 큰돈을 벌면서도 이건 내 돈이 아니다. 잠시 내가 보관하고 있을 뿐, 이 돈을 옳은 곳에 인도 해야겠단 생각을 늘 했다 해서 더욱 존경스러웠다. 난 어떡하면 돈을 내 쪽으로 인도해 볼까 고민 중인데. 돈에는 귀신이 붙어 있고 노여움을 잘 타 바르게 쓰지 않으면 오히려 화가 된다 해서, 처음 듣는 말인데도 살짝 겁이 나며 너무 욕심내지 말고 베풀며 살아야 겠구나 하는 생각이 들었다.

매일 밤마다 고민했단다. 이 돈을 올바른 곳에 써야 할 텐데 하는 생각 때문에. 그런데 기부를 결정한 지금은 굉장히 편안하다 해서 류 박사님이 큰 산처럼 느껴졌다.

이 날 조카딸과 함께 와서 "혹시, 사모님이 너무 큰 돈 썼다고 속상해 하시는 거 아니에요?" 농담 반 진담 반으로 질문하니 "아니에요. 오늘은 몸이 좀 안 좋아서요." 하며 "나이 40에 셋방에서 쫓겨난 사람을 이런 자리까지 만들어 준 마이 와이프(my wife) 박희정 여사에게 감사드립니다." 한다. 방송 듣다 코끝이 시큰해졌을 것 같단 생각이 들었다. 섭섭함이 있었다면 그마저도 풀리지 않았을까 하는 생각도 들고.

그런데 나이 40에 셋방에서 쫓겨났다는 건 무슨 얘길까 궁금했다. 류 박사님이 40될 때까지 연구에만 몰두하느라 돈 벌줄 몰라 셋방에서 쫓겨나 오갈 데가 없어 눈물 흘렸던 시절이 있었단다. 돈 벌 시간과 재간이 없었다는데 그때 한 연구가 오늘날의 결과라 하니 위대한 과학자 뒤에 한 여인의 깊은 한숨과 눈물이 있었구나 싶다.

류 박사님의 경력을 살펴보니 카이스트와는 전혀 관계가 없던데 왜 카이스트에 기부를 결심했을까 궁금했다. 경희대 출신에 한의학을 전공했으니 오히려 그쪽으로의 결심이 쉽지 않았을까 하는 생각이 들었다. 좋은 질문이란다. 내가 이런 사람이다. 하하하.

사실 류 박사님은 경희대 조영식 학원장께 큰 빚이 있다는데, 다른 교수들에겐 개업을 허용 안했는데, 류 박사님에게만 개업을 허용했단다. 그래서 이래저래 생각이 참 많았는데, 과학이 발전하지 않으면 나라가 선진국 대열에 설 수 없고, 과학자가 예우 받지 않는 세상은 선진국이 아니므로 카이스트에 기부를 결심했단다.

카이스트는 박정희 대통령이 미국 존슨 대통령에게 "나에게 선물을 하나 주십시오. 우리나라는 땅이 좁고 자원이 없으니 과학이 발전하지 못하면 나라를 발전시킬 수 없습니다. 우리나라에 과학적인 기술과 경제적 도움을 주십시오." 해서 만들어졌단다.

남편이 카이스트 출신인데 이걸 모르고 있었네. 그냥 똑똑한 사람들이 가는 곳이라는 정도만 알고 있었지, 이리도 거룩한 곳일 줄이야.

남편에게 들은 실화일지 모르는 조크 하나. 한 경상도 할머니가 대전에서 버스를 탔다. 두 남학생이 앞에 서자 한 남학생에게 묻는다.

"학생은 어느 학교를 다니노?"

"예, 대전 대학에 다닙니다."

"그래, 공부 잘해가 대전서 제일 좋은 대학 다니네."

그리곤 옆에 있던 다른 학생에게 "학생은 어느 학교 다니노?"

"예, 한국과학기술원 (KAIST)에 다닙니다."

그러자 할머니 왈, "그래, 공부 몬하면 기술이라도 배워야지." 하더란다.

류 박사님은 나라 사랑이 과학 사랑이고, 과학 사랑이 카이스트 사랑이라며, 카이스트가 잘되지 않으면 국가의 크나큰 손실이다 힘주어 말한다. 카이스트에 기부가 발표되자 많은 한의학회 분들이 과학이 커야 나라가 큰다며, 잘했노라 말해 주었단다. 그분들 말씀이 너무나 감사했다.

나랑 같이 사는 남자는 카이스트 출신의 공학박사다. 얘기를 들어보니 박사과정이 평균 5년 반이 걸린단다. 여기에 석사과정까지 얹히면 기간은 의대 수준이다. 그런데 수입은 상당히 차이가 난다. 근무시간도 엄청나고, 일의 양도 엄청나다. 연애할 때 어디서 뭐 하나 물으면 하루 종일 건물 옥상에서 여름 땡볕에 실험하고 있다 해서 기가 찼다. 이 고생 하려고 그리 애써 공부하진 않았을 텐데 싶어서.

결혼하고 설이나 추석에 남편 일 때문에 시댁에 못 간 일도 많았다. 나야 뭐 아~주 괜찮았지만 말이다. 명절에, 회사 따라 갔다가 깜짝 놀랐다. 너무나 많은 사람들이 근무를 하고 있었기 때문이다.

"원래 우리 쪽이 일이 많아서 이건 자주 있는 일이야." 하는데 더 놀랐다. "차라리 의대 공부해서 돈이나 벌고 빨간 날 따박따박 쉬면 좀 좋아?"

소리를 입에 달고 살았었는데 이젠 포기 했다. 이래서 똑똑한 젊은이들이 과학에 자신의 미래를 걸지 않고 다른 방향으로 새어 나간다. 나는 공학 박사랑 살아서 이걸 아는데, 나랏일 하는 분들은 공학박사랑 안 살아봐서 잘 모르나 보다. 인재들이 공대로 몰리지 않고 다른 곳으로, 다른 곳으로 가고 있는데 별 다른 대책이 나오지 않으니 말이다. 이전에도 많이 들어 왔다. 과학이 발전해야 나라가 발전한다고. 그래서 남편이 자랑스럽기도 했다.

그런데 만일 아들이 "어머니, 제가 치대를 갈까요? 공대를 갈까요?" 물으면 "치대는 너 말고도 사람이 많이 몰리니 넌 나라의 발전을 위해 공대를 가거라." 라고 말할 수 있을까라는 상상도 해본다. 크게 자신은 없다.

허나 이 나라가 과학의 중요성을 빨리 깨닫고 과학자들을 예우한다면, 나 또한 기꺼이 아들의 등을 자랑스러움으로 떠밀 것이다. 더 늦기 전에 인재들을 공대에 모이게 해야 할 것이다. 더 늦기 전에.

이렇게 훌륭한 분의 부모님은 어떤 분들일까 궁금했다. 대부분의 출연 자들께 꼭 했던 질문이기도 하다. 부모의 영향력은 엄청나다 믿어 의심치 않기에.

류 박사님의 부모님은 충남 천안 분이었는데, 3·1 운동 당시 아버님은 일본군 총에 맞아 피신하고, 어머님은 체포되어 고문을 심하게 받아 정신 분열증을 앓았단다. 짠했다. 어린 나이에 얼마나 힘들었을까 싶어서.

류 박사님 어머니는 거지가 집에 오면, 거지에게 밥을 주고 당신은 굶는 분이었다는데 특히 여자 거지가 오면 움막을 지어주고 하루 한 끼는 꼭 따뜻한 국과 밥을 지어 가져다주었는데, 가끔 그 심부름을 류 박사님이 했단다.

나라와 이웃을 위해 헌신한 훌륭한 분들이었다 말한다. 왜 아니겠는가? 투철한 생각과 소신이 있는 분들이기에 어려움이 있을 줄 알지만 만세를 부르러 나갔으리라. 하지만 어린 자식들이 너무 힘들었겠단 생각에 한 편으론 마음이 짠했다. 큰 뜻을 펼치기에 가족은 힘이 되기도 하지만 시대가 혼란한 경우엔 힘이 드는 대상이기도 하다.

집이 너무 어려워 국민학교도 입학을 못했는데, 11살에 선생님을 찾아가 통사정을 했더니 "이렇게 똑똑한 놈이 학교를 못 왔어?" 하며 편의를 봐줘서 학교를 다닐 수 있었단다. 이준호 선생님이란 분의 성함을 또렷이 기억하고 있었는데, 지금이야 이 세상에 계시지 않지만 말씀만으로도 이 분이 얼마나 감사한지……. 난 공부는 쉽지 않았는데, 감정 이입은 어찌 이리 쉬운지.

류 박사님이 공부는 당연 잘했겠지만 돈 때문에 학교생활이 힘들지는 않았을까 궁금했다.

"대학 다닐 때 하루에 두 끼씩 굶었어요." 하는데 이걸 하루에 두 끼를 먹었다는 얘긴 줄 알았다. 결국 한 끼를 먹었단 얘기. 그럼에도 늘 감사의 기도를 했단다. 내가 의사가 될 사람인데 돈이 없어 먹지 못해 위장병에 걸리니 가난한 사람의 마음도, 위장병 환자의 아픔도 얼마나 잘 알겠나 싶었단다. 이렇게 생각하니 배도 덜 고팠단다. 상상도 못할 생각의 크기다.

류 박사님은 모스크바 국립공대 종신 교수이기도 하다. 조금은 특이하다는 생각이 들어 이건 또 어찌 된 일인가 물었다. 경희대 한방병원에서 중풍환자들을 위한 동서의학 중풍센터를 만들었는데, 치료에 의해 생명은 건졌지만 불구가 되는 경우가 종종 있어 재활의학 차원에서 연구를 하다가 기계를 만들었는데, 우주 비행사가 많은 모스크바에서 급상승, 급하강으로 신경이 압축되거나 이완된 우주 비행사들의 질병 때문에 고민을 하던 중에 류 박사님의 연구를 접하고는 우리가 찾던 게 이것이다 하며 러시아 과학 기술처에서 교수로 초빙을 한 거란다. 이 분야에선 외국인을 절대 교수로 초빙하지 않는데, 유일하게 류 박사님만 초빙이 됐다 해서 너무나 자랑스러웠다. 태극기가 바람에 펄럭펄럭~

이제 카이스트에 '류근철 캠퍼스'가 생긴다. 기부한 돈으로 세종시에 10만평의 땅을 사서 제2캠퍼스를 만드는데, 그 캠퍼스에 류 박사님의 이름을 넣는 거다. 당연한 일이다. 너무나. 내 생각엔 강의실 온 벽에 류 박사님의 이름을 새겨 넣어도 무리는 없어 보인다.

실명의 위기에 놓인 한 돈 많은 여인이 있었다. 담당 안과 의사는 지극 정성으로 이 여인을 치료했다. 그랬더니 기적이 일어났다. 여인이 시력을 되찾은 것이다. 여인은 크게 기뻐하며 의사에게 병원을 지어 주기로 마음먹었다. 여인은 안과 의사가 너무나 고마워 새로 지은 병원의 온 벽을 사람의 눈으로 가득 그려 넣었다.

이 벽에도 눈. 저 벽에도 눈. 요 벽에도 눈.

이따만한 눈. 저따만한 눈. 요따만한 눈.

드디어 병원을 다 지은 날, 여인은 안과 의사를 놀래 주려 안과 의사의 눈을 가리고 들어간다. 그러고는 안대를 벗기자 안과 의사는 깜짝 놀란다. 온 벽이 사람의 눈으로 그려져 있었기 때문이다.

"어때요? 병원이 마음에 드시나요?"

여인이 묻자, 안과 의사가 말했다.

"아, 예. 그런데 제가 산부인과 의사가 아니길 천만다행이네요." 하더란다. 너무 심각하게 읽어내려 왔다면 이제 그만 긴장 푸시길. 조크다. 조크.

이제 카이스트는 류 박사님의 기부로 세종시 뿐만 아니라 경북 영양군에도 10만평의 땅을 사게 된다. 이곳에는 노벨상을 받는다거나 과학자로 큰 명성을 쌓은 분들을 위한 장소가 될 거란다.

우리나라의 기부 문화의 체질을 바꿔 놓고 싶다 말하며, 큰돈을 기부해 놓고도 쉽게 잊혀 지거나 본인의 생각과는 다른 방향으로 기부금이 쓰여 속상한 경우가 많은데, 기부를 해 도움을 준 분들도, 과학의 공로자들도 함께 묻힐 수 있는 묘도 만들고 수련 회관도 만들어 과학자의 낙원을 만들 것이라 해서 정말 크게 놀랐다. 지혜가 큰 산 같다.

내가 이렇게 놀란 데는 이런 비슷한 경험이 나에게도 있기 때문이다. 몇 해 전, 내가 할 수 있는 좋은 일이 뭐가 있을까 고민하다 연말에 무료로 사회를 몇 군데 봐주었다. 사회라는 것이 행사 시작 전부터 행사 끝날 때까지 있어야 하므로 꽤 오랜 시간을 내야 한다.

좋은 마음으로 갔건만 조금은 당연시 여기는 사람들의 태도에 엄마를 찾아 눈물, 콧물 범벅이 되어 있던 갓난쟁이 아들의 눈물을 보니 이게 뭐 하는 짓인가 싶어 후회가 밀려왔다.

다음 해에도 이들은 나에게 또 사회를 부탁했다. 안 갔다. 그러게 좋은 마음먹었을 때 잘 해줘야 한다. 기껏 몇 시간 내고도 이렇게 허무함을 느끼는데 전 재산을 기부한 분들의 심정이야 오죽하랴. 시간이든 돈이든 재능이든 어떤 것이든 기부를 할 때는 감사함으로 받아들이고, 그 감사함을 자꾸 들쳐줘야 다음에도 그들의 기부를 또 기대할 수 있으리라.

아무리 병원 부지가 시세에 따라 값이 올랐다 해도 류 박사님이 얼마나 알뜰하게 살았는지는 신문에 실린 박사님의 방만 봐도 알 수 있었다. 남들이 버린 멀쩡한 고물이 아까워 그걸 가져다 재활용을 하는데 그 수준도 놀랍다.

타는 줄로만 알았던 스키로 책장을 만들고, 털조끼는 방석으로, 지금 쓰는 책상은 그 누군가가 버린 책상들을 모아 모아서 본인의 책상으로 만든 거란다. 박사님하고 책 빼곤 전부 재활용 같았다. 박사님도 남의 책상을 쓰는데 우리 모두 연장 탓하지 맙시다.

방안엔 유독 옛날식 저울이 많았는데, 마음의 균형을 잡기 위해 나쁜 곳으로 마음이 기울지 않게 하기 위해 저울을 둔단다. 역시 놀라운 지혜요, 겸허함이다. 사람은 본 대로 난다고 했던가? 그렇다면 내 방엔 무엇을 놓아야 할까? 저울? 그럼 좀 덜먹게 되려나?

우리 정부 교육 1년 예산이 하버드 대학 1년 예산에 미치지 못한단다. 세상에! 그래서 류 박사님은 578억 원 기부에 만족하지 않고, 천억을 목표로 계속 기부 행진을 이어 한국 안에 카이스트를 넘어 세계 속에 카이스트를 만들겠다 말한다. 본인의 기부 소식이 전해지자 각계각층에서 카이스트로 기부금이 들어오고 있다며 기분 좋게 웃는다.

언젠간 내 이름을 건 장학재단을 만드는 것이 소원인 나. 어느 곳에 나의 작은 힘이라도 보태야 할지 아련하게 그림이 그려진다. 이리 큰 분을 만나니 갑자기 내 인생도 꽤 괜찮은 인생이라는 생각이 든다. 류 박사님께 끝없는 감사와 끝없는 존경을 보낸다. 건강하시길, 더 복되시길 기도하고 또 기도해본다.

장미화의 유쾌한 인터뷰+리

권오분

수필가

• • •

권오분. 한자로 '五分'. 그야말로 5분이다. 그래서 그런가 그녀의 요리
는 5분을 넘기지 않는다. 요리사냐구? 아니, 18년간 하숙집을 한 하숙집
아줌마 출신이다. 미스코리아 출신이 아니라. 돈은 풍족치 않고, 마음은
한없이 좋아 어떻게 하면 저렴하면서도 푸짐하게 하숙생들 배를 채울까
고민 고민하다 보니 빠르고 간편하면서도 맛있는 음식을 만들어 내게 된
거다. 그녀의 요리는 정말 맛있다. 그리고 놀랍다.

우리는 늘 엄마가 해주던 대로 볶던 것은 볶아서만 먹고, 찌던 것은 쪄
서만 먹는다. 잘 생각해 보시라 그렇지? 수십 년, 수백 년을 찌던 것들은
계속 찌고 데쳐 먹는 것들은 계속 데쳐만 먹는다. 고정관념을 깨자는 얘
기를 가끔하곤 하지만 음식엔 적응을 잘 못 시켰었다. 그런데 그녀는 너
무나 자연스럽게 볶던 애들은 찌고 찌던 애들은 굽는다. 신선하면서도 맛

246   제4부 나보다 남을 더 생각하는 사람들

있다.

내 프로그램에 '오늘 저녁 밥상은?' 이란 코너가 있었는데, 오늘 저녁 반찬은 이걸 한 번 해봐 하고 저녁 반찬 힌트와 요리법을 알려주는 코너를 이끌어 주었다. 음식을 저렴하고 손쉬운 재료로 쉽고 편하게 새롭게 만드는 법을 알려주니까 많은 분들이 좋아해 주셨다.

그러고 보니 그녀를 처음 만난 것도 음식점이었다. 아는 분 초대로 한 스무 명쯤 되는 엄마들과 함께 점심을 먹게 됐는데 그때 그녀도 초대되어 왔다.

본인 왈, "지하철에서 입 다물고 있으면 다들 내가 할아버지인 줄 알아." 하는 용모에 조금은 눈에 힘을 주고 있어서 뭐하는 분일까 궁금했는데, 당신의 책 『제비꽃 편지』를 준다. 그러니까 그녀는 요리를 잘하는 수필가이기도 한 거다. 책 얘기도 하고, 사는 얘기도 하면서 어느 덧 헤어져야 할 시간이 되었다.

"다 드신 거예요?" 그녀가 묻는다.

"네." 하고 모두들 대답하자, 그녀가 가방에서 맑은 비닐 몇 장과 우유 팩 접어놓은 것을 꺼낸다.

아! 이때의 충격이란.

나도 음식점에서 음식이 남으면 대부분 싸오는 편이다. 버려지는 게 너무 아까워서, 귀하고 맛있는 음식이 쓰레기가 되는 건 시간문제니까. 그런데 그녀처럼 비닐과 우유팩을 준비해서 싸온 적은 없다. 그 버려질 음식물을 생각하면 마음이 참 많이 아픈데 그러니까 그녀는 한마디로 내과(科)인 거다.

그럼 그녀는 그 음식으로 무엇을 할까? 식구들과도 맛있게 먹지만 이웃들과 특히 지금은 돌아가셨지만 그녀의 시어머니의 친구 분들을 모셔다가 '이건 어디서 가져온 음식인데요.' 하며 그 음식들을 맛나게 재탄생 시켜 대접을 한다는 거다. 그날의 음식은 "오늘은 장미화 씨 만나서 남겨진 음식 싸가지고 온 거예요." 자랑하며 대접하겠다 해서 웃었던 기억이 난다.

그녀의 시어머니 하니까 생각나는 얘기. 그녀의 시어머니는 당뇨 합병증으로 1년 넘게 병원에 있었는데, 그녀 혼자서 간병을 다 했단다. 가끔 꽃이나 나무 보러 갈 땐 친한 친구가 교대를 해주고. 6인실이었는데 다른 분들이 묻더란다.

"왜 혼자만 간병을 해요?"

"예, 제가 외며느리라 그래요." 하자 "뭔 소리여? 할머니가 7남매 두셨다고 자랑하시던데?" 하더란다.

그렇다. 그녀는 7남매의 맏며느리다.

다른 동서들이 들여다보지 않으니 혼자 마음으로 '그래, 난 외며느리야' 하며 스스로를 다독였겠지. 남들 보기도 그렇고. 그런데 다른 자식들은 와 보지 않아도 그걸 자랑하는 게 우리네 엄마들이다. 특히 시어머니들.

시어머니 하면 또 하나 떠오르는 얘기 하나. 우리 교회 집사님 댁에 놀러 갔는데, 그분도 시어머니와 함께 사는 분이었다. 그 시어머님이 날 보더니 물었다.

"누구요?"

"안녕하세요? 김 집사님 뵈려고 왔어요."

"이잉, 우리 며느리? 우리 며느리 참 좋지요?"

"예, 너무 좋으세요."

"이잉, 우리 며느리도 참 좋지만은 우리 아들은 이거요, 이거." 하면서 엄지손가락을 치켜드는 게 아닌가? 난 순간 너무 놀라 입을 다물지 못했다. 그 짧은 순간에도 온전히 아들자랑을 하기 위해 며느리를 앞세운다. 김 집사님 시집살이 장난 아니겠구나 싶었다.

불현 듯 우리 시어머니 얘기도 생각이 난다. 결혼하고 얼마 안 돼서 시어머님이 우리 집에 오셨다. 아파트 동까지는 맞게 찾아 왔는데 몇 호인지 생각이 안 나더란다. 그래서 경비 아저씨에게 물었단다.

"여기 박성길 씨 댁이 몇 홉니까?"

"누구요?"

"박성길 씨요?"

"누구요?"

"박성길 씨요?"

"누구요?"

"박서엉…… 장미화 씨요."

"아, 1203호요. 1203호." 하더란다.

"니가 더 유명하긴 유명 한갑다." 해서 한참을 웃었다. 나도 아들이 생기니 조금은 시어머니 편에서 생각하게 되지만 그래도 달라졌으면 하는 모습들이 아직은 많다. 시댁이 싫어 시금치도 안 먹고, 시청 앞엔 가지도 않는다더니 믿음이 좋은 분인데 성경에서 '시편'만은 읽지 않는다 해서 웃었다.

권오분 선생님 남편 이야기도 안할 수가 없네. 구로역 부근에서 차 정비소를 하는데, 직원들에게 이렇게 말한단다.

"스스로를 차를 고치는 정비공이라고 생각하지 말고, 사람 살리는 의사라고 생각해라. 내가 잘 조인 볼트 하나에 사람이 살 수도, 잘못 연결한 선 하나에 사람이 죽을 수도 있다."

그래서일까. 정비소 한 지 1년 만에 우수업체로 선정이 됐다. 이곳엔 정비 받으려는 차들로 언제나 넘쳐난다. 넉넉한 형편이 아닌데도 성당에 파이프 오르간을 기부한다. 직원들의 아이들에게 학자금을 준다. 그렇게 사는 게 맞다고 한다.

이 부부를 보고 있자면, '정말 이런 사람들이 존재하는 걸까?' 하는 생각이 든다. 본인도 좋은 집에 여유롭게 살고 싶을 텐데, 욕심내지 않고 남을 저렇게나 많이 생각하며 살아갈 수 있을까 놀라울 따름이다.

그 놀라움은 아들 결혼식에서도 이어졌다. 권오분 선생님이 워낙 나무를 좋아해서 목요일로 결혼 날짜를 잡았는데 평일인데다 비까지 내린 날, 난 하객이 그렇게 많은 결혼식은 처음 봤다.

꽤나 큰 층이 꽉 차 다른 층으로 손님들을 올려 보냈다. 사람의 숫자도 놀라웠지만 무엇보다 놀라웠던 건 이젠 중년이 된 옛날의 하숙생들이 부인과 아이들을 데리고 함께 오고 연주회도 열어 주었다. 성악 전공한 친구는 노래를 하고, 악기를 전공한 친구는 악기를 연주했다. 그것도 부인과 함께.

하숙집 그만둔 지가 몇 십 년인데 그 하숙생들이 그렇게나 많이 왔다는 것에 정말이지 놀라지 않을 수 없었다. 내가 이 집 사돈이라면 무조건 행복했을 것 같단 생각이 들었다. 아니, 너무 경이로워 어려울라나?

마지막에 권오분 선생이 마이크 잡고 하객들에게 한 마디 한다.

"장식된 꽃들 다 가져 가세요. 여기두면 버려지지만 집에 가면 너무 예쁘게 볼 수 있는 꽃들이니까요."

역시 그녀답다. 온 손님들도 기분 좋게 꽃들과 함께 집으로 간다.

그녀의 집은 늘 문이 열려 있고, 오는 손님들도 많다. 형편이 어려운 시어머니 친구 분도 오고, 사돈의 팔촌도 온다. 역시 형편이 어려운. 노인들을 편안하게 모시는 집을 짓고 싶단다. 그들과 더불어 의지하며 나이 들고 싶단다. 문을 열어 두고 나가면 그분들이 와서 밥을 챙겨 먹는다. 쌀도 생활비도 많이 들련만 숟가락 몇 개만 더 놓으면 된단다.

5월이 가장 좋다 하는데, 조금은 추울 때 선생님 댁에 놀러갔다. 내 그럴 줄 알았다. 멋진 그림과 많은 책들, 많은 나무와 꽃들, 놀러오는 새들(멋진 정원이 있는 게 아니라 산 옆에 살아서 그런 거니까 오해 마시길), 비싸 보이는 건 그 무엇도 없었지만 정말 멋스럽다는 게 이런 거구나 하는 감동을 받고 왔다.

"너무 너무 멋있어요. 아이들 데리고 놀러오고 싶어요." 했더니 남편분이 그런다.

"이 집이 멋있다 하니 미화 씨도 참…… 알만해요, 허허허."

아앙~ 우린 같은 과, 같은 류에요.

아참 '기도만두' 얘기도 안 할 수가 없네. 만두는 만둔데 '기도만두' 라고 혹 들어는 보셨는지. 권오분 선생은 음식으로 선물을 많이 하는 편인데, 그 중에서도 기도만두는 맛도 좋지만 의미가 너무 특별해서 두고두고 기억에 남는다.

만두를 빚을 때, 그 사람의 건강을 생각해서 속 재료를 달리한다. 예를 들어 위장이 좋지 않은 사람이면 우리가 만두 속 재료로 잘 쓰지 않는 위에 좋은 양배추를 넣고 만두를 빚어 선물한다.

몸이 찬 사람에겐 부추를 많이 넣어 만두를 빚고, 고기를 싫어하는 사람에겐 고기를 빼는 센스까지. 맛은 하여간 예술인데 여기에 그녀의 기도가 합쳐져 대단한 만두가 탄생하는 거다.

우선 대개는 기독교방송 텔레비전을 틀어놓고 설교말씀을 들으며 만두를 빚으면서 선물할 사람의 기도를 한다.

"주님 아시지요? 이 사람이 위가 약해요. 건강하게 해주세요." 하면서.

이것도 놀라운데 더욱이 놀라운 건 만두 빚을 사람이 가톨릭 신자라면 평화방송 텔레비전을, 불교신자라면 불교방송 텔레비전을 틀어놓고 만두를 빚으며 기도를 하는 거다. 내 종교와는 관계없이 온전히 받을 사람만을 생각하면서. 그래야 그 사람의 신이 그를 더 잘 지켜 줄 거란 믿음에 그리 한단다.

나와는 다른 신앙과 종교를 인정하고 존중해 준다는 데에서 다시금 그녀를 존경하게 된다. 흔히 남의 종교를 인정하지 않는 모습을 볼 때, 몹시 불편하고 언짢다. 내 것이 옳다 믿어도 남의 종교를 비방하거나 무시해서는 안 된다. 그럼에도 불구하고 종교인들에게서 조차 이런 모습을 종종 보게 된다. 안타까운 모습이다. 타인에 대한 배려와 열려있는 생각, 따뜻한 마음이 그녀를 이토록 못 잊게 하는 이유일 거다.

경희대 의료원 그것도 장례식장 앞에서 30년 넘게 살았는데, 그 곳에 오래 살다보니 철학자가 다 되었단다. 관이 나가는 순간에도 돈 때문에 싸우는 형제들, 상주들끼리 다투는 모습. 돈이 있으나 없으나 죽는 건 매한가지고, 쓸쓸한 죽음과 화려한 죽음을 오랜 세월 보다보니 어떻게 살아야 하는가 하는 생각이 절로 들더란다.

대만여행을 가서도 마지막 날 음식점에 갔는데 밥이 20인분 정도 남더란다. 권오분 선생이 이 밥을 어떻게 했을까? '한국까지 가져 왔다.' 가 정답이다. 으악! 그리곤 주먹밥을 만들어 온 동네 다 돌렸더니 대만 쌀이 맛있다며 난리였단다.

대만에서 밥을 들고 온 여자. 별을 보러 새벽에 일어나 몽유병 환자처럼 걷는 여자. 꽃과 나무를 좋아해 들로 산으로 쏘다니는 여자. 항상 대문을 열어놓고 사는 여자. 음식을 퍼 돌리며 이게 남는 거지 하고, 조금은 달라 보이는 계산을 하는 여자. 매일 방송국 오는 차를 잘못 타지만 방송에는 늦지 않아 역시 하나님이 나를 사랑하시는구나 하는 걸 느낀다는 여자. 책의 수익금 전액을 불우이웃을 위해 내 놓는 여자.

내겐 너무 사랑스러운 그녀다!

장미화 의 유쾌한 인터뷰+27

이정희

천우코텍 대표이사

• • •

사랑방 전화손님이었다. 경남 함안에서 특수도장(painting) 전문 업체를
운영하는 분인데, 좋은 분인 거 착한 분인 거 다 알고 전화연결 했는데,
어찌나 무뚝뚝한 지 "사장님, 조금만 자상하게 대해주세요." 했더니 3초
후에 웃는다. 나도 전화하는 내내 이 말이 생각나 웃음이 났다.

예전 코미디 할 때, 심형래 선배랑 같이 코너를 한 적이 있었는데, 후배
들을 너무 못 챙기는 거다. 그래서 내가 중간 역할을 잘해야겠다 싶어 "오
빠, 후배들한테 좀 자상하게 대해주세요." 했더니 "뭐? 후배를 자살하게
대하라고?" 해서 한참 웃었다. 으이구 바보!

이정희 대표를 연결하게 된 이유는 직원이 30여 명 있는데 대부분이 신
용불량자 출신인데다, 알코올 중독자와 도박 중독자도 있다. 너무 특이하
잖아? 남들은 절대 쓰지 않는 사람들만 데려다 쓰고 있으니.

254 제4부 나보다 남을 더 생각하는 사람들

처음 출발은 그랬단다. 직원 하나가 들어 왔는데, 하루 일하고는 다음 날 출근을 안 하더란다. 집에 찾아가 보니 부인은 보험 설계사를 하고 있고, 그 직원은 알코올 중독이라 술만 먹고 있더란다. 그래서 그 부인에게 "아주머니, 보험 그만두시고 우리 회사 식당을 맡길 테니 부부가 한 번 해보시죠." 했단다.

보통 회사의 식당이나 매점은 회사 측과 상당히 밀접한 관련이 있는 것으로 알고 있다. 여기서 밀접한 관계가 있다함은 독점의 개념이다 보니 사측과 아주 가까운 사람에게 기회를 준다는 우리 모두가 알고 있는 그런 이야기다.

○○대학원 단기과정을 다닐 때 일이다. 캠퍼스를 둘러보다 깜짝 놀랐다. 요즘은 대학 안에 호프집, 커피 전문점, 도넛 가게 등 없는 게 없다. 대부분 학교라는 곳들이 산을 깎아서 터를 잡거나 지대가 높은 곳에 위치하기 때문에 밖으로 나오려면 시간이 한참 걸린다.

그런데 이것도 이제는 옛말, 이젠 학교 안에서 웬만한 건 해결이 다 된다. 그 중 가장 탐이 난 게 지하에 있는 호프집이었는데, 단기 대학원을 다녀 본 사람들은 알겠지만, 공부보다 인맥을 쌓으러 간다는 말이 있듯이 수업 후 뒤풀이가 꼭 있다. 사회에서 제법 성공했다는 사람들이 모였는데도 별 안주 없이 강냉이에 맥주를 마시면서도 학교인지라 즐거워들 한다. 학교 지하에 있는 호프집에 꽉꽉 차있는 사람들을 자주 보다 보니 '아휴. 이런 거 나 좀 주지.' 하는 생각이 드는 거다.

남편에게 얘기하니 "거기 이권에 관계된 사람이 얼마나 많을 텐데 당신한테 그걸 주겠어?"한다.

두 번 생각 안 해도 맞는 말이다. 그런데 회사 식당을 비리비리 하고 있
는 직원에게 척 넘겨주니 순간 스치는 생각에도 참 대단한 분이구나 하는
생각이 들었다.

돈이 있어도 더 벌 욕심에 마른 걸레도 비틀어 짜는 사람들이 얼마나 많
은가? 사람의 욕심은 끝이 없을 수 있건만 나보다는 다른 이를 챙기려는
마음이 참 큰 분이구나 싶었다.

그렇게 그 알코올 중독 직원은 회사식당을 운영하게 됐고, 대번에 알코
올 중독이 나아진 건 아니지만 차츰차츰 치료 받아 지금은 아이들에게 사
랑받는 아빠로 거듭 났단다. 부인에게 사랑 받는 건 말할 필요도 없고. 이
렇게 이정희 대표는 한 가정을 구원한 거다.

누군가를 구원한다는 건 엄청난 일이다. 신이나 할 수 있는 일이라 생
각했다. 내 한 몸 살아가기도, 내 가족 보듬으며 살아가기도 힘이 들건만
누구를 구하고 누구를 살린단 말인가? 가난이 대물림 되는 것 보다 무서
운 것이 가난할 수밖에 없는 습관을 대물림 하는 것이라는 글을 읽고 크
게 고개를 끄덕인 적이 있다.

가난한 환경에서 부자가 되기는 어려울 순 있으나 불가능한 일은 아니
다. 열심히 살다보면 도와주는 사람도 생기기 마련이다. 허나 나쁜 습관
이 배어 버리면 그건 힘들어진다. 폭력 아빠에 폭력 아들이 탄생한다. 알
코올 중독 아빠가 알코올 중독 아들을 만든다. 그는 한 명의 알코올 중독
자를 구원한 것이 아니다. 한 가정을, 나아가서는 지금은 보이지 않은 미

래의 여러 가정과 더 크게는 이 사회를 구원한 것이다. 갑자기 그가 거룩하게 느껴진다.

이정희 대표는 직원을 채용하면 반드시 가정방문을 한단다. 가정방문 하면 옛날 생각나는 분들 많으실 거다. 우리 언니 중학교 때 담임선생님이 가정방문 오신다 해서 엄마가 한 걱정하던 게 생각난다.

"사는 게 이런데 왜 오신다니? 뭘 드린다니? 어쩐다니?" 부터 시작해서 결국엔 "어떤 놈들이 이런 법을 만들어 사람을 이렇게 힘들게 한다니?" 까지 갔었다.

우리 엄만 명절에도 법을 명절로만 바꿔 같은 얘기를 수십 년째 하고 있다. 살아보니 옆집 여자 놀러 오는 것도 신경 쓰이는데 하물며 담임선생님이야……. 우리 아이 담임선생님으로부터 몇 번 전화를 받은 적이 있었다.

"어머니, 통화가능하세요?" 하면 그런 상황이 아닌데도 난 무조건 "네, 선생님." 한다. 너무 어려워 감히 다른 말을 못하겠다. 하물며 이 분이 우리 집에 오신다면 여유만 되면 가구를 새로 바꿀지도 모를 일이다. 욕심 같아선 좋은 집으로 이사를 꿈 꿀 것이다. 아마 이정희 대표가 가정방문 한다 했을 때, 대다수의 직원 부인들이 상당히 부담스러웠을 거다. 그런데 이정희 대표의 가정방문은 조금 다르다.

가정 방문을 해서 직원이 집이 없으면 일단 집부터 사준다. 오! 그러면 당연 월급에서 집 산 돈을 떼어야 하잖아. 그러면 살림은 쪼들릴 테고. 그래서 월급은 그대로 넣어주고 퇴직금에서 제한단다. 이 얼마나 현명한가? 그렇게 생활이 편안해지니 부부싸움이 없단다. 이직율도 없고. 흔히 의식

주(衣食住)라고 하지만, 내가 살아보니 주가 너무 너무 중요한데 누가 뒤로 빼겨? 하는 생각이 많이 든다. 특히 우리나라에선.

전세난이라는 말이 있듯이 이거 겪어보지 않은 사람은 인생을 논하지 말라고 말하고 싶다. 일 끝내고 돌아와 편히 누울 곳이 없다고 생각하면 이것만큼 불안하고 두려운 것이 없다. 전세를 살아보니 2년이란 기간이 그렇게 빨리 올수 없다. 이번엔 전세금을 얼마나 올려 달라고 할지 몰라 몇 달이 불안하고 초조하다.

밤에 높은 곳에 오르니 아파트 불빛들이 반짝반짝 하는데 정말 많은 거다. '저렇게 많은 집중에 내 집은 하나도 없구나.' 싶어 서글픈 적도 많았다.

아는 분 중에 더 불려볼 양으로 집을 팔고 전세로 이사를 간 분이 있다. 그런데 집값이 너무 올라 다시는 그 집을 못사는 거다. 이게 요즘 현실이다. 그이가 그런다.

"예전엔 그런 걸 못 느꼈는데, 지금은 집이 없으니 기운이 없어요."

그 마음 이해가 간다. 집이란 그런 거다. 살아본 사람은 다 아는 얘기일 터. 월세를 살면 다달이 나가는 집세 때문에 돈 모으기가 쉽지 않다. 그러니 월세 사는 사람은 전세를 꿈꾸고 전세 사는 사람은 내 집을 꿈꾼다. 내 집이 있고 없고는 삶의 태도도 달라지리라. 이정희 대표는 일찌감치 그걸 알고 있었고.

살다보니 돈 때문에 싸울 일이 제법 있다. 일단 돈이 안받쳐주면 짜증이 난다. 짜증 낼 일도 돈이 받쳐주면 그냥 넘어 가기도 한다. 돈이 전부는 아니라지만 많은 부분을 차지한다. 그럴 때 마다 돈 때문에 고민할 때가 제일 행복한 거라는 100% 공감할 수 없는 어른들의 이야기로 위안을 삼고한다. 이 말이 절대 맞을 거라 스스로를 달래가며.

더욱이 그가 존경스러운 것이 그의 사무실엔 그 흔한 에어컨이 없는데, 외국인 노동자들의 숙소에는 방마다 에어컨이 놓여있다. 배려다. 내 직원을 위한, 내 식구를 위한.

요즘 내가 출연하고 있는 모 방송국에 갈 때 마다 놀란다. 주차장이 넓은데 출입문 가장 가까운 곳 주차 칸에 이렇게 쓰여 있다. VIP용. 이곳에 차를 대려면 나 스스로에게 묻게 된다.

'내가 진정 VIP인가?'

왠지 2% 부족한 느낌에 주춤해 옆 칸으로 가면 이번엔 임원용이다. 여기서 이건 아니라는 생각이 팍 드는 거다. 임원이면 직원이며, 이 회사의 주인이다. 손님을 초대하면 주인은 의례 수고스러운 것, 이제는 배려다. 직원들은 조금 멀리, 손님들은 가까이. 다른 건물을 가 봐도 임원용이 입구에 가까이 있는 곳을 제법 본다. 대부분 기사까지 딸려있는 임원들의 차를 그렇게 입구에 대라는 이유를 알 수가 없다. 관리자들의 마인드가 안타까울 뿐. 이 방송국이 재정난으로 힘들다 들었다. 이런 배려의 정신으로 흑자로 돌아서기를 바래본다.

그리고 왜 덥지 않겠는가? 그러나 본인보다 직원들을 그것도 타국에서 와 고생하는 그들을 위해 에어컨을 놓아주는 건 말이 통하지 않는다고 해도 그들의 마음의 문을 열기에 충분하고도 남을 것이다. 그래서 그런지 역시 이직률 제로란다. 이정희 대표 얘기를 듣다가 내가 그랬다.

"거기서 제가 할 일은 없을까요?"

늘 불안불안한 방송쟁이보다 이렇게 복지가 잘 되어있는 회사에 취직하면 좋겠다는 생각이 참말로 들었다. 그리고 그가 더욱 크게 느껴졌다.

그는 30여 년 전 부터 정신요양원을 수시로 찾아간다. 친구가 정신병으로 입원한 것이 계기가 되었는데 밤낮 그곳에 있으니 먹고 싶은 게 얼마나 많을까 싶더란다. 난 정신이 없는 사람들이 뭘 먹고 싶어 하는 욕구가 있을 거란 생각은 안 해봤다. 그러나 다시 한 번 생각하니 그들도 먹고 싶은 게 있겠구나 싶다. 본능일진데.

그리하여 이 대표는 중국음식점 주방장을 하루 일당을 주고 데려가 280명이 먹을 자장면을 만들어 먹인단다. 고기도, 떡도 280개를 주문해 친구뿐만 아니라 전 요양원 식구들이 먹게 한다. 장마철 수박을 한 트럭 싣고 와 팔리지 않는다고 울상 짓는 수박장사를 만나면 한 트럭 모두 요양원으로 배달시킨다. 수박장사는 며칠 나눠서 팔 수박을 한 번에 다 파는 기적을 만나게 되고, 요양원 식구들은 맛난 수박을 갑자기 먹게 되는 기적을 만나는 거다.

그가 돈이 남아돌아 이러는 것은 아닐 거다. 아니, 돈이 남아돌아도 남을 위해 이렇게 쓰기란 결코 쉬운 일이 아니다. 우리는 가끔 '이건 기적이야, 기적.' 이란 소리를 할 때가 있다. 그런데 우연처럼 찾아 온 적은 있는데, 내가 만든 적은 없는 것 같다. 그런데 이정희 대표는 기적을 만든다.

"조금은 특이한 경력의 사람들을 쓰면서 배신당할까 하는 생각은 안 해보셨어요?" 했더니 "나를 믿으면 남도 믿을 수가 있습니다." 하는데 울컥

한다. 그렇다면 나는 나 자신을 못 믿고 있었나 하는 생각도 들고.

사람을 믿는 것도, 사람을 배신하는 것도 사람이다. 사람을 믿게 하는 것도, 사람을 배신하게 하는 것도 사람이다. 사람을 사람답게 되돌려 주는 일을 하고 있다. 사람이 아름답게 돌아올 수 있도록 살아 갈수 있도록 만들어 주고 있다.

큰 바위 같다. 큰 산을 묵묵히 지키며 밟고 올라서는 사람들에게 온 몸을 내어 준다. 나를 디디고 더 높이 올라가라 한다. 그 큰 산이,그 큰 바위가 모진 풍파에도 흔들리지 않고 늘 같은 자리에 늘 같은 모습으로 있어 주어서 고맙고 감사하다. 더 강건하시길 평안하시길 소망해 본다.

장미화의 유쾌한 인터뷰+27

김원기

전 레슬링 선수

• • •

1984년 8월 23일 미국 LA가, 대한민국이 난리가 났다. 1936년 베를린 올림픽 마라톤에 손기정 선수, 1976년 몬트리올 올림픽 레슬링에 양정모 선수에 이어 한국인으로는 세 번째, 한국 국적으로는 두 번째로 무명의 김원기 선수가 레슬링 부분에서 금메달을 딴 것이다. 아마 많은 분들이 아직도 기억하고 계시리라.

금메달을 딴 선수들을 만나면 역시 대단하다는 느낌이 든다. 악수도 하고 싶고 그러면 뭔가 대단한 기운이 나에게 전해질 것 같아 자꾸만 악수를 청하게 된다. 그런데 나만 그런 게 아닌가 보다. 사람들이 만나기만 하면 자꾸만 자꾸만 만지려(?) 든단다. 지금은 '십자성 마을회'라는 국가보훈단체에 이사로 있다.

방송에서 보던 것 보다 훨씬 깔끔한 인상에 미남이다. "미남이세요." 했

262 제4부 나보다 남을 더 생각하는 사람들

더니 어머니 이후로 처음 듣는 얘기란다. 설마! 얼굴을 보느라 그가 자신의 귀 얘기를 하기 전에는 그의 귀를 보지 못했다. 여느 레슬링 선수처럼 귀가 이상한 모양으로 변해 있었다. 레슬링은 야하다 싶을 정도로 선수들끼리 많이 붙어 있어 살과 살을 자꾸 맞대다 보니 모세혈관이 파열되어 피가 몰려 있는 상태로 그대로 굳어 버려 그렇단다. 예전엔 창피해서 많이 가리려 했는데 요즘은 머리도 짧게 자르고 과감히 드러낸단다. 이젠 이런 부끄러움을 이겨낼 만큼 그가 더 성장했다는 얘기이리라. 그의 귀를 보니 '금메달이 뭐길래' 하는 생각과 함께 코끝이 시큰해진다.

나비축제로 유명한 전남 함평이 고향이란다. 골프의 신지애 선수도 이곳 출신이다. 이 작은 지역에 레슬링부가 3개나 있다하니, 레슬링의 고장이라 불러야 하나 라는 생각도 든다.

중2 때 아버지가 돌아가시고 형편이 너무 어려워 공고를 가고 싶었는데, 시내로 나갈 형편도 되지 않아 함평농고로 진학을 하게 된다. 76년 양정모 선수와 함께 올림픽에 출전했던 최경수 선생께서 학교의 각 반을 돌며 레슬링을 하면 금메달도 딸 수 있고 대학도 갈 수 있고 여자들이 줄줄 따른다고 해서 레슬링을 하게 됐단다. 그런데 무엇에 가장 끌렸을까? 금메달? 대학? 여자? 당신이라면?

함평농고가 지금은 함평골프고로 이름을 바꿨다는데 역시 신지애 선수로 더욱 유명해졌고, 지금은 전국에서 골프한다는 친구들이 몰려 상당히 인기가 높단다.

정문에 BMW나 벤츠가 들어오면 골프반이고, 오토바이나 승합차가 들어오면 레슬링반이라 해서 웃었다. 우째, 이리 차이가 나는지 원.

고1 때 시작한 레슬링. 고2 전국체전을 앞두고 나간 시합까지 모든 게임에 이겨 본 적이 없단다. 맞기도 많이 맞고, 인정은 못 받고, 주눅은 들 대로 들어있었다는데, 일본으로 전지훈련을 갈 때 유망주가 아니라는 이유로 김원기 선수만 빼고 갔단다. 선수 하나 빼고 가면서 마음이 개운했을까 물어 보고 싶다. 모두들 일본 갈 때, 혼자 체육관에 남아 청소하며 훈련하며 마음을 다잡았단다.

그래서였을까? 그 해 제59회 전국체전에서 금메달을 땄는데, 감독도 보지 않은 경기였단다. 왜? 질 줄 알고. 이 경기로 김원기 선수는 인정도 받고, 사기도 올라 고3 때는 우승도 많이 하고 최우수 선수로도 뽑혔단다. 아마 처음으로 감독님이 웃어주고 안아주고 했을 거다. 심지어 "난 네가 해낼 줄 알았어." 이런 멘트를 날렸을지도 모른다.

2002 월드컵. 우리 모두는 정말이지 흥분했었다. 어느 경기였더라? 설기현 선수가 계속 실수를 하자 친구 남편이 흥분하며 소리를 질렀다.

"야아~ 그걸 지금 축구라고 하냐? 야, 내가 해도 그거보단 낫겠다. 집어 치워라, 집어치워!"

그러다 결정적인 골을 설기현 선수가 넣었다.

조금 전 소리 지르던 친구 남편이 더 크게 소리 지르기 시작했다.

"설기현, 설기현! 내가 이럴 줄 알았다. 네가 해낼 줄 알았다. 설기현, 설기현!"

너무 어이없어 우리 모두 쳐다보자 친구 남편 머쓱해 하며 "내가 왜 이럴까?" 했다. 많이 미안해하며.

감독님 심정도 비슷하지 않았을까?

그 이후 올림픽에 나가게 되는데, 이 과정도 만만치가 않다. LA올림픽 최종 선발전에서 부산 동아대 배혁 선수와 경기를 펼치고 있는데, 2대 1로 지고 있는 상황. 5초를 남겨두고 옆 굴리기를 해서 3대 2로 역전했다. 드디어 올림픽에 나가게 된다.

신문에도 나고 방송에도 나니 다들 이 집 아들 출세했다며 난리였는데, 정작 김 선수는 돈이 없어 수수밭 매고 콩밭 매고 고추밭 매 만들어 놓는 어머니의 몸뻬 속 돈을 타갈 때 가슴이 찢어지는 것 같았단다. 어머니는 어머니대로 힘든 운동 하는 아들에게 쇠고기는 고사하고 돼지고기 한 번 실컷 못 사줘서 늘 미안하다 했다지.

지금도 하루에 두 번씩 어머니께 전화를 드린단다. 효자다. 진짜 효자다. 용돈 드리는 건 고사하고 전화 드리는 것도 깜박 할 때가 많은데, 하루에 두 번씩 전화를 드린다니 보통의 아들은 아니다. 요즘 떠도는 말로 아들이 어릴 땐 1촌, 고등학생이면 4촌, 군대 가면 8촌, 결혼하면 사돈된다는 말이 있는데, 김원기 선수는 아들 그 자체 인 듯하다.

누군가 인생은 '운칠기삼' 이라 하고 누군가는 인생을 '운수업' 이라고도 한다. 그 만큼 살아가는 데에 운이 있어야 한다는 얘기. 김 선수는 고운 심성에도 불구하고, 초년에 그리 운이 좋았던 사람은 아닌 듯하다. 남들은 모두 실업팀에 뽑혀가 월급도 받고 지원도 받고 보약도 받아먹고 했다는데, 김 선수는 불러주는 곳이 없어 국군체육부대에 지원을 하게 된다. 올림픽을 앞둔 몇 달, 하루 네 번씩 훈련을 하는데 정말이지 도망가고 싶더란다. 이때도 어머니를 생각하며 참을 수가 있었단다.

드디어 LA로 출국하기 전. 형과 자형에게 연락이 왔는데 고기한번 못 사주고 기도만 할 뿐이라고, 텔레비전에서 보면 항상 밑에 깔려 버둥거리기만 하던데 괜찮냐는 내용이었다. 실제로 선배와 스파링을 할 때 선배를 이기면 큰일 난단다. 물론 위계질서라는 것도 중요하지만 이것도 참 우스운 얘기라는 생각이 든다. 스포츠는 언제 어디서건 정정당당할 때 빛이 난다. 그리고 고기, 고기 하니까 그 옛날의 챔피언 홍수완 선수는 라면을 먹어도 꼭 소고기 라면만 먹었단다. 말이라도 소고기가 들어간 라면이니까. 참 배고프던 시절이다. 요즘 애들은 절대 상상할 수 없는.

드디어 LA에 도착. UCLA선수촌에서 연습 중 시합을 6일 남겨 놓고 발목을 다치는 사건이 일어난다. 연습 도중 종료 몇 초를 남겨 놓고 감독이 김원기 선수의 발목을 눌러버린 것이다. 김 선수는 65kg, 감독은 85kg. 무슨 생각으로 그랬을까 듣는데 화가 났다.

정말 왜 그랬을까?

김원기 선수 역시 체중감량의 고통에 대해서 얘기했는데, 하루 이틀 굶으면 남자고 여자고 전부 먹을 것으로 보이고, 꿈을 꿔도 폭포수에서 계속 먹는 꿈만 꾼단다. 비교도 안 되는 얘기지만 나도 어려선 배고픈 걸 무척 못 참았다. 지금도 그렇긴 하지만.

중학교 세계사 시간이었는데 한 3, 4교시 정도 됐던 것 같다. 너무 배가 고픈데 선생님이 흰 블라우스에 검은색 정장을 입고 있었다. 그런데 그 모습이 김밥 같은 거다. 아무 것도 들어있지 않고 김에 밥만 싼 순수한 김밥. 한 시간 수업시간 내내 선생님을 보며 김밥 먹는 상상만 했다.

그 다음날 멀쩡한 정신으로 선생님을 뵈니 어찌나 죄송하던지.

드디어 시합. 대진표를 보니 세계 선수권 대회에 금메달, 은메달 선수들이 한 조에 가득 있더란다. 부전승도 끼고 계속 이기며 올라가는데, 5회전에 일본의 세이찌 오사나이 선수와 붙게 된다. 세이찌 선수는 세계 선수권대회 금메달리스트를 이기고 올라와서 근육은 따글따글하고 10층에서 떨어져도 다치지 않을 만큼 자신감에 차 있더란다. 그래도 이기겠다 계속 상상하고 기도하며 시합에 들어갔는데 1회전을 2대 0으로 졌다. 여름엔 땀이 많이 나기 때문에 먼저 지면 무조건 불리하단다. 내가 볼 땐 뭐든 지고 있는 게 불리해 보인다.

드디어 2회전 일본선수가 기술을 쓰다 두 번 깔려서 4-2로 김원기 선수가 이긴다.

이때 얼마나 죽을힘을 다했는지 70m 거리에 있는 락커룸까지 김홍국의 호랑나비처럼 비틀비틀 걸어가 두 시간을 누워 있었단다.

다음은 스위스 선수였는데, 미국선수를 한 손으로 들어 이긴 힘장사. 절대 빳데루를 주면 안 되는 상황. 기운은 빠졌지, 심판위원장은 스위스 사람이지, 이 시합에서 이기면 결승 진출이지만, 지면 노메달인 상황이었다.

사실 이런 때가 제일 아쉽다. 그래서 그런가 은메달을 딴 선수보다 동메달을 딴 선수들의 행복지수가 높단다. 동메달을 딴 것과 따지 않는 건 엄청난 차이가 있으니까.

아무튼 빳데루를 주면 안 되는 상황이기에, 감독은 계속 공격 하라고 지시하는데, 그 말이 "아버지 용돈 주세요. 아버지 등록금 주세요." 하면 "돈이 어디서 샘솟듯 허냐?" 하던 아버지의 마음이 이해가 가더란다. 경기 종료 30초를 남기고 자신도 모르게 기술을 썼는데 이것이 승리를 확정지은 거다. 이래서 대한민국 텔레비전화면에는 '김원기 선수 은메달 확정' 이라는 자막이 크게 나가게 된 것.

이제 한 시간 후 드디어 결승. 이번엔 스웨덴 요한슨 켄틀레 선수. 엉치걸이로 10초 남겨놓고 허리가 걸려서 점수를 뺏길 듯 말 듯 하다가 잘 버틴 힘으로 금메달을 목에 걸게 된다. 이 얘기를 듣는데 어찌나 긴장이 되던지. 생각해보니 이미 지나간 얘기 듣는 거잖아. 근데 난 왜 이리 조마조마 해서 손에 땀을 쥐어가며 들었던 걸까? 확실히 좀 모자라다. 어찌나 말을 차분하면서도 조리 있게 잘하는지 여러 번 감동을 받았다.

어머니의 소망과 소외당했던 힘든 시절 그리고 간절한 기도가 이룬 금메달이라며 이때 마음속으로 하나님과 약속 했단다. 영광을 주시면 나중에 좋은 일을 하겠다고. 사실 이런 기도는 나도 많이 하는 듯하다. 무엇을 지켰는지는 알 수 없으나…….

그는 현재 아들 여섯, 딸 하나를 후원하고 있다. 12년 전 내 고장 인재 키우기 차원에서 연을 맺어 오늘날까지 이어지고 있단다. 우리가 만났던 그 해에 큰 아들이 KBS배에서 금메달을, 5월 소년체전에선 막내 아들이 금, 은을 쓸었다 하니 부전자전일까? 올해도 사업이 잘되면 몇 명 더 후원할 생각 이란다.

"그런데 같이 살고 계시는 문은경 집사(그의 부인)가 이 방송을 들으면 제 머리가 다 빠집니다." 해서 또 웃었다.

부인의 마음 또한 왜 이해할 수 없겠는가. 그리 넉넉한 살림도 아닌데 일곱 아이들이나 거두고 있으니 살림하는 입장에선 그리 녹록한 일이 아닐 것이다.

"이 복을 어찌 다 받으시려 그러세요?" 했더니 "이미 복 많이 받았습니다."

"작업복, 땀복, 일복" 해서 또 어찌나 웃었는지.

은퇴 후 왜 지도자의 길을 걷지 않았느냐 물었더니, 사회를 빨리 알자 해서 보험회사에 들어가 16년 9개월을 일을 했단다. 잘 나갔단다. 상도 여러 번 받고. 그러다 잘 아는 사람에게 보증을 섰는데……. 그 다음 얘긴 안 해도 아시겠죠? 사기로 이어져 큰 시련을 겪었단다. 급여 압류까지 이어졌다니 뭐.

옛말에 '보증' 서는 자식은 낳지도 말랬다는 말이 뼈저리게 느껴졌다.

김 선수는 내 돈 내가 써보지도 못하고 겪는 고통이 너무 커 곰곰이 생각해 보았단다. 왜 사기를 당했을까? 그것은 사회에 대한 무지요, 욕심 그리고 겸손하지 못한 본인의 마음 자세였단다.

지금도 많은 분들의 도움으로 이 자리에 있으며, 금메달 또한 슬픈 패자가 있었기에 존재하는 것이고, 어려운 이웃을 위해 자신이 받은 축복을 나눠줘야 한다고 생각 한단다. 짝짝짝.

3년 전에 경희대에서 체육학 박사학위를 받았단다. 이 얘기를 듣고는 김원기 선수에서 김원기 박사로 바로 호칭을 바꿨다. 꼭 그래야 할 것 같아서.

카이스트가 있는 대전에 가서 "어이, 김 박사." 하면 열중에 여덟은 뒤돌아 볼만큼 박사가 흔한 세상이라 해도 공부를 하면 할수록 공부를 많이 한 분들에 대해 존경심을 갖게 된다. 힘든 일이다. 보통 일은 아니다.

이야기가 너무 재미있어서 차에서 내리질 못하겠어요 했던 청취자의 문자도 기억에 남는다. 이제 유학을 떠난단다. 현역 은퇴 체육인들을 위해 스포츠 복지를 공부해 도움이 되고 싶단다. 잘 어울리는 일이란 생각이 들었다. 더 크게 되어 돌아오리라.

김원기 선수를 인터뷰 하다 보니, 그는 풍랑이 이는 바다에 유유히 떠가는 배 한 척 같단 느낌을 받았다. 배가 너무 여유로워 바다가 그럴지도 모른다.

"에이, 이제 그만해야겠어. 나만 피곤해."

순조로운 항해가 되시길! 건강하시길! 소망해 본다.

장미화의 유쾌한 인터뷰+27